D1666917

acabus
Verlag

Eine schwarze Krimi-Komödie
von
Markus Walther

**Walther, Markus: Der Letzte beißt die Hunde,
Hamburg, acabus Verlag 2019**

3. Auflage
ISBN: 978-3-86282-258-4

Lektorat: Roxanne König, acabus Verlag
Umschlaggestaltung: © Petra Rudolf

Die eBook-Ausgabe dieses Titels kann über den Handel oder den Verlag
bezogen werden.
PDF: 978-3-86282-259-1
ePub: 978-3-86282-260-7

Bibliografische Information der Deutschen Nationalbibliothek:
Die Deutsche Nationalbibliothek verzeichnet diese Publikation in der
Deutschen Nationalbibliografie; detaillierte bibliografische Daten sind
im Internet über http://dnb.d-nb.de abrufbar.

Der acabus Verlag ist ein Imprint der Diplomica Verlag GmbH,
Hermannstal 119k, 22119 Hamburg.

„Kommen wir jetzt zu etwas völlig anderem"

Monty Python

Für Mama
Für Lohre
Für Ruth
… und natürlich für Michi

Ein Flügel allein kann nicht fliegen

Eigentlich war ja nichts Besonderes passiert. Es hatte keine Verletzten gegeben, auch keine Toten. Allerdings lagen dort auf dem Bürgersteig die Überreste eines Flügels. Weder *Steinway* noch *Schimmel* konnten fliegen. Und da es offensichtlich ist, dass Musikinstrumente nicht von alleine vom Himmel fallen (oder vom Flaschenzug des Möbelspediteurs), lag der Verdacht in der Luft, dass da jemand entweder ziemlich großen Mist gebaut hatte oder dass dieser Jemand der guten, alten Mimi ans Leder wollte.

Als ich den Ort des Geschehens erreichte, hatte sich eine kleine Menschentraube um Mimi gebildet. Sie selbst saß auf der Bank einer Bushaltestelle und fächelte sich geduldig und damenhaft mit einem Briefkuvert etwas kühlere Luft zu, während ein Polizist, die Mitarbeiter der Spedition und ein paar Passanten sich abwechselnd um ihr Wohlbefinden zu kümmern versuchten. Erfrischungstücher, ein Glas Wasser und (was vermutlich wichtiger war) ein kleines Cognacfläschchen standen bereit. Die Geschäftsleute der Straße kannten Mimi und wussten, was sie nach so einem Schrecken brauchte. Im Zentrum der Aufmerksamkeit fühlte sie sich sichtlich wohl.

„Eigentlich ist ja nichts Besonderes passiert", sagte sie beschwichtigend. Ich gab ihr in Gedanken recht. „Es hat keine Verletzten gegeben und auch keine Toten. Das Klavier ist gut drei Meter hinter mir runtergekommen."

Mein Blick wanderte die Fassade hoch. Aus einem Fenster im dritten Stock hingen die Überreste einer Hebevorrichtung. Darunter baumelten einige Stahlseile. „Es ist mir unbegreiflich, wie das passieren konnte", keuchte der Spediteur. „Der Flügel war doppelt und dreifach gesichert. Da muss sich jemand dran vergriffen haben." Der Mann rang mit den Händen und leckte sich nervös immer wieder über die Lippen.

„Meinen Sie?", fragte der Polizist. Er schien dieser Aussage nur wenig Glauben zu schenken. „Das werden die Leute Ihrer Versicherung bestimmt genauer unter die Lupe nehmen."

„Meiner Versicherung?"

„Ja. Und die Leute der Gewerbeaufsicht", fügte der Beamte vorwurfsvoll hinzu.

„Ach, *Inspector*", sagte Mimi beschwichtigend. Sie legte dabei ihre Hand auf seinen Arm und bedeutete ihm mit einem Kopfnicken, dass sie aufstehen wolle. Geistesgegenwärtig stützte er sie. „Ich glaube nicht, dass mich dieser freundliche Herr umbringen wollte."

„Das glaube ich allerdings auch nicht", erwiderte der Polizist. „Ich bin im Übrigen Polizei-Obermeister … und kein *Inspector*."

„Natürlich", flötete Mimi vergnügt, „wie Sie möchten." Sie legte dabei ein Lächeln auf, das sie für Leute reserviert hielt, die ihrer Meinung nach nicht ganz richtig im Kopf waren. „Trotzdem sollten Sie auch Ihre weiteren Kollegen von der Kripo verständigen, *Inspector*."

„Die Kripo?" Der Polizist wirkte erstaunt. „Ich glaube nicht, dass das nötig ist."

„Wir werden sehen, *Inspector*", sagte Mimi und hakte sich bei mir unter. „Wir werden sehen."

„Warum wolltest du denn die Kripo dabeihaben?" Der ereignisreiche Vormittag war vorbei. Mimi und ich saßen im Esszimmer ihrer Vorstadtvilla und aßen Kirschkuchen.

Der gedeckte Tisch präsentierte sich als Stillleben mit Spitzendeckchen und Biedermeierstrauß. Wie jeden Donnerstag.

Sie und ich, die ältere Dame und ihre unscheinbare Enkeltochter, trafen uns einmal die Woche. Dann erledigte ich mit ihr einige Einkäufe und schaute im Haus nach dem Rechten. Nicht dass es nötig gewesen wäre: Die 87-Jährige war in allem erstaunlich fit und bewältigte ihren Alltag im Großen und Ganzen allein. Für alles, was sie nicht mehr konnte, hatte sie Personal. Da waren Hans, der Gärtner, Lena, die Raumpflegerin und eine Heerschar von namen- und gesichtslosen Helferlein, die ich nie oder nur selten zu sehen bekam. Über allem wachte Norbert, der Butler, ein älterer Herr, der seine Dienerschaft mit Würde und Stolz in ganz klassischem Sinne erledigte.

Mimi konnte es sich leisten, war sie doch viermal glücklich verwitwet, wie sie es nannte. Als Tochter eines mittellosen Beamten hatte sie es in finanzieller Hinsicht weit gebracht.

„Ach Helen!" Mimi kicherte. Irgendwo in ihrer Brust rasselte es dabei leise. „Ich vermute, dass es offensichtlich ist, dass dies kein Unfall war."

Ich zog die Augenbrauen hoch. „Wie kommst du darauf?"

Sie schenkte mir ein wissendes Lächeln, antwortete aber nicht. Stattdessen erhob sie sich mühsam, griff nach ihrem Stock und schickte sich an, das Zimmer zu verlassen. Mit der freien Hand bedeutete sie mir, dass ich ihr folgen sollte.

Wir gingen durch das große Eingangsfoyer, vorbei an der weitläufigen Treppe, die zum ersten Stock führte. Gegenüber lag die Bibliothek. Mit dem Stock drückte sie die Klinke runter und stieß die Tür auf.

Als sie die Mitte des Raumes erreicht hatte, hob sie die Arme wie ein Zirkusdirektor, der seine Artisten ansagte: „Agatha Christie. Sir Arthur Conan Doyle. Edgar Allan Poe. Dorothy Sayers. Dashiell Hammett. Roald Dahl. Alle Ausgaben. Sie stehen hier nicht zur Deko herum. Wenn es um Mord geht, weiß ich Bescheid!"

Sie hätte ihre Auflistung ohne weiteres Federlesen fortführen können. Mir war ihre Obsession mit den Krimis bekannt. Sie war eine Koryphäe im Bereich der Mord- und Totschlagliteratur. Die eindrucksvolle Bibliothek in ihrem Hause bezeugte dies.

„Es ist niemals die Frage, *ob* es ein Mordanschlag ist." Sie nahm in ihrer Argumentation Fahrt auf, ließ sich von dieser eigentümlichen Motivation treiben. „Viel wichtiger ist die Frage nach dem Warum. Und natürlich die Frage: Wer?"

„Wer?"

„Ja, wer will mich umbringen?"

„Warum?"

„Ja, mein Kind. Diese Frage stellte ich bereits."

Sie senkte die Arme wieder und ihr Stock berührte mit einem dumpfen „Plock" den Boden. Mit kleinen, fast trippelnden Schritten eilte sie auf ein kleines Schränkchen zu. Mit wenig Geschick, aber viel Elan, zerrte sie eine widerwillige Schublade auf. Darin lag ein Stapel Briefe, fertig adressiert und frankiert. „Da", sagte sie knapp, „bring die bitte zur Post."

Erstaunt über den scheinbaren Themenwechsel griff ich nach den Umschlägen. Es waren fünf an der Zahl und als ich die Adressaten las, musste ich kurz nach Luft schnappen.

Mimi beugte sich vor. Ihre Haltung hatte etwas Listiges, Lauerndes an sich. „Ist was, Schätzchen?"

Ich beschloss, mir nichts anmerken zu lassen und wählte mir den unverfänglichsten der Adressaten aus. „Du schreibst Herrn Jensen?"

„Warum nicht?" Mimi legte den Kopf schief. „Ich darf doch unseren Bürgermeister auf einen Tee einladen."

„Das sind Einladungen?", fragte ich. Ich schaffte es nicht, ein Zittern in meiner Stimme zu vermeiden.

„Ja, natürlich."

„Du willst den Bürgermeister einladen?"

„Es ist doch nichts dabei." Mimi wandte sich von mir ab und humpelte im Gleichtakt des Stocks zu ihrem Lesesessel im Zentrum des Raumes. Auf dem kleinen Beistelltischchen war mittig ein Glöckchen platziert. Sie griff danach und läutete. „Der Bürgermeister wird bestimmt kommen. Schließlich will er was von mir. Er wird geradezu begeistert sein, wenn er Post von mir erhält."

Norbert betrat den Raum. Schwarzer, schlichter Anzug, fahles, schmales Gesicht: Er schien einem alten Schwarz-Weiß-Film entsprungen zu sein. Beinahe erwartete ich, dass er fragen würde: „Same procedure as every year?" Stattdessen kündigte er sein Erscheinen mit einem dezenten Räuspern an. Stocksteif wartete er nun im Türrahmen, aufrecht und gerade wie ein mit dem Lineal gezogener Bleistiftstrich.

Mimi ignorierte ihren Diener und sprach weiterhin mit mir. „Hast du ein Problem mit den geladenen Gästen?"

„Nein, selbstverständlich nicht", log ich. Mit dem Bürgermeister hatte ich tatsächlich kein Problem. Was aber nicht für die anderen Namen auf der Gästeliste galt. „Ich möchte nur gerne wissen, warum du diese Leute zu dir einladen willst."

Mimi lächelte. „Jeder ist aus einem anderen Grund eingeladen. Zumindest offiziell. Aber eigentlich möchte ich diesen Herren ein wenig auf den Zahn fühlen."

„Auf den Zahn fühlen?"

„Ich könnte mir vorstellen, dass sie allesamt ein Motiv haben, mir einen Flügel auf den Kopf fallen lassen zu wollen. Einer von ihnen könnte mein verhinderter Mörder sein."

Mein Mund klappte auf. Ich schloss ihn wieder. Wieder klappte er auf. Wieder schloss ich ihn.

„Du benimmst dich wie ein Goldfisch", tadelte Mimi. „Ich verstehe nicht, warum du so überrascht bist. Du hast doch selbst gehört, dass die Kripo noch kein Interesse an dem Fall hat. Und bis die Versicherung zu einem Ergebnis kommt, möchte ich nun wirklich nicht warten. Statt Indizien brauchen wir Beweise!"

Norbert räusperte sich ein zweites Mal und rückte somit in Mimis Aufmerksamkeit. „Für mich einen Sherry. Für Sie bitte ein Halsbonbon, Norbert. Und im Anschluss wäre es nett, wenn Sie meine Enkeltochter zur Tür geleiten."

Schon entschwand Norbert geräuschlos dem Ort des Geschehens. Irgendwo im Haus klackerte kurz darauf ein gläserner Verschluss auf einer Kristallkaraffe.

„Das wird ein Heidenspaß", sagte Mimi. „Du und ich ermitteln zusammen, wer mein Mörder ist. Was hältst du davon?"

„Gar nichts", wollte ich im Hinblick auf die Gästeliste sagen. Doch meine Lippen und meine Zunge hatten andere Pläne mit mir. Sie verselbständigten sich und ich hörte mich sagen: „Brauche ich einen karierten Anzug, eine Lupe und eine Pfeife?"

„Nein, Watson", Mimi ging prompt auf meinen Scherz ein. „Dieses Outfit ist für mich reserviert."

Norbert kam zurück. Auf der rechten Hand balancierte er ein Tablett mit einem kleinen Glas. Über dem linken Arm hing meine Jacke. Er servierte fix den Sherry auf dem Beistelltischchen und half mir danach in die Jacke. Mir blieb gerade noch die Zeit, Mimi einen Kuss auf die Wange zu drücken und ein „Auf Wiedersehen" zu flüstern und schon hatte mich Norbert höflichst nach draußen geschoben. Als sich die Tür hinter mir schloss, lag ein Hauch von Eukalyptus in der Luft.

Die üblichen Verdächtigen

Meine kleine Dachgeschosswohnung war ein starker Kontrast zu Mimis Villa. Der Luxus hielt sich zwischen Kochecke, Schlafwohnzimmer und Waschraum in sehr engen Grenzen. Ich hatte leidlich versucht, die Wände mit Postern aus irgendwelchen Teenie-Zeitschriften zu verschönern, damit man die alte zigarettenvergilbte Tapete nicht sehen musste.

An Silvester hatte ich mir vorgenommen, mein neues Leben in den Griff zu bekommen. Nun … Das war Silvester vor zwei Jahren gewesen. Aber immerhin hatte ich den Entschluss gefasst. Seither lebte ich aber immer noch in meiner stillen Lethargie. Hier oben in meinem schäbigen Zuhause konnte ich mich so wunderbar meinem Selbstmitleid hingeben. Ich brauchte nicht zu befürchten, dass mich hier jemand erlösen wollte. Selbst Mimi kam mich hier nicht besuchen. Der Aufstieg über die steilen Treppen war ein unüberwindliches Hindernis für sie.

Der Morgen drei Tage nach dem Mordanschlag – insgeheim nannte ich den Vorfall inzwischen auch so – begann für mich also wie jeder andere Morgen: Mit heißem Wasser, dazu ein Espresso aus der Tüte. Auf der durchgelegenen Couch fläzte ich mich hin und nahm mir ein abgegriffenes Groschenheftchen. Genau wie Mimi las ich gerne. Doch ich war bei Weitem nicht so wählerisch wie sie: Mr. Cotton wusste mich genauso gut zu unterhalten, wie es Sir Conan Doyle bei Oma tat. Das lag vermutlich daran, dass ich mich auf allzu Kompliziertes nicht so recht konzentrieren konnte. Außerdem lagen mir die einfachere Sprache und die kleineren Textblöcke. Selbst die kleinen Werbeanzeigen mitten in der Story waren mir willkommen. Ich hatte das mal Mimi erzählt. Zunächst hatte sie die Nase gerümpft, dann aber herzlich gelacht. „Du suchst keine Unterhaltung. Du suchst Zerstreuung."

„Das macht doch keinen Unterschied", hatte ich halbherzig protestiert.

„Da ist ein riesiger Unterschied. Wenn ich mich unterhalten lasse, dann fokussiere ich meine Gedanken wie durch eine Lupe auf die Ereignisse. Wenn du dir Zerstreuung suchst, dann lässt du dein Hirn durch Milchglas schauen."

Milchglas. Ja, das stimmte schon. Hier oben in meiner Wohnung, allein wie ich war, fühlte ich mich in einer Welt, die verschwommen und blass war, am wohlsten.

Das Telefon klingelte. Hartnäckig. Meine Absicht, es zu ignorieren, kämpfte mit der Beharrlichkeit des Apparates. Nach dem achten Klingeln gab ich meinen Widerwillen auf und suchte das Telefon, das natürlich nicht in der Ladeschale lag. Nach dem zwölften Klingeln hatte ich es unter einem Stapel Schmutzwäsche gefunden.

„Ja?"

„Helen! Ich dachte schon, du findest das Telefon nicht." Es war Mimis Stimme, die mir blechern durch den Hörer entgegenschallte.

„Ich *habe* das Telefon nicht gefunden", sagte ich. „Guten Morgen", fügte ich vorwurfsvoll hinzu. Sie hätte mich wenigstens erst mal grüßen können, bevor sie meine Unordnung ins Feld führte.

„Mahlzeit", kam es retour, „weißt du eigentlich, wie spät es ist?"

Flüchtig schaute ich auf die Uhr. Halb zwölf. „Ja klar."

„Hast du Lust vorbeizukommen?"

„Es ist Sonntag", stellte ich fest. Vorher hatte ich sicherheitshalber die Kalenderfunktion der Uhr bemüht. Wir trafen uns nie am Sonntag.

„Du hast doch bestimmt nichts vor." Allein für diesen Satz, hätte ich … „Ich schick ein Taxi, dass dich abholen soll." Wie vergnügt die alte Frau doch klang. „Es ist in zehn Minuten da."

„Aber ich muss mich noch anziehen", protestierte ich halbherzig.

„Helen, es ist halb zwölf!"

Ein Seufzen entfuhr mir. „Ich weiß."

Eine Katzenwäsche musste ausreichen. Nicht dass ich mir die Zeit nicht hätte nehmen können, doch mir fehlte schlicht die Motivation für mehr. Selbst auf das Make-up verzichtete ich ganz. Mimi musste mit mir in natura zufrieden sein.

Als ich mir meine Jacke überzog, meldete sich erneut das Telefon. Nachdem ich abgehoben und mich mit meinem Namen gemeldet hatte, bekam ich zunächst nur ein Schweigen zur Antwort. Es war, als ob der Anrufer erst noch überlegen musste, ob er ein Gespräch mit mir anfangen wollte. Dann ein tiefes Luftholen. Ein leises Ausatmen. „Helen? Ich bin's. Tom."

Tom?

„Hallo Arschloch", sagte ich von Herzen, nachdem ich dem Impuls widerstanden hatte, gleich wieder aufzulegen.

„Leg nicht gleich wieder auf", sagte er, meine Beleidigung ignorierend.

Ich bemühte mich um einen souveränen Unterton in meiner Stimme. Es gelang mir fast: „Warum sollte ich?"

„Hör zu. Deine Oma hat mir eine Einladung geschickt. Ende der Woche erwartet sie mich in ihrer Villa. Weißt du etwas darüber?"

Tom Malo, ja, der Name hatte auf einem der Umschläge gestanden. Mimi hatte ihn eingeladen. Obwohl sie wissen musste, dass Tom der letzte Mann auf Erden war, den ich wiedersehen wollte.

Plötzlich stellte ich fest, dass mein Daumen auf der Taste mit dem roten Telefon-Symbol ruhte. Ich hatte aufgelegt.

Vor Mimis Villa angekommen, hatte ich erst mal eine Zwangspause hinter mich zu bringen. Das überproportionale, schmiedeeiserne Tor trennte mich von dem Dobermann Willi. Mit gefletschten Zähnen und lautem Gebell hatte er mein Kommen angekündigt. So konnte ich es mir sparen, den Klingelknopf zu betätigen. Es würde bestimmt nicht lange dauern, bis … Rums! Erschrocken wich ich vom Gitter zurück, denn mit voller Wucht war Basker, der andere Dobermann, gegen die Eisenstäbe gesprungen. Nun gifteten sie mich beide lautstark an. Ich konnte diese Viecher nicht leiden, doch Mimi hatte einen Narren an ihnen gefressen. Allerdings benahmen sie sich bei ihrem Frauchen auch absolut handzahm.

Von irgendwoher ertönte eine Hundepfeife und augenblicklich verstummten die Köter, sprinteten vom Tor weg und verschwanden zwischen den Büschen und Bäumen des parkähnlichen Gartens.

Kurz darauf erschien Norbert. Mit unbewegter Miene und stocksteif, wie es dem Klischee seines Berufstandes entsprach, öffnete er das Tor und hieß mich willkommen.

„Hallo Norbert", sagte ich, vom Schock noch ein wenig atemlos, „sind die Hunde jetzt im Zwinger?"

„Selbstverständlich. Madame Mimi erwartet Sie im Wintergarten."

Madame! Keine Ahnung, wann und warum sich Norbert die französische Anrede seiner Hausherrin zugelegt hatte. Ich konnte mir nicht vorstellen, dass Mimi darauf Wert legte. Doch in seiner beruflichen Ehrerbietung ihr gegenüber kannte er offensichtlich keine Grenzen. Ich fragte mich, wie er wohl privat sein mochte. Würde er unten im Ort mit den Bauern, Beamten und Handwerkern in der Kneipe ein Bier trinken? Oder entsprach das in seiner Denkweise nicht seinem Stand? Mich schaute er gerade an wie jemand, der das tote Mitbringsel einer Katze begutachtete. „Möchten Sie sich vorher noch etwas frisch machen?"

Es war angenehm warm hinter den dünnen Scheiben des Wintergartens. Die Frühlingssonne, die in der kalten Luft draußen kaum zu spüren war, entfaltete hier ihre wohltuende Kraft. Es roch nach gutem Kaffee und nach dem schweren Parfum, das Mimi zu gesellschaftlichen Anlässen immer auflegte. Sie selbst war in ein elegantes und dennoch leichtes Kleid gewandet. Mit ausgebreiteten Armen empfing sie mich, drückte mir einen gar nicht damenhaften Schmatzer auf das Ohr, der sich anfühlte, als wolle sie mir das Hirn aussaugen. Das Gleiche versuchte sie auch auf der anderen Seite, doch ich schaffte es gerade noch, meinen Kopf so zu drehen, dass sie nur meine Wange erwischte. Danach drückte sie mich fest an sich.

Man hätte meinen können, dass diese intensive Begrüßung der Tatsache geschuldet war, dass sie dachte, jemand würde sie umbringen wollen. Ich wusste es jedoch besser: Es war ihr Standardritual, das ich bei jedem Besuch durchleben musste. Ebenso musste ich mir danach ihre Begutachtung und die damit verbundene Missachtung gefallen lassen.

Nun, ich hatte Norberts abschätzendem Blick standgehalten. Was sollte mir also noch geschehen?

„Sie wa's! Sie wa's! Polizei. Polizei." Das Krächzen hatte ganz unvermittelt angefangen. Im Käfig rappelte Poirot an den Stäben. Der Graupapagei wusste sein Sprachtalent immer im richtigen Moment zum Besten zu geben. Ich eilte zu ihm, griff in die Futterdose und reichte ihm schnell eine größere Nuss als Bestechung, damit er mit den Beschuldigungen meiner Person aufhörte; Leute, die ihn fütterten, bekamen von ihm immer rasch eine Amnestie.

„Du solltest mal ein paar neue Worte lernen, mein Freund", flüsterte ich ihm zu. Seine Antwort lautete: „Alta Ve'becha!"

„Er mag dich", übersetzte Mimi.

„Er bekommt ja auch immer was von mir."

„Nein, daran liegt es nicht", sagte Mimi, „er hat schon eine gewisse Menschenkenntnis. *Verbrecher* sind für ihn liebe Leute. Wenn er jemandem misstraut, nennt er ihn *verdächtig.*"

„Wie nennt er Typen wie Tom?"

„Tom?" Mimi tat unschuldig. „Wie kommst du jetzt auf Tom?"

Ich sagte nichts von dem Anruf. Um ein Pokerface bemüht, setzte ich mich an den Tisch und goss uns Kaffee ein. „Du hast ihn eingeladen."

Mimi lächelte. „Du weißt, warum ich ihn eingeladen habe. Er hat ein Motiv. Vielleicht will er mich umbringen."

„Und deshalb lädst du ihn ein? Etwas Verrückteres habe ich noch nie gehört. Überlass' das Ermitteln der Polizei."

„Du hast doch selbst gehört, dass sie die Kripo nicht schicken wollen. Die denken, dass es ein Unfall war."

Ich dachte an den Polizisten zurück, der sichtlich hilflos und sichtlich entnervt mit Mimis Art zu kämpfen hatte. Und immer wieder nannte sie ihn *Inspector*. Kein Wunder, dass er sie nicht für voll nahm. Schlussendlich hatte er in seinem Streifenwagen seine Dienststelle kontaktiert. Als man ihn mit der Kriminalpolizei verbunden hatte, sah der arme Kerl noch gequälter drein.

„Wir sollen uns wieder melden, wenn tatsächlich ein Mord geschehen ist!" Die Empörung Mimis äußerte sich in einem ironischen Lachen. „Na, das können sie haben."

„Wie meinst du das?", fragte ich überrascht.

„Wie ich es sagte. Mit dieser Einstellung, die die Beamten da an den Tag legen, ist es nur eine Frage der Zeit, bis es Tote geben wird."

Kaffee. Ich brauchte Kaffee. Mit viel Milch und Zucker. „Und deshalb lädst du To…" Ich unterbrach mich und beendete den Satz dann anders. „… die Mörder zu dir nach Hause ein?"

Mimi schob das Milchkännchen zu mir herüber. „Du sprichst in der Mehrzahl?"

„Du hast mehrere Einladungen verschickt", stellte ich nüchtern fest.

„Ja, das stimmt", antwortete Mimi, „aber vermutlich wird nur einer von ihnen mein verhinderter Mörder sein. Ihn zu finden, zu entlarven und dingfest zu machen, wird die Aufgabe der nächsten Tage sein."

Ich hatte nicht mitgezählt, wie oft ich den kleinen Löffel zwischen Zuckerdose und Tasse hin- und hergeschickt hatte. Entsetzt stellte ich fest, dass mich Toms Anruf zu sehr aus der Bahn geworfen hatte. „Verrückt", sagte ich deshalb halb zu mir und halb an Mimi gerichtet.

Mimi legte sachte ihre Hand auf die meine und tätschelte sie liebevoll. „Tom hat ein Motiv. Wenn du dich an euren Prozess erinnerst: Ich habe damals gegen ihn ausgesagt. Vielleicht ist ein abstürzender Flügel seine Methode, sich zu revanchieren ..."

„Das ist fast zwei Jahre her", wandte ich ein. Dabei nippte ich an der hellbraunen Brühe und verzog angewidert das Gesicht.

„Hass verjährt nicht."

„Wem sagst du das?"

Die Türklingel meldete sich lautstark mit dem Glockenschlag der Westminster Abbey. „Ah, da kommt unser Besuch. Norbert, lassen Sie doch bitte Herrn Jensen ein."

Keine Ahnung, wo der Butler so schnell hergekommen war. Doch wie aus dem Nichts war er gerade hinter Mimi erschienen. Und jetzt, wo meine Oma ihm eine Anweisung erteilt hatte, war er auch schon wieder mit einem „Sehr wohl" in besagtes Nichts verschwunden. Es war physikalisch beinahe unmöglich, dass er schon in der nächsten Minute das Gartentor öffnen konnte. Immerhin musste er die komplette Auffahrt durch den Garten hinter sich bringen. Und das in seinem gemessenen Schritt. Dennoch hörte ich, wie sich das schwere Schmiedeeisen in den Angeln bewegte.

„Manchmal ist mir Norbert unheimlich", flüsterte ich.

„Norbert?" Mimi nahm meine Tasse und goss den Inhalt in den Topf einer Yucca-Palme. „Sei nicht albern."

Der Kies raschelte im Rhythmus sich nähernder Schritte. Die Haustür öffnete sich, schloss sich. Wir hörten Norbert, wie er um Mantel und Hut bat ...

Herr Jensen, der Bürgermeister unserer Kleinstadt, betrat das Haus wie ein Zirkusdirektor seine Manege. Man hätte fast meinen können, dass er uns gerne besuchte. Das Strahlen seiner gebleichten Zähne erleuchtete den Raum. „Mimi! Wie schön, Sie zu sehen. Sie scheinen von Tag zu Tag jünger zu werden." Er nahm ihre Hand und deutete einen Kuss auf den Handrücken an. Schon drehte er sich in meine Richtung, verbeugte sich leicht und während sich eine Stirnlocke rebellisch aus der Pomade löste, rief er: „Helen, wenn ich mich nicht täusche. Oder war Anna Ihr werter Name?"

„Mein Name ist Malo", korrigierte ich seine plumpe Vertraulichkeit, „Helen Malo."

Er zögerte kurz, fand aber sogleich in sein Fahrwasser zurück. Er reichte mir die Hand, nickte und sagte etwas weniger überschwänglich: „Freut mich, Frau Malo. Es ist lange her, dass ich Sie bei Mimi gesehen habe."

„Es wäre mir lieber, Herr Jensen, wenn wir auch in meinem Fall bei der korrekten Anrede blieben. Mein Zuname lautet Richter, wie Sie wissen. Nach meinem Kenntnisstand haben wir nicht miteinander Fische gefangen."

Oma war im Ort eine Institution. Und obwohl ihr jeder mit Anerkennung und Respekt begegnete, war sie eigentlich für alles und jeden nur die Mimi. Wer besonders förmlich sein wollte, tat es Norbert nach und sprach von Madame Mimi oder – wie es die Kinder taten – von Tante Mimi. Dass sie nun dem Bürgermeister eine Lektion in Sachen Höflichkeit gab, setzte somit ein unmissverständliches Zeichen.

„Nun – äh – Frau Richter, Sie haben mir recht kurzfristig diese Einladung zukommen lassen. Ihr Brief lag gestern in meinem Posteingang." Der Bürgermeister versuchte sein aalglattes Gesicht wieder aufzusetzen. Doch er war eindeutig aus dem Konzept gerissen. „Natürlich habe ich mich sehr über Ihr Schreiben gefreut. Darf ich der Tatsache, dass Sie mich herbestellt haben, entnehmen, das Sie nun doch endlich zur Vernunft gekommen sind?"

Mimi setzte sich wieder auf ihren Platz. Ein kurzer Wink ihrerseits und ich setzte mich ebenfalls. Herr Jensen stand nun vor uns wie der Angeklagte vor dem Tribunal. Und Mimi vergaß gänzlich, ihm auch einen Platz anzubieten. „Wie kommen Sie darauf, dass ich die Vernunft verloren hätte?"

„Nein, nein. So habe ich das selbstverständlich nicht gemeint. Sie wissen schon. Die Stadt hat Ihnen ja mehrfach geschrieben."

„Ve'dächtig", krächzte es aus der Ecke. Irritiert blickte der Bürgermeister zu dem Papagei, der ein lautes „Krah!" hinterherschickte. Etwas Gequältes lag in seinem Gesicht, als er sich uns wieder zuwandte.

„Sie haben es sich doch anders überlegt? Das Angebot der Stadt ist überaus großzügig."

„Oma", sagte ich, „ich verstehe kein Wort."

Mimi schenkte mir einen neuen Kaffee ein. „Da gibt es nicht viel zu verstehen. Die Stadt möchte mir gerne dieses Anwesen abkaufen. Die Villa und den Garten."

„Genau", sagte Herr Jensen, „für eine Summe, die weit über dem Schätzwert liegt. Mit dem Verkauf der Immobilie wären Sie eine reiche Frau."

„Ich *bin* eine reiche Frau", antwortete Mimi gelassen. „Außerdem habe ich ein Alter erreicht, in dem ich es wohl kaum schaffen könnte, das Geld, was mir die Stadt bezahlen möchte, irgendwie sinnvoll auszugeben."

„Sie könnten es", seine Augen fixierten mich plötzlich, „vererben."

„Also bitte." Mimi tat entrüstet. „Ich verbitte mir solche Äußerungen." Sie öffnete das Zuckerdöschen. „Ich werde die Villa vererben, nicht das Geld. Die Villa! So wie sie hier steht. Ihr Einkaufszentrum wird auf meinem Grund und Boden nicht gebaut werden, solange ich es verhindern kann."

„Aber es ist wertvolles Bauland. Für die Stadt wäre es ein großer Schritt in die Zukunft. Ein Einkaufszentrum wäre eine Bereicherung für die Stadt."

Mimi lachte wie eine Zwanzigjährige. Sie erinnerte an eine Katze, die nach langem Suchen endlich ihr Mäuslein gefunden hatte. Und jetzt versetzte sie dem Mäuslein mit ihren Tatzen ein paar spielerische Hiebe.

„Es wäre wohl viel mehr ein großer Schritt in Ihre Zukunft, lieber Herr Bürgermeister. Und soweit ich das beurteilen kann, dürfte auch die Bereicherung ganz auf Ihrer Seite sein, oder nicht? Immerhin gehört Ihrem Bruder das ortsansässige Bauunternehmen. Und Ihrem Schwager das leer stehende Nachbargrundstück."

Herr Jensen rieb sich fahrig die Locke zurück in die verklebten Haare. Seine Autorität bröckelte zusehends. „Was unterstellen Sie mir da? Ich handle nur im Interesse der Stadt."

„Sie sind kein richtiger Politiker. Sie kaschieren Ihre Interessen nicht gut genug", erklärte Mimi genüsslich. „Die Frage ist nur, warum Sie es plötzlich so eilig haben, dass Sie dafür ein Verbrechen begehen würden."

Nervös wich Jensen einen Schritt zurück. Er wirkte ertappt. „Verbrechen? Was sagen Sie da, Mim... Frau Richter?"

„Ve'dächtig!", brüllte Poirot mit höchstem Genuss. „Ve'dächtig!"

„Vielleicht liegt es daran, dass die Legislaturperiode dem Ende entgegeneilt? Hat der Herr Bürgermeister Sorge, dass er nicht wiedergewählt wird? Haben Sie Ihre Schäfchen noch nicht im Trockenen?"

„Warum haben Sie mich herbestellt?" Der Satz war schon fast ein Bellen, das Basker hätte gerecht werden können. „Ich muss mir diese Verleumdungen nicht anhören. Sie vergessen, wen Sie vor sich haben!" Trotzdem entging mir nicht, dass Jensen zwei weitere Schritte zurück zur Tür gemacht hatte. Außerdem stand Norbert schon hinter ihm und hielt vorausschauend Mantel und Hut bereit. Unvermittelt sprach Jensen mich an: „Bringen Sie Ihre Großmutter zur Vernunft. Sie bekommt sonst noch große Schwierigkeiten mit solchen Äußerungen. Und ..." Er versuchte ein vertrauenswürdiges Lächeln, scheiterte aber bereits im Ansatz. „... möglicherweise kommen wir ja später ins Geschäft."

Es war in diesen Minuten nicht viel gesprochen worden. Und dennoch war der letzte Satz einfach zu viel gewesen. „Raus!", fauchte Mimi. Ihr gelang dabei das Kunststück, ihre Erhabenheit zu bewahren. Jensen gelang dies hingegen überhaupt nicht. Eventuell lag es daran, dass Norbert ihm recht ruppig in seine Sachen half. Unter Umständen lag es aber auch daran, dass der Bürgermeister auf dem Weg zum Tor feststellen musste, dass irgendjemand Willi und Basker aus dem Zwinger gelassen hatte. Als er all seine Würde abwarf, bewies er sein Talent als hervorragender Sprinter. Immerhin schaffte er es gerade rechtzeitig zum Tor heraus.

Aus irgendeinem Grund musste ich an eine Spinne denken: Mimi saß mit einem selbstgefälligen Dauergrinsen auf ihrem Stuhl und fixierte mich erwartungsvoll. Ich tat ihr nicht den Gefallen und so musste sie selbst das Wort ergreifen: „Na? Habe ich es nicht gleich gesagt?"

„Was hast du gesagt?"

„Er hat ein Motiv", triumphierte Mimi.

„Du denkst wirklich, dass sein Bauvorhaben Grund genug ist, dir ein Klavier auf den Kopf fallen zu lassen? Das ist verrückt."

Mimi erhob sich mühsam. „Liebes, es war ein Flügel. Und du wärst überrascht, wofür Menschen bereit sind zu morden. Wir reden hier von zig Millionen Euro, die in diesem Projekt stecken. Und ich kann mir an fünf Fingern ausrechnen, dass dem Herrn Bürgermeister der Arsch auf Grundeis geht. Wenn er seiner Klientel während seiner Amtszeit nicht das liefert, was er ihnen vor seiner Wahl versprochen hat, dürfte er in ziemliche Schwierigkeiten geraten."

„Woher willst du das wissen?"

Kopfschüttelnd griff sie nach ihrem Stock. „Helen, hast du jemals einen Blick in eine seriöse Zeitung geworfen? Es gibt da eine Rubrik, die man *Politik* nennt. Da kann man zwischen den Zeilen die tollsten Sätze lesen."

„Zwischen den Zeilen." Das hörte sich für mich nach billigen Verschwörungstheorien und Halbwahrheiten an.

„Ja, genau dort. Sein Wahlkampf war nicht billig, musst du wissen. Und weil eine Hand die andere wäscht, braucht Jensen noch ein verdammt großes Stück Seife. Deshalb versucht er, mit den Geldern der Steuerzahler mein Haus zu kaufen. Das angrenzende Ackerstück hat er schon zu Bauland erklären lassen."

„Aber wenn er dich …" Ich zögerte, es laut auszusprechen.

Mimi half mir vergnügt mit dem Wort aus: „… abmurkst."

„Ja – äh – wenn er dich abmurkst, hat er noch immer nicht deine Villa."

„Das ist wahr", sagte Mimi. „Er müsste sich mit meinen Erben auseinander setzen. Da er jedoch weiß, dass meine Erben unter Umständen dringend Geld brauchen …"

Unsere Blicke trafen sich auf eine unangenehme Weise. Ich drehte mich weg.

„Geld kann manchmal Probleme lösen, wenn man es hat. In meinem Fall macht mir das Geld allerdings Probleme, weil ich es habe."

Ich dachte an die Briefe. Fünf Umschläge für fünf Personen, von denen Mimi glaubte, dass sie Mordgelüste haben könnten. Der Bürgermeister Jensen war also ihr erster Verdächtiger; Tom betrachtete sie ebenso als möglichen Täter. Ich erinnerte mich an die anderen drei Namen: Helge Bionda, Hans Kuhn und Ferdi Johannson …

… Ferdi?

„Du denkst, dass Ferdi dich wegen des Erbes umbringen will?"

„Dein Bruder, dieser Tunichtgut, kommt mich morgen besuchen."

Mir blieb auch nichts erspart. Auf meiner Liste mit Personen, denen ich nicht begegnen wollte, stand direkt hinter Tom, der uneinholbar auf dem ersten Platz verweilte, Ferdi.

Ferdi war nicht mein Bruder. Gott sei Dank. Wer wollte ein solches Subjekt schon als Bruder haben? Aber Mimi zog mich ganz gerne damit auf. Immerhin hatten er und ich dieselbe Großmutter. Denn Ferdi war das Enkelkind aus Mimis dritter Ehe. Ich war das Enkelkind aus der vierten Ehe. Er war somit nur mein Cousin. Das war schon mehr Verwandtschaft, als ich ertragen konnte.

„Ich möchte dich bitten, dass du morgen auch kommst." Es bestand für mich kein Zweifel daran, dass dieser Satz keine Bitte war, denn es lag all ihre Autorität darin und ich war schon zu lange ihre Enkelin, als dass ich mich ihr hätte widersetzen können. Resigniert ließ ich die Schultern hängen. „Ja, Oma."

„Ich mag nicht, wenn du mich Oma nennst. Ich komme mir dann so alt vor."

Um ein Haar hätte ich geantwortet, dass sie mit Jahrgang 1927 gerade ihren 87sten Geburtstag hinter sich hatte und somit tatsächlich alt war. Ich schluckte meine Worte runter und sagte nur: „Ja, Mimi."

Mimi schlug unvermittelt laut klatschend die Hände zusammen. „Und jetzt steht mir der Sinn nach etwas Abwechslung. Lass uns zusammen ins Städtchen fahren. Im Antiquariat gibt es bestimmt noch den ein oder anderen Schatz für meine Bibliothek zu heben."

Das Antiquariat. Natürlich zog es Mimi wieder dorthin. Vermutlich war sie dort mit Abstand die beste Kundin.

Norbert half Mimi bereits in ihren Mantel. „Was hältst du davon, wenn wir den Wagen stehen lassen? Wir könnten mit dem Bus fahren."

„Der Benz bleibt stehen?", fragte der Butler.

Mimi dachte kurz nach. Dann sagte sie: „Ich denke, Norbert, Sie könnten uns in einer halben Stunde mit dem Benz folgen, um die Einkäufe entgegenzunehmen. Ich möchte nicht, das Helen gleich die Tüten schleppen muss."

„Warum fahren wir dann nicht gleich mit dem Wagen nach unten?", fragte ich.

„Mir steht der Sinn nach etwas Abenteuer", erklärte Mimi. Dabei griff sie nach einem mehr oder weniger dezenten Handtäschen und ihren weißen Handschuhen, die sie aber nicht anzog, sondern nur über dem Reißverschluss der Tasche drapierte.

Abenteuer! Ihrer Ansicht nach wollte ihr jemand das Licht ausknipsen; aber als Abenteuer betrachtete sie eine Busfahrt zum nächsten Buchladen.

Als sich die Türen des Busses schnaubend öffneten, ahnte ich, dass die Busfahrt tatsächlich zum Abenteuer geraten könnte. Der Fahrgastraum war überfüllt mit …

„Punks", sagte Mimi abfällig und etwas zu laut.

„Nur ein paar Jugendliche", flüsterte ich beschwichtigend.

Keine auffälligen Frisuren, auch die modische Erscheinung entsprach nicht der Szene. Trotzdem waren diese Halbstarken nicht das, was man als Muttersöhnchen bezeichnen konnte. Ein halbes Dutzend Typen in schmuddeligen Klamotten, eingedünstet in einer Mischung aus billigem Deo und Alkohol, fläzte sich auf den Sitzplätzen rund um die Tür.

Schon nahmen sie uns in den Fokus. Und bei deren Anblick wusste ich sofort, dass die Jungs auf Krawall gebürstet waren. Mimi kam offenbar zu dem gleichen Schluss und entschied, dass Angriff wohl die beste Verteidigung sei. „Junger Mann", sprach sie denjenigen an, den ich instinktiv für den Anführer der Rotte hielt. Mit einfältig wirkendem Blick musterte er Mimi und grunzte dann etwas, das man als „Ja?" deuten konnte.

„Würdest du mir bitte deinen Platz räumen?" Sie deutete mit ihrem Stock auf den in Bussen üblichen Aufkleber, der darauf aufmerksam machte, dass Gehbehinderten und älteren Herrschaften zu helfen sei. Der

Aufkleber war direkt über dem jungen Mann an der Kabinendecke angebracht. Als Antwort erhielt sie ein weiteres Grunzen.

Der Stock verharrte noch einen kurzen Moment. Dann …

„Es ist ein durch und durch unerzogenes Benehmen, das Alter nicht zu ehren", schimpfte Mimi, als wir den Bus verließen. Ein Wimmern folgte uns hinaus auf die Straße.

„Ist es nicht auch unerzogen, so etwas mit einer Gehhilfe zu machen?"

„Er hätte sich ja nicht so breitbeinig hinsetzen müssen."

„Mimi!"

„Wer die Pfade der Moral und des Anstandes verlässt", erklärte Mimi hocherhobenen Hauptes, „muss damit leben, dass ich ihm folge!"

Diesen Satz sollte ich mir merken. Und später überkam mich noch oft die Frage, wie oft Mimi die Pfade der Moral bereits verlassen hatte.

Als wir uns dem wundervollen Jugendstilbau näherten, öffnete sich bereits die Tür. Frau Liber, die Inhaberin des Antiquariats, kam uns freundlich lächelnd entgegen. „Mimi! Wie schön, dass Sie mich wieder besuchen kommen. Haben Sie noch ein freies Plätzchen in Ihren Regalen gefunden?"

„Für die Schätze, die Sie aus Ihrem Keller holen, würde ich sogar noch einen Anbau an mein Häuschen setzen", sagte Mimi. Sie drückte mir ihren Stock und das Täschchen in die Hand, um sich dann von Frau Liber in den Laden führen zu lassen. Kaum hatte sie die Schwelle überschritten, durchlief sie eine erstaunliche Wandlung. Mir kam es immer vor, als würde sie in diesem Laden ihr Alter vollends vergessen. Sie wirkte überhaupt nicht mehr alt und gebrechlich. Selbst ihre Haare schienen plötzlich wieder leicht blond zu werden. Aufrecht, fast tänzelnd, eilte sie zwischen den Auslagen herum, stöberte hier und dort, las Klappentexte und begutachtete Titelbilder.

Ich stellte mich etwas verloren in eine Ecke und schaute Mimi mit mäßigem Interesse zu. Unser Aufenthalt konnte dauern, denn es gab zwar sehr viele Bücher hier, doch nur wenig, was Mimi noch nicht kannte. Sie musste also genauer hinschauen, um begehrenswerte Titel zu finden.

„Kaffee?" Frau Liber stand neben mir. Etwas Mitleidiges lag in ihren Augen.

„Gerne", erwiderte ich dankbar. Schon hatte ich eine Tasse in der Hand. Ich kostete: Milch und Zucker. So wie ich ihn am liebsten mochte.

„Sie teilen Mimis Begeisterung für Kriminalliteratur nicht", stellte Frau Liber fest.

„Woher wissen Sie …?"

„… der Laden ist voll davon. Sie wären die erste Büchersüchtige, die sich bei diesem Anblick beherrschen könnte. Ich kenne Leute, die es schaffen, hier den ganzen Tag zu verbringen. Wenn ich abends abschließen möchte, muss ich sie fast mit dem Besen raustreiben."

„Ihre Kunden lesen hier?"

„Es ist ein Geschäft voll mit Büchern."

„Aber sollten die Leute die Bücher nicht kaufen?"

Frau Liber dachte kurz darüber nach. Dann legte sie den Kopf zurück und lachte. Sie lachte über einen Witz, den nur sie zu verstehen schien. Dennoch bekam ich eine Antwort: „Den Büchern ist es nicht wichtig, ob sie gekauft werden. Ihnen ist es wichtig, dass sie gelesen werden."

Ich beschloss, dass diese Frau mindestens so merkwürdig war wie meine Oma.

Mimi gesellte sich zu uns. „Was ich hier noch nicht gefunden habe, ist etwas von Paul Langenscheidt. Fehlt mir noch in meiner Sammlung."

Frau Liber dachte kurz nach, lauschte offenbar Stimmen, die nur sie vernehmen konnte. „Langenscheidt, Paul? Von ihm stammt *Blondes Gift*. Da habe ich bestimmt was im Keller. Haben Sie einen Moment Zeit? Dann werfe ich mal meine Internetmaschine an und schaue, welche Auflage die richtige für Sie sein könnte." Sie verschwand im benachbarten Raum.

„Internetmaschine? Hat sie gerade Internetmaschine gesagt?" Ungläubig ließ ich meinen Zeigefinger ein paar kreisende Bewegungen an der Stirn vollführen.

Mimi grinste nur. „Lass die mal machen. Ich habe bislang noch nicht erlebt, dass es ihr nicht gelungen ist, ein Buch zu beschaffen."

„Ja, schon. Aber Internetmaschine? Warum sagt sie nicht Computer wie jeder andere vernünftige Mensch auch?"

Ein mechanisches Kreischen erfüllte plötzlich den Raum. Irgendwo ratterten Zahnräder, Dampf zischte und das Geräusch einer stampfenden Pumpe war kurz zu hören.

„Hört sich mehr wie eine Maschine an", erklärte Mimi fröhlich. „Findest du nicht auch?"

„Dieser Laden ist *strange*."

„Ich mag es nicht, wenn du Anglizismen verwendest", wies mich Mimi zurecht.

„Das sagt die Frau, die einen Polizisten *Inspector* nennt", konterte ich.

Mit dem Recht der Älteren sagte sie: „Das ist etwas vollkommen anderes."

Eine Viertelstunde später verließen wir den Laden wieder. In der Hand hielt ich die gebundene Erstausgabe von Herrn Langenscheidt für Mimi und einen in Folie eingeschweißten *Paul Temple* für mich. Nein, ich hatte den Heftroman nicht ausgesucht. Diese Frau Liber hatte ihn mir einfach in die Hand gedrückt. „Dürfte Ihnen gefallen." Geld wollte sie keines dafür. Das bewahrte mich vor einer kleinen Peinlichkeit, denn mein Portemonnaie wäre leer gewesen. Vielleicht war der Kaufpreis für Mimis Buch so hoch, dass dieserart Beigaben üblich waren.

„Das hat sich doch gelohnt." Mimi ging zum Wagen, der wie verabredet am Bordstein auf uns wartete. Norbert hatte die Gelegenheit genutzt, den glänzenden, schwarzen Lack mit einem Tuch zu polieren. Die silberne 220 auf dem Kofferraum leuchtete mit der Sonne um die Wette. Das Vehikel aus dem Jahre 1960 wäre rein optisch auch jetzt noch als fabrikneu durchgegangen. Da ihr Bedarf an Abenteuern für heute anscheinend gedeckt war, sparten wir uns weitere Eskapaden und nahmen auf der ledernen Rückbank hinter Norbert Platz.

Der Abend kam. Und ich ging. Die Luft war mild und die Dämmerung kämpfte noch tapfer gegen die Nacht an, als ich mich mit dem Haustürschlüssel in der Hand meinem Zuhause näherte.

Es war ruhig in der sonst so viel befahrenen Straße. Keine Autos, keine Fußgänger. Trotzdem stellten sich jäh meine Nackenhaare auf. Auf unangenehme Weise spürte ich plötzlich, dass ich nicht allein war.

Jemand stand hinter mir. Nah. Sehr nah. Die altbekannte Angst fraß sich in meine Knochen. Ich wagte es nicht, mich umzudrehen und mühte mich mit zitternden Fingern, den Schlüssel in das Schloss zu rammen.

„Hallo Schatz", flüsterte eine Stimme in mein Ohr.

Meine Knochen wurden weich, mir wurde schlecht und schwindelig.

„Hallo Tom", keuchte ich, schloss kurz die Augen, darum bemüht, nicht vollends die Fassung zu verlieren. Dann nahm ich all meinen Mut zusammen und drehte mich um. Er stand so nah bei mir, dass ich unweigerlich einen Schritt zurückweichen musste. Schon stand ich mit dem Rücken an der Wand, ohne Fluchtmöglichkeit, ohne Verteidigung.

Und Tom stand vor mir, blickte mit seinen 1,90 Meter Körpergröße auf mich herab. „Ich hab den ganzen Tag versucht, bei dir anzurufen." Er streckte seinen rechten Arm neben mir aus, stützte sich so an der Fassade ab. Ich nahm den süßlichen, etwas ranzigen Geruch wahr, der mir aus seiner Achselhöhle entgegenströmte. Ich versuchte, in die andere Richtung zu entkommen, doch auch dort war schon ein Arm. Das Licht der Straßenlaterne malte Schatten auf Adern, Sehnen und Muskeln. Es war lange her, dass mich dieser Anblick in Verzückung versetzt hatte. Ich hatte in harten Lektionen gelernt, dass dieser gestählte Körper nicht so erotisch und zärtlich war, wie ich es mir gewünscht hätte. Tom sah zwar auf den ersten Blick aus wie der sympathische Hollywoodstar; ein Superheld. Aber er rettete keine Welten. Er vernichtete sie.

Mit dem letzten Bisschen Spucke im Mund schaffte es meine Zunge, einen Satz zustande zu bringen: „Was willst du von mir?"

„Ich wollte dir nur sagen, dass ich Mimi besuchen werde. Ich hoffe, dass du dann auch da sein wirst. Immerhin haben wir ja noch einige Dinge zu klären."

Seine Rechte wanderte in meinen Nacken. So wie er es früher getan hatte, berührte er mich dort sanft und zärtlich. „Lass' das", fauchte ich und schon wandelte sich seine Liebkosung in einen brutalen Haltegriff. Mir schossen die Tränen in die Augen.

„Fräulein Richter?" Eine Stimme drang von irgendwoher zu uns herüber. „Sie haben Ihre Jacke bei uns vergessen."

Toms Hand löste sich, verschwand mit ihm in die einsetzende Dunkelheit. Dann kamen Schritte näher. Jemand fing mich auf, als ich die Wand herunterrutschte, stützte mich. Mühsam blickte ich auf. Norbert!

„Sie schickt der Himmel."

„Ist Ihnen nicht gut?" Konnte es sein, dass der Butler Tom nicht gesehen hatte?

„Doch, doch … alles in Ordnung", heuchelte ich.

„Soll ich Ihnen noch nach oben helfen?"

„Geht schon … Ich glaube, ich möchte jetzt ein wenig allein sein."

Obwohl ich schon oft zu der Erkenntnis gekommen war, dass das Alleinsein nicht gut für mich war, floh ich förmlich vor Norberts Fürsorge. Irgendwie landete ich in meiner Schlafstatt, versteckte mich unter meiner Decke und dem Kissen und ergab mich meinen Weinkrämpfen. Und als ich mich endlich ausgeheult hatte, begann eine endlose Reise durch die Nacht, in der ich mich schlaflos umherwälzte. Manchmal hielt ich inne, nur um den Geräuschen meiner Wohnung zu lauschen. Das irrationale Gefühl, dass mich Tom belauschte, beobachtete und jeden Moment heimsuchen würde, ließ sich nicht abschütteln.

Gegen vier Uhr in der Frühe gab ich auf. Ich stemmte mich hoch, schlurfte zum Kühlschrank und suchte seinen Inhalt nach etwas Brauchbarem ab. Neben einem angebissenen Sandwich, einem Stück Pizza, das sich zu einem grünlich blühenden Wrap zusammenrollte, und einem Paket etwas zu weißem Käse, lag eine angefangene Flasche Rotwein. Ein halbes Glas konnte ich mir damit noch füllen. Nun, es war eigentlich kein Glas. Gespült hatte ich schon seit drei Tagen nicht mehr. Aber dem guten Tropfen war es vermutlich egal, dass er aus dem Zahnputzbecher getrunken wurde.

Während sich die süßliche Wärme des Alkohols beruhigend durch die Kehle den Weg in meine inneren Abgründe bahnte, führten mich meine Schritte zum Fenster. Eingelassen in der Dachschräge musste ich es öffnen, damit ich auf die Straße hinunterblicken konnte. Kühle Luft strömte mir entgegen.

Tief unter mir, überstrahlt vom Licht einer Straßenlaterne, im Schatten einer Toreinfahrt, nahm ich eine Bewegung wahr. Kaum sichtbar. Ich hatte es nicht richtig gesehen, mehr gespürt. Doch ich war mir sicher, dass dies keine Einbildung war. Dort versteckte sich ein Mann! Und er sah mich an.

Das gestreifte Band

Frühstücksidylle bei Mimi: Kaffee und Brötchen, Marmelade und Wurst, verschiedene Briefe. Darunter auch eine Rechnung von einem Klavierspediteur. Merkwürdig. Mimi prostete mir mit einem Glas frisch gepresstem O-Saft zu. „Schön, dass du schon da bist." Als ob ich eine Wahl gehabt hätte!

Norbert hatte mich ganz früh am Morgen mit dem Benz abgeholt, nachdem Mimi sein Kommen fünf Minuten vor seinem Erscheinen telefonisch angekündigt hatte. Weder für Widerworte noch für einen andersartigen Protest hatte mir Norbert Zeit gelassen. Mit einem Reise-koffer bewaffnet hatte er meine Bude gestürmt und angefangen, meine Sachen zu packen. Seine Diskretion hatte er offenbar im Handschuhfach des Wagens vergessen, denn selbst mein Wäschefach war nicht vor ihm sicher. Mit raschen Griffen nahm er meine Slips und Hemdchen und legte sie neben Hosen, Blusen und den ganzen anderen Kram aus mei-nem chaotischen Kleiderschrank. Dann verschwand er im Bad, wo er scheppernd meine wenigen Körperpflegeartikel in einem mitgebrachten Necessaire-Beutel verstaute.

„Ich habe beschlossen, dass du in den nächsten Tagen hier bei mir schlafen wirst", stellte Mimi fest. Sie setzte das Glas ab und tupfte sich mit einer Stoffserviette das Fruchtfleisch von der Oberlippe. Konnte es sein, dass Norbert Tom doch gesehen hatte?

„Und wenn ich nicht …?"

„Du wirst gar nicht gefragt", unterbrach mich Mimi. Ein kurzer, vielsagender Blickwechsel zwischen Norbert und ihr bestätigte meine Vermutung. „Lena richtet dir gerade das Gästezimmer her. Wenn du gefrühstückt hast, kannst du dich frisch machen. Vielleicht hast du ja auch Lust auf ein langes Bad."

„Mimi!" So ein Wink mit dem Zaunpfahl tat weh.

Doch sie bemühte sich, ihren Hinweis nachträglich freundlicher zu verpacken: „Ich möchte nur, dass du dich bei mir wohlfühlst. Ein heißes Schaumbad kann da bestimmt nicht schaden."

Norbert gab ein unterdrücktes Grunzen von sich. Mimi drehte sich zu ihm um. „Wenn Sie so müde sind, Norbert, sollten Sie sich den Rest des Vormittages freinehmen. Es ist redlich, dass Sie Ihren Schlaf im Stehen nachholen, doch ich befürchte, dass Sie Ihren Pflichten auf diese Weise nicht in angemessener Form nachkommen können. Ich denke, dass ich Ihre Dienste erst wieder in Anspruch nehmen muss, wenn mein Enkelsohn hier erscheint."

Norbert nickte. Erst jetzt fiel mir auf, dass er sehr müde und misslaunig wirkte. Als er aus dem Zimmer verschwand, ließ er beinahe die Schultern sinken. Nur beinahe. Kann man Haltung bewahren und sich trotzdem hängen lassen? Norbert wusste die Antwort.

„Was ist denn mit dem los?", fragte ich.

Mimi tat harmlos. „Nichts. Er hat sich wohl die Nacht um die Ohren geschlagen."

Ich dachte an den Mann, den ich in der Toreinfahrt gesehen hatte. „Norbert?"

„Natürlich. Norbert kann sich doch auch mal vergnügen. Er hat mir keine Rechenschaft darüber abzulegen, was er nach Dienstschluss tut."

„Dienstschluss?"

„Mein Gott, Helen! Was ist aus deinem Sprachschatz geworden? Mit deinen Ein-Wort-Sätzen wirst du keinen Pulitzer-Preis gewinnen."

Sie schob ihren Teller beiseite und platzierte ein Buch vor sich. Es war natürlich *Blondes Gift*. Zwischen Brotkrümeln und Frühstücksgedeck wirkte das antiquarische Buch so deplatziert wie eine kostbare Flasche Wein zwischen den Tetra Paks beim Discounter. Das störte Mimi offensichtlich nicht im Geringsten. Sie schaute nur noch einmal kurz auf und sagte: „Vielleicht solltest du dir endlich ein Brot schmieren."

Mein Magen entlarvte meinen Hunger mit einem leisen Knurren. Mit einem Messer halbierte ich ein Brötchen und nahm mir eine großzügig bemessene Portion Honig. „Können wir nochmal über deine Gästeliste sprechen?"

Mimi zog die Stirn kraus. Ein Zeichen dafür, dass sie zwar zuhörte, sich aber eigentlich lieber auf ihre Lektüre konzentrieren wollte. „Ja? Was ist damit?"

„Du sagst, dass du all diese Männer als mögliche Mörder ansiehst."

„Ja." Mimi sammelte ihre Gedanken und schien dann nach plausiblen Worten zu suchen. „Sie haben ein Motiv. Und sie alle entsprechen mindestens einem Klischee des Kriminalromans."

„Welche Klischees?" Ich war verwirrt.

„Der habgierige Politiker, der Erbschleicher, der Intrigant, der Rachsüchtige ..."

„Du hast auch Hans eingeladen."

Mimi nickte. „Natürlich! Er ist der Gärtner. Du kennst doch den Ausspruch: ‚Der Gärtner war's'."

„Dann müsstest du auch Norbert verdächtigen", sagte ich empört. „Er ist der Butler."

Ich erntete für diesen Vorstoß ein tadelndes Schnauben. „Jetzt werd' nicht albern." Für einen Moment vergaß ich, in mein Brötchen zu beißen: Etwas Unheimliches durchstreifte die Züge meiner Oma, als sie beifügte: „Dann könntest du genauso gut mich als Mörderin bezeichnen."

Dass ich Norbert ins Gespräch gebracht hatte, war eigentlich nur Spaß gewesen. Immerhin war ich von dem Mordversuch noch immer nicht so richtig überzeugt. Aber hier und jetzt, an diesem Frühstückstisch, überkam mich ein sonderbares Gefühl. Es war eine reine Bauchsache. Nichts, was ich rational begründen konnte. Doch mein Herz raste, als ob mir eine plötzliche Erkenntnis zuteil geworden wäre. „Mimi ..."

„Ja?"

Die Rechnung ... Konnte es einen Grund geben, sich selbst ein Klavier auf den Kopf fallen zu lassen? Oder konnte es einen Grund geben, sich besagtes Klavier *beinahe* auf den Kopf werfen zu lassen? „Nichts", sagte ich etwas zu schnell. Das Buch wurde dennoch zugeschlagen und ich war vollkommen im Zentrum ihrer Aufmerksamkeit.

„Du siehst aus, als hättest du ein Gespenst gesehen."

Ich versuchte, das Gespräch wieder auf Hans zu lenken. „Wann war denn schon mal tatsächlich der Gärtner der Mörder? Ich meine, ok, den Ausspruch kennt man. Aber welcher Krimiautor hat sich jemals getraut, so was ..."

„Simon Beckett zum Beispiel", kam es wie aus der Pistole geschossen. „Aber ich glaube nicht, dass dich das gerade so beschäftigt hat", fügte Mimi hinzu.

Ich konnte ihr nichts vormachen, jedoch sträubte sich irgendwas in mir dagegen, ganz einfach auf die Rechnung des Spediteurs zu deuten. Fast fluchtartig sprang ich von meinem Stuhl auf, ließ mein angebissenes Honigbrötchen zurück und hörte beim Verlassen des Raumes, wie Mimi rief: „Wohin so eilig?"

„Baden", antwortete ich hastig und stolperte die Treppe hinauf.

Während die Schaumbläschen prickelnd und leise knisternd auf meinen Armen platzten, erkannte ich, dass mein erzwungener Aufenthalt in Mimis Villa selbstverständlich auch nicht zu verachtende Vorteile hatte. Einer dieser Vorteile war die sündhaft große Badewanne, die zu meinem Zimmer gehörte. Außerdem war das Badezimmer dem Wald zugewandt. Also konnte ich das Fenster weit offen stehen lassen, ohne dass ich befürchten musste, dass mich indiskrete Blicke treffen könnten. Stattdessen umgab mich Vogelgezwitscher, harzige Waldluft und ein wunderbares Gefühl einsetzender Entspannung.

Mein Verhalten von eben kam mir nun schlichtweg albern vor. Ich schämte mich fast, dass ich Mimi ... Allerdings ging mir die Rechnung nicht wirklich aus dem Kopf.

Neben meinem Zimmer hatte offenbar Norbert sein Quartier, denn irgendwann hörte ich leise sein gleichmäßiges Schnarchen. Ich war nur mäßig erstaunt, dass auch er in diesem Hause lebte. Typen wie er gingen dermaßen in ihrem Beruf auf, dass sie kein Zuhause kannten. Keine Freizeit. Nein. Norbert war immer für Mimi da.

Das warme Wasser ließ mich über meinen Gedanken etwas dösig werden. Norberts Schnarchkonzert tat sein Übriges. Mir fielen langsam die Augen zu.

Norbert, dachte ich. Er war immer mit Mimi zusammen. Vielleicht sollte ich ihn mal fragen, was es mit der Rechnung auf sich hatte. Würde er antworten? ... Nein.

Ein Zischen weckte mich. Das Wasser in meiner Badewanne war erkaltet und ließ mich frösteln. Mit steifen Gliedern kletterte ich heraus und stellte fest, dass meine Anziehsachen nicht mehr am Türhaken hingen. Stattdessen hingen dort zwei blütenweiße Handtücher und ein flauschig weicher Bademantel. Ich trocknete mich rasch ab, rubbelte mir die

Gänsehaut vom Leibe und zog mir den Bademantel an. Während ich ihn zuknotete, hörte ich wieder das Zischen. Außerdem gluckerte etwas. Das kam aus meinem Zimmer! Misstrauisch öffnete ich die Tür einen Spalt. Ich weiß nicht, wen ich erwartet hatte. Doch ich war erleichtert, als ich feststellte, dass es Lena war, die in meinem Schlafzimmer stand und mit einem Bügeleisen eine meiner Hosen bügelte.

„Hallo Lena", sagte ich. Etwas verlegen ging ich zu ihr. Mir war es unangenehm, dass nun auch sie das Chaos in meiner Kleidersammlung kannte. Es reichte schon, dass Norbert in meinen Schränken gewühlt hatte. Außerdem musste sie eben im Bad gewesen sein, als ich geschlafen hatte. Intimsphäre schien das Personal meiner Oma tatsächlich nicht zu kennen.

„Mimi hat gesagt, dass ich bei Ihnen mal nach dem Rechten schauen soll." Lena errötete leicht. „Ich hoffe, es war Ihnen recht, dass ich die schmutzigen Sachen aus dem Bad geholt und in die Wäsche gebracht habe."

„Schmutzig?", fragte ich etwas zu schnell. Zwischen sauber und schmutzig gab es meiner Meinung nach viele feine Abstufungen. Schließlich wollte ich nicht zu oft in den Waschsalon am anderen Ende des Ortes. Die abgelegten Kleider hätten nach dem Lüften bestimmt als frisch gewaschen durchgehen können.

„Oh", ließ Lena vernehmen. Sie schlug die Augen nieder. „Entschuldigung. Ich wollte Ihnen nicht zu nahe treten. Soll ich die Sachen wiederholen gehen?"

„Nein. Sie haben schon recht, Lena. Danke."

„Ich wollte Ihre Kleidung schon mal in den Schrank einräumen. Aber zum Falten war das Meiste zu …" Lena hielt inne. Sie wollte nicht in das nächste Fettnäpfchen treten. Doch dafür war es wohl zu spät. Das war auch ihr bewusst. Sie errötete. „… zerknittert und zerknautscht", beendete ich ihren Satz und versuchte, die Situation mit einem Lächeln zu entschärfen. Ich mochte das Mädchen. Jung und naiv wirkte sie. Etwas über zwanzig mochte sie sein und vom Leben hatte sie bestimmt noch nicht viel gesehen.

Als ich in ihrem Alter gewesen war, hatte ich Tom kennengelernt. Und er hatte mir in den folgenden zehn Jahren viele Lektionen in Sachen Leben erteilt. Meine Naivität hatte ich endgültig abgelegt.

„Norbert hat gepackt", sagte ich. Das war ja keine Lüge. Der offenkundige Vorwurf, dass er für den Zustand der Kleidungsstücke verantwortlich sei, hatte mit der Wahrheit allerdings auch nichts zu tun.

„Ich geh schnell mit dem Bügeleisen über die Sachen und räume sie dann in den Schrank", erklärte Lena eifrig. Zur Bestätigung ihrer Absichten schnaubte das Bügeleisen in ihrer Hand.

Da ich mir etwas überflüssig und nutzlos vorkam, beschloss ich, mich in die Bibliothek zu verkrümeln.

Ohne Zweifel: Dieser Raum, angefüllt mit unzähligen Büchern, war das Herzstück des Hauses. Vom Boden bis zur Decke klommen Regalbretter in die Höhe. Da die Bibliothek doppelt so hoch wie die übrigen Zimmer des Hauses war, waren an jeder Wand Leitern auf Rollen angebracht, die man entlang einer Schiene schieben und beliebig positionieren konnte. Als Kind hatte ich mich oft an ihre Unterseite gehängt und mich kräftig mal in die eine, dann in die andere Richtung abgestoßen.

Auch heute war ich gerne hier. Nicht zum Spielen, nein. Aber ich mochte die Ruhe in diesem Raum. Das Papier schien alle Laute aufzusaugen, zu schlucken. Manchmal stellte ich mir vor, dass sie die gesprochenen Wörter in sich aufnahmen und auf ihr Papier bannten. Noch schöner wäre es gewesen, wenn sie auch meine Vergangenheit auf diese Weise gefressen hätten. Das taten sie natürlich nicht. Stattdessen bescherten sie dem Leser nur weitere Dramen. Mord und Totschlag gab es hier in diesem Raum. Gewalt.

„Unterhaltsam", hätte Mimi gesagt. „Morbide", hätte ich wahrscheinlich geantwortet.

„So nachdenklich?" Eine Männerstimme verscheuchte die Stille. Erschrocken fuhr ich herum. Tom?

Nein. Im Türrahmen stand ein anderer Mann. Zunächst sah ich nur seine Silhouette. Die schmächtige und verbogene Statur eines Fragezeichens. „Hallo Helen. Lang nicht mehr geseh'n." Es war Ferdi. Na toll.

Ein anzügliches Grinsen aufgesetzt, ließ er den Blick über meinen Bademantel streifen. Verschämt zog ich den Stoff vorm Hals enger zusammen. „Seit wann genierst du dich denn so?" Der Typ war mir einfach nur zuwider.

„Hallo Ferdi." Ich drehte mich zum nächsten Regal um und zog mir irgendein Buch raus: *Wenn der Postmann zweimal klingelt.*

Ferdi kam zu mir herüber und schaute über meine Schulter. Dabei langte er wie selbstverständlich nach meinen Hüften, als wären wir ein Paar. „Ein scheiß Buch", kommentierte er meine Auswahl, „ich hab den Film mal gesehen. Kommt gar kein Briefträger drin vor." Als ob das etwas über die Qualität des Buches aussagen würde.

Möglichst grob schob ich seine Hände fort. „Lass das!"

Er entfernte sich wieder einige Schritte, ließ dabei einen leisen, bewundernden Pfiff hören. Der galt allerdings nicht mir. „Seit meinem letzten Besuch hier sind es noch mehr Bücher geworden. Hier steht ein Vermögen."

Ja, so kannte ich Ferdi. Mit Dollarzeichen in den Augäpfeln wanderte er durch die Welt. Wie *Dagobert Duck* bemaß er alles, was er sah, nach seinem finanziellen Wert. Mit dem Unterschied, dass er nicht so viel Geld in einem Geldspeicher besaß. Und wenn er einen Geldspeicher gehabt hätte, wäre jeder Kreuzer und jeder Taler für die Tilgung seiner Schulden nötig gewesen. Obendrein hätte er anschließend noch den Geldspeicher verpfänden müssen, damit er wenigstens für die nächsten zwei Wochen in einem Wohnanhänger hätte leben dürfen.

Er zog sich einen besonders kostbar wirkenden Schinken heraus, blätterte darin herum und klemmte ihn sich dann unter den Arm. Im nächsten Moment hatte er ein Smartphone in der Hand und tippte routiniert auf dem Display herum.

„Was machst du da?", fragte ich.

„Mal sehen, ob ich das Teil bei Ebay verkauft kriege."

„Spinnst du?"

„Ach, stell dich nicht so an. Mimi hat so viele modernde Bücher hier drin. Das merkt die nicht."

Ein Räuspern. Und Norbert stand, gestriegelt und gespornt, neben Ferdi. Wortlos nahm er das Buch an sich und stellte es mit steinerner Miene zurück an seinen Platz. „Madame erwartet Sie im Wintergarten."

Schon schritt Norbert davon. „Mann, hat der Kerl 'nen Stock im Arsch", stellte Ferdi fest. Er gluckste dabei auffordernd, als müsste ich voll und ganz seiner Meinung sein und diesen Spruch besonders kreativ finden.

„Er ist ein Mann der alten Schule", sagte ich, wohlwissend, dass uns Norbert noch hören konnte. „Er ist loyal und zuverlässig."

„Apropos loyal." Was mochte jetzt aus Ferdis Mund kommen? Mit Loyalität konnte es eigentlich nichts zu tun haben. Ich war mir nicht mal sicher, ob er die Bedeutung des Wortes richtig verstand. „Mich hat der Bürgermeister neulich angerufen. Hat mir ein tolles Angebot für die Villa gemacht."

„Wie kann er dir ein Angebot für die Villa machen? Sie gehört dir doch gar nicht." Ich spürte, wie Wut in mir zu köcheln begann.

„Sie gehört mir *noch* nicht", korrigierte Ferdi mich. „Aber ich werde einen Teil hiervon erben. Um genau zu sein: Ich werde eine Hälfte hiervon erben. Die andere Hälfte wird wohl dir gehören. Deine Mama wurde ja schon vor einiger Zeit enterbt. Hat sich in den Augen unserer Oma mit dem falschen Mann zusammengetan. Schön, dass unsere Familie inzwischen so klein geworden ist, oder? Hat der Bürgermeister dir auch schon ein Angebot gemacht?"

„Du kannst es wohl nicht abwarten, Mimi unter die Erde zu bekommen", knurrte ich.

„Also hat er dir ein Angebot gemacht."

„Nein. Dieser Mistkerl hat nur eine Andeutung gemacht. Er besaß die Frechheit, es in Mimis Beisein zu tun. Sie hat ihn hochkant rauswerfen lassen."

Ferdi lachte. „Cool! Wie geil ist das denn? Dann wird sie unser Erbe also nicht vorher verkaufen und verprassen. Ich hatte schon Angst, sie würde an die Stadt verkaufen, jetzt, wo sie uns zu sich eingeladen hat. Dann ist ja noch nichts verloren."

Vor meinem inneren Auge sah ich auf einmal das Klavier, wie es hoch über dem Gehsteig hing. Meine Fantasie zeigte mir Ferdi, wie er mit einer Zange die Drahtseile des Lastenaufzuges durchtrennte, wie er mit einem riesigen Hammer gegen die Stützen hieb. Sie zeigte mir Ferdi, der tatsächlich …

… ein Motiv hatte.

Kaum hatte Ferdi den Wintergarten betreten, begann Poirot zu zetern. Dabei stellte er sein ganzes Sprachvermögen unter Beweis: „'alunke! Ganove! 'alsbschneida!" Er sagte auch einige Schimpfworte, die ich

noch nicht kannte. Bei dem ohrenbetäubenden Lärm ging Ferdis Begrüßung fast unter. Mimi nickte ihm nur knapp zu. Als sich der Vogel
endlich beruhigt hatte, sagte sie vergnügt: „Er scheint sich noch an dich
zu erinnern, Ferdi. Er hat ein gutes Gedächtnis. Ich vergesse anscheinend schneller als Poirot. Wann war nochmal dein letzter Besuch, lieber
Enkel?"

Ferdi gab sich von seiner herzlichen Seite. Gerade so, als ob er tagtäglich hier vorbeischauen würde. Er umarmte Mimi, küsste sie sogar
auf den Mund und sagte dann: „So lange ist das doch gar nicht her. Du
tust gerade so, als ob ich dich nicht gerne besuchen würde."

„Neun Monate", stellte Mimi fest. „Es ist neun Monate her."

„Äh. Ja. Ich war auf einen Kaffee hier. Und einen wunderschönen
Strauß mit Astern hast du bekommen."

„Ein Bund billiger Friedhofsblumen. Sehr passend. Enttäuscht, dass
ich noch lebe?"

„Mimi! Was denkst du von mir?" Ferdi wurde nicht mal rot.

„Du warst allerdings nicht wegen eines Kaffees bei mir", fuhr Mimi
unbeirrt fort, „du hast mir irgendwas von einem Inkassounternehmen
und einem Geldeintreiber erzählt. Dreitausend Euro hat mich dein
Besuch gekostet."

„Dreitausendeinhundert", korrigierte Norbert, der gerade einen Teller mit Fingerfood servierte.

„Ich hab' mir das Geld ja nur geliehen", versuchte Ferdi richtigzu-
stellen.

„Oh!" Mimi tat erstaunt. „Du wolltest mir das Geld zurückzahlen?
Heute?"

„Heute bin ich wegen deiner Einladung hier."

„Ja", sagte Mimi, „und wäre meine Einladung nicht so überraschend
gekommen, hättest du mir bestimmt das Geld mitgebracht, stimmt's?"

In diesem Moment konnte ich in Ferdis Gesichtszügen lesen, wie
Mimi in ihren Büchern. Er ging im Geiste alle möglichen Antworten
durch und seine liebste Antwort wäre wohl gewesen: „Du wirst die
Rückzahlung eh nicht mehr erleben." Stattdessen entschied er sich dafür
zu schweigen.

„E'bschleicha!" Dafür bekam Poirot eine Nuss von mir.

Der weitere Verlauf des Gesprächs war einfach nur peinlich. Ferdi versuchte, sich permanent ins rechte Licht zu rücken. Was für ein Familienmensch er doch sei. Und was für ein toller Geschäftsmann. Er sprach von einmaligen Gelegenheiten, großen Ideen und seiner Beliebtheit bei Geschäftskollegen. Hin und wieder band er in sein Gelaber ein, dass er für den richtig großen Durchbruch nur die richtige Menge Geld brauche.

Tatsächlich schien er nicht zu bemerken, wie durchschaubar er war. Oder er besaß die unglaubliche Gabe, dies zu ignorieren. Wahrscheinlich glaubte er auch das, was er so erzählte, weil er es andernorts oft genug wiederholt hatte. Noch verblüffender war allerdings Mimi: Sie hatte ein schmallippiges Lächeln aufgesetzt und die Arme vor der platten Brust verschränkt. Ansonsten blieb sie überraschend schweigsam.

„Ich finde es übrigens gut", änderte er jäh das Thema, „dass du nicht an die Stadt verkaufst. Es wäre zu schade um dieses bezaubernde Anwesen."

Ein „Ach was" entfleuchte mir.

Mimi kicherte schelmisch. „Ich bin beruhigt. Ich hatte schon befürchtet, du würdest versuchen, mich zu überreden …"

„Ich? Warum sollte ich?"

Mimi kniff listig die Augen zusammen: „Stimmt. Sonst hättest du dem Bürgermeister ja kein Vorkaufsrecht anbieten können."

„Woher weißt du …?" Ferdi war vollkommen perplex.

„Oh", machte Mimi ruhig, „ein Schuss ins Blaue. Aber auch ein Volltreffer, wie ich befürchte. Über welche Summe?"

„Äh … äh … Zweitausend Euro." Die ersten beiden ehrlichen Worte aus seinem Munde.

„Du bist, weiß Gott, der lebende Beweis, dass Hirnversagen nicht zwangsläufig zum Tode führt. Da erzählst du mir eine geschlagene Stunde lang, was für ein toller Geschäftsmann du bist, und im nächsten Moment erwähnst du die Zementierung eines Millionengeschäfts mit zweitausend Euro."

Bevor Ferdi etwas zu seiner Verteidigung sagen konnte, öffnete sich die Tür und Lena kam herein. In Mimis Richtung machte sie tatsächlich einen Knicks! Erst dann drehte sie sich zu mir um und sagte mit piepsiger Stimme: „Die Sachen sind fertig und im Schrank."

Ferdi nahm dies zum Anlass, laut zu lachen. Es war ein äußerst hässliches Lachen. „Da ist ja jemand noch mehr Mauerblümchen als du, liebe Helen."

Lena reagierte darauf mehr als heftig: Sie flüchtete. Ferdis Lachen erstarb. „Etwas empfindlich, die Kleine."

„Feingefühl und Höflichkeit waren noch nie deine Stärke", kommentierte Mimi. „Norbert, würden Sie bitte Lena nachgehen und sich um sie kümmern?" Norbert nickte stumm und tat wie ihm geheißen.

Nach dieser kurzen Szene hätte ich mir gewünscht, dass Mimi meinen Cousin hinauswerfen und die Hunde auch auf ihn hetzen würde. Aber Mimi stand wohl anderes im Sinn, denn sie lud Ferdi noch zum Mittagessen ein. Etwas erstaunt und noch etwas mehr frustriert beschloss ich, mich auf mein Zimmer zurückzuziehen. Mir reichte die Aussicht darauf, seine Visage beim Essen ansehen zu müssen. Da brauchte ich ihn nicht auch noch den Rest des Vormittags zu sehen. Außerdem sollte ich mir dringendst etwas Geeignetes anziehen.

Jeans und eine leichte, schlichte Bluse, sportlich und nicht zu schick. Ein gutes Outfit, um den weiteren Tag hinter mich zu bringen. Meine Haare, die nach dem Bad etwas struppig geraten waren, flocht ich zu einem langen Zopf. Durchsichtiger Nagellack, etwas Makeup, ein Tropfen Duftwasser. Als ich mich im Spiegel des Kleiderschranks betrachtete, musste ich mir eingestehen, dass ich schon lange nicht mehr so ... Wie würde Mimi es nennen? ... dass ich lange nicht mehr so *adrett* ausgesehen hatte. Aber warum auch nicht? Der Hauch des Abenteuers streifte mich in Mimis Nähe. Vielleicht war ich neben meiner Oma nur eine beliebige Nebenrolle in einer seichten Krimikomödie, aber wenigstens konnte ich mich ein wenig in ihrem Glanz sonnen. Dass mich Ferdi nochmals indirekt als ein Mauerblümchen beschimpfen würde, wollte ich in jedem Fall vermeiden.

Ich winkte meinem Spiegelbild zu, nahm zur Kenntnis, dass es mir zeitgleich und ausreichend höflich zurückwinkte. Dann verließ ich das Zimmer.

Ein dumpfer Knall echote durch die Flure des Hauses.

Über dem Durchgang zur Bibliothek wand sich um die Sockel des Treppengeländers ein gestreiftes Band. Auf den ersten Blick hätte man es für eine Schlange halten können. Doch ich hatte dieses Band heute schon mal gesehen: Es war das Kabel des Bügeleisens. Der Stecker ragte aus einem festen Knoten hervor.

Langsam ging ich zur Brüstung und schaute hinab ins Parterre. Straff vom Gewicht des Eisens gespannt, hing das Kabel wie ein Lot in die Tiefe. Auf dem Boden darunter lag regungslos mein toter Cousin Ferdi.

Leichen im Keller

An meiner linken Seite stand plötzlich Lena. Sie keuchte und das Entsetzen stand ihr ins Gesicht geschrieben. Seltsamerweise schaute sie dabei nicht die Leiche an, sondern mich. Bis ich begriff, was dieser Blick wahrscheinlich zu bedeuten hatte, standen auch schon Norbert und Mimi bei mir. „Ich war das nicht", sagte ich. Es klang schal und dünn. Mit etwas mehr Kraft in der Stimme, um der Sache mehr Nachdruck zu verleihen, wiederholte ich: „Ich war das nicht."

Als Antwort bekam ich ein ziemlich langes Schweigen. Norbert fand als Erster die Sprache wieder. In seiner trockenen Art kommentierte er knapp: „Gut gezielt." Damit verriet er nicht, ob er mir glaubte.

„Bringen Sie mich bitte nach unten", sagte Mimi kühl und hakte sich bei Lena unter den Arm. Langsam und so würdevoll ihre morschen Knochen es zuließen, schritt sie mit Lena nach unten. Der Butler und ich folgten ihnen. Hätte jemand in der Haustür gestanden, hätte ihn unser Anblick an eine Hochzeit oder einen Debütantinnenball erinnert.

Ich hatte diesen Gedanken nicht ganz zu Ende gedacht, da ertönte der Westminster-Glockenschlag. „Wir bekommen noch mehr Besuch?" Mimi war nur für einen Sekundenbruchteil erstaunt. Dann schaltete ihr Gehirn in den Chefinnen-Modus. „Norbert, sorgen Sie dafür, dass die Hunde in den Zwinger kommen. Dann geben Sie dem Rest des Personals für ein paar Tage frei. Ich möchte hier nicht noch mehr unerwartete Leute rumwuseln sehen. Lena, holen Sie alle schweren Tischdecken, die wir haben, aus dem Wäschezimmer. Beeilen Sie sich! Helen, du gehst zur Tür und nimmst unseren unerwarteten Besucher am Tor in Empfang und geleitest ihn hierher. Lass dir dabei etwas Zeit."

„Ich war das nicht", sagte mein Mund, der offenbar den Ereignissen noch nicht gefolgt war. Norbert und Lena waren schon davongeeilt. Ich stand noch neben Mimi, die auf der Hälfte der Treppe angekommen war und sich nun ohne Lenas Hilfe die Stufen hinabmühte.

„Das werden wir später klären. Jetzt müssen wir erst mal schauen, wer da am Tor steht. Husch! Husch!"

Sie hatte tatsächlich „Husch! Husch!" zu mir gesagt. Das war wie damals, als ich noch Kind war. Nun verscheuchte sie mich allerdings nicht von den Rollleitern der Bibliothek. Trotzdem fühlte ich mich wieder klein und unbeholfen.

Da Mimi offenbar wusste, was zu tun war, schaltete ich mein Hirn endgültig ab und folgte ihren Anweisungen. Zum Tor. Besucher in Empfang nehmen. So schlimm konnte das ja nicht sein. Dachte ich.

Hinter dem Tor stand Tom. „Hallo Helen."

„Hallo Arschloch." Immerhin kam meine Antwort schnell. Doch sie war bei Weitem nicht mehr so selbstbewusst. Am Telefon war es leichter. Doch Auge in Auge mit ihm, selbst wo uns das Gusseisen des Tores noch trennte, verkrümelte sich mein Mut ins Nirvana der verendeten Gefühle. Außerdem lag in Mimis Haus mein toter Cousin. Für Tom war diese Tatsache bestimmt ein gefundenes Fressen. Egal wer der Mörder war.

„Nett wie eh und je. Möchtest du mich nicht reinlassen?"

Einem ersten Impuls folgend, sagte ich: „Nein."

„Lass mich bitte trotzdem rein."

Ich hatte schon meine Hand auf den Riegel gelegt und war im Begriff zu öffnen, da hielt ich inne. „Was willst du?"

„Mit Mimi reden, was sonst? Sie hat mich eingeladen."

Das Metall in meiner Hand fühlte sich kalt an. Ich konzentrierte mich darauf. Kühl! Kalt! Genau so musste ich jetzt auch sein. Auch wenn mir gerade schwindelig wurde. Meine Angst, ich musste sie in den Griff bekommen. Nicht fliehen. Keine Schwäche zeigen. Nicht vor diesem … „Arschloch", sagte ich, wenig kreativ. Ich musste lernen, meine Gedanken nicht ständig laut auszusprechen.

„Das sagtest du schon mal", antwortete Tom ungerührt. Er hatte wieder diesen ‚Das werde ich dir auch noch austreiben'-Ausdruck im Gesicht.

„Mimi hat dich nicht für heute eingeladen."

Tom zuckte mit den Schultern. „Na und? Ich will jetzt zu ihr. Lässt du mich nun rein oder soll ich über das Gitter klettern? Ist kein Problem."

Das Tor war wirklich kein Hindernis für Tom. Keine fünf Sekunden würde er brauchen, um hochzuklettern. Und oben angelangt, würde er einfach runterspringen. Während jeder Einbrecher sich dabei sämtliche

Knochen brechen würde, könnte Tom beim Abrollen noch elegant Schwung nehmen und zwei Meter weit in den Garten springen.

„Verdammt! Mach schon auf!", brüllte er unvermittelt. Ich gehorchte, längst vergessen geglaubten Impulsen folgend. Dabei zog ich den Kopf ein, als spürte ich schon wieder seine Prügel. Es war wie damals.

Das Tor öffnete sich, stieß hart gegen mich. Ich wich zur Seite und Tom eilte einfach an mir vorbei, den Weg hinauf zu Mimis Villa. Mein nächster klare Gedanke war: Was wird passieren, wenn er Ferdis Leiche sieht? Also folgte ich ihm; zehn Schritte hinter ihm. So wie ich es früher auch getan hatte.

Das Eingangsfoyer lag im Halbdunkel. Irgendjemand hatte den monströsen Leuchter, der unter der Decke hing, ausgeschaltet. Das Licht, das durch die hohen Fenster hereinfiel, malte bizarre Muster auf den Boden. Die Schatten der im Wind leicht schwankenden Äste tanzten über den Marmor. Mimi stand wie eine römische Statue vor der Treppe. Neben ihr stand Lena, leichenblass und etwas außer Atem, was sie vergeblich zu unterdrücken versuchte. Neben der Treppe hing von der Brüstung herab immer noch das Bügeleisen. Darunter lag ein riesiger Haufen weißer Textilien, ungefaltet und aufgebauscht. Es erweckte den Anschein, als ob die Wäsche vom ersten Stock hinabgefallen wäre.

„Meine Lena war da gerade wohl etwas ungeschickt", erläuterte Mimi das ungewöhnliche Stillleben. „Was kann ich für dich tun, Tom?"

„Du hast mich eingeladen", erwiderte mein Ex. Aalglatt und samtweich war seine Stimme nun wieder. Nichts verriet seinen Ausbruch von vorhin. Zwischen Dämon und Engel lagen bei ihm nicht Himmel und die halbe Unterwelt. Nein, sie teilten sich Tisch, Bett und Stuhl. Sie lachten und weinten zusammen. Sie planten im Team, wen sie quälen und wen sie täuschen wollten.

Mimi setzte sich in Bewegung. Sie lenkte ihre Schritte zum Ausgang. „Oh! Habe ich das falsche Datum in deine Einladung geschrieben?"

Tom folgte ihr nicht sofort. Er betrachtete immer noch die aufgehäuften Tischdecken. Eine dunkle Flüssigkeit quoll an einer Seite heraus. Nicht viel. Gerade so viel, dass es im unsteten Licht funkelte.

Norbert tat einen Schritt aus den Schatten des Durchgangs hervor. Nun stand er neben dem Wäschestapel und sein Fuß ruhte auf der kleinen Lache, versteckte sie vor jeglicher Neugier.

„Ich hatte gerade etwas Zeit …" Tom wirkte ein wenig geistesabwesend. Misstrauisch schaute er auf Norberts Fuß. Schließlich folgte er Mimi doch nach draußen.

Mimi kratzte all ihre Freundlichkeit zusammen. Dennoch wirkte alles, was über ihre Lippen kam, in meinen Ohren irgendwie falsch. „Das ist nett, dass du unsere Verabredung deshalb vorziehen möchtest. Aber leider haben wir schon Besuch. Ferdi ist da."

„Oh, Ferdi? Ich erinnere mich an ihn. Ein Enkel, oder?" Tom tat höflich interessiert. „Wo ist er denn?"

„Ich glaube, dass er sich wegen seiner Kopfschmerzen etwas hinlegen musste. Norbert wird sich gleich um ihn kümmern. Ein paar Minuten habe ich also für dich."

Sie lotste ihn um das Haus herum. Ich folgte in Hörweite.

„Aber eigentlich braucht unser Gespräch etwas mehr als ein paar Minuten. Immerhin geht es um deine Zukunft."

„Meine Zukunft? Was hast du mit meiner Zukunft zu schaffen?"

„Wenn ich ehrlich bin, hätte ich am liebsten nichts mit deiner Zukunft zu tun. Aber solange du dich nicht aus Helens Leben raushältst …"

„Das ist eine Sache zwischen ihr und mir."

„Diesen Denkfehler hast du schon einmal begangen. Und ich habe dafür gesorgt, dass du ihn bereust. Ein Jahr …"

„… auf Bewährung", unterbrach Tom. „Wegen deiner Falschaussage."

„Ich habe keine Falschaussage gemacht. Ich habe die Wahrheit nur ein wenig gebeugt", sagte Mimi.

„Du hast als Zeuge ausgesagt, obwohl du nichts gesehen hast."

„Wir wissen beide, dass ich inhaltlich die Wahrheit gesagt habe. Für das, was du mit Helen angestellt hast, brauche ich keine Fantasie. Ich berichtete, was ich gesehen hätte, wenn ich dabei gewesen wäre." Sie klang plötzlich hart. „Du wirst Helen künftig in Ruhe lassen."

„Sie trägt meinen Namen. Sie ist immer noch meine Frau. Sie wird es immer bleiben." Wie besitzergreifend das klang.

„Deinen Namen trägt sie nur auf dem Papier. Und verheiratet seid ihr nur noch vor der Kirche", konterte Mimi. „Wenn es nach mir ginge, dann nicht mal mehr das."

„Es geht aber nicht alles nach dir." Erstaunt sah ich, dass es Tom gelang, sich zu beherrschen. Mimi strahlte so viel erhabene Autorität aus, dass er es nicht wagte, seinem Jähzorn freien Lauf zu lassen.

Mimi nickte. „Deshalb habe ich dich eingeladen. Wir müssen dann ausführlich bereden, wie es weitergehen soll. Es geht nicht an, dass du ihr nachts auf der Straße auflauerst."

„Wir werden das jetzt klären", sagte Tom. „Vorher werde ich nicht gehen."

Mimi nickte erneut, sagte jedoch nichts dazu.

Der Spaziergang führte uns unterhalb der Veranda und der Küche vorbei, zum hinteren Teil des Gebäudes. Dort, unter Mimis Schlafzimmerbalkon, war der Hundezwinger: Maschendrahtzaun, der eingespannt in Holzrahmen, überdacht von altem Wellblech einen schmucklosen, leicht baufälligen Verschlag bildete. Mimi hatte die Hütte dort errichten lassen, damit sie abends ihre Lieblinge nochmal sehen konnte.

Basker presste geifernd seine Fänge gegen den Draht seines Gefängnisses, knurrte und bellte, als er uns kommen sah. Willi schritt hinter ihm auf und ab, wie ein Krieger, der unruhig darauf wartete, in die Schlacht geschickt zu werden.

„Meine Süßen", säuselte Mimi, „alles in Ordnung. Der Mann tut euch nichts." Dabei streckte sie zwei Finger durch den Zaun. Basker sprang ihr entgegen. Doch statt ihr den Zeigefinger abzureißen, schlabberte er mit seiner speicheltriefenden Zunge liebevoll darüber. „So was Braves", juchzte Mimi verzückt. Tom ließ sich dazu hinreißen, auch seine Finger hineinzustecken. Um ein Haar hätte ihm das einen Aufenthalt im Krankenhaus beschert. Baskers Zähne verfehlten ihn nur knapp. „Teufel", entfuhr es Tom.

Mimi lächelte. „In der Auswahl ihrer Freunde sind meine Tiere recht eigen."

Tom nahm etwas Abstand. „Wie zähmt man solche Bestien?" Basker und Willi sprangen nun wütend gegen den Zaun, prallten ab, nur um von Neuem dagegen zu hechten. In ihren Augen stand die Mordlust.

„Man muss ihnen zeigen, wer das Alphatier ist. Sie wissen, dass ich hier der Boss bin." Da stand diese kleine Frau, altersschwach und gebeugt, und erklärte einem athletischen Muskelprotz, wie Macht funktionierte. „Aber natürlich ist ein kleiner Trick dabei. Kennt nicht jeder, diesen Trick. Ich habe es irgendwann mal gelesen. Oder in einem Film gesehen. Du kannst es ja mal versuchen ..."

„Ein Trick, damit die Viecher handzahm werden?"

„Ja, genau." Mimi grinste wie die Hexe, die Hänsel gerade in den Backofen schob. „Du musst ihnen ganz feste ins Ohr beißen. Dann unterwerfen sie sich."

„Du machst dich über mich lustig", stellte Tom fest. Niemand machte sich über Tom lustig. Niemand, der ihn kannte. Er ballte die Fäuste. Er ...

Mimi griff nach dem Schlüssel an der Zwingertür. Sie kicherte dabei. „Vielleicht." Der Schlüssel wurde leicht gedreht. Ein leises Knacken bezeugte, dass der Schließmechanismus entriegelt wurde. Basker und Willi kläfften wie von Sinnen. Schaum tropfte von ihren Lefzen. „Vielleicht ist es jetzt besser, wenn du gehst und zum vereinbarten Termin wiederkommst. Vielleicht ist es besser, wenn du dich in der Zwischenzeit nicht in Helens Nähe blicken lässt. Vielleicht ..."

Wie viele „Vielleichts" Mimi noch hatte sagen wollen, weiß ich nicht. Aber ich weiß, dass Toms aufkochende Wut ganz rasch abkühlte. Und ich weiß, dass Tom das erste Mal in meinem Leben vor mir wegrannte. Nun, eigentlich lief er vor Mimi und ihren Hunden davon. Doch das war mir für den Augenblick egal.

Das Hochgefühl verflog rasch. Meine Hände zitterten. Meine Beine zitterten. Und der ganze Rest von mir zitterte, wie ich zugeben musste, ebenfalls. Mimi hatte mich schließlich im Esszimmer geparkt, während sie alles zu regeln gedachte. Ferdi war tot. Diese unglaubliche Wendung erfüllte mich nicht unbedingt mit Trauer. Aber ein gerütteltes Maß an Verwirrung hatte mich befallen. Eventuell ist auch Fassungslosigkeit das richtige Wort.

In meinem Gehirn fuhren die Gedanken Kettenkarussell, drehten sich um den ersten Toten, den ich je gesehen hatte. Ermordet. Und Mimi. Wer wollte sie ermorden? Und warum rief sie nicht die Polizei?

Immerhin hatte jemand ihren Enkel ermordet. Ferdi. Er war der erste Tote, den ich je gesehen hatte. Ermordet! Und Tom. Warum hatte er es so eilig, mit Mimi zu sprechen? Und warum rief Mimi nicht die Polizei? Jemand hatte Ferdi ermordet. Und dann Tom. Verdammt eilig hatte er es mit mir und Mimi. Und jemand hatte Ferdi ermordet. Und Mimi. Und Tom. Und Ferdi.

Aussteigen! Ich musste aus dem Karussell aussteigen. „Reiß dich zusammen", fauchte ich mich an. Ich wollte gerade aufstehen, da betrat Mimi den Raum. Sie rutschte neben mich auf die Bank.

„Lena macht noch schnell sauber", erläuterte sie. „Das graue Zeugs klebt ziemlich."

„Graues Zeugs?"

„Es gibt Dinge, die du nicht wissen möchtest", sagte Mimi. Sie wirkte vollkommen ruhig, kein bisschen aufgewühlt oder gar schockiert. „Norbert verbrennt die Tischdecken hinter dem Komposthaufen. Grillanzünder und Benzin sind bei Blut die besten Fleckenentferner."

„Wo ist Ferdi?" So wie ich fragte, hörte es sich an, als ob er eben mal zum Kiosk gegangen war.

„Im Keller haben wir eine große Gefriertruhe. Da waren nur noch ein paar Fertiggerichte drin." In dieser Aussage war eine Antwort auf meine Frage versteckt. Mein Unterbewusstsein verbot mir aber zu verstehen. Doch Mimi sprach gnadenlos weiter: „Bei minus 18 Grad wird Ferdi uns erst mal keine Schwierigkeiten machen."

„Warum verstecken wir die Leiche?"

„Ach, jeder hat doch so seine Leichen im Keller. Ich denke, dass es in unserem Interesse liegt, wenn die Polizei erst mal nicht hier rumschnüffelt. Sie könnte die falschen Rückschlüsse ziehen. Oder möchtest du die nächsten Tage unter dringendem Tatverdacht in Untersuchungshaft verbringen?"

„Ich?"

„Wo warst du zur Tatzeit?"

„Oben", sagte ich mit trockener Kehle, „im Flur."

„Hast du ein Motiv?"

„Nein." Entsetzen machte sich in mir breit. Woher kam der Kloß in meinem Hals?

Mimi zog die Augenbrauen hoch, ließ sie bedeutungsvoll auf und ab zucken. „Du bist jetzt Alleinerbin."

„Das ist doch kein Motiv", protestierte ich.

„Nein? Dann habe ich all meine Bücher missverstanden."

Von fern hörte ich Poirots Krächzen: „Mö'de'. Mö'de'." Wie nett. In meiner neuen Rolle als potentielle Mörderin musste ich mich erst mal zurechtfinden. Mir fiel Lenas Blick wieder ein. Für sie stand offenbar schon fest, dass ich es getan hatte. „Wird Lena uns nicht verraten?"

Mimi tätschelte beruhigend mein Knie. „Nein, meine Liebe. Sie würde mich nie verraten. Sie schuldet mir was. Ich habe ihr mal einen ziemlich großen Gefallen getan."

„Was für einen Gefallen?"

„Einen ähnlich großen Gefallen wie dir."

Ich fragte mich, wie gut ich meine Oma wirklich kannte. Für den Moment schien sich ein Abgrund nach dem anderen aufzutun. „Du hast ihr vor Gericht geholfen?"

„Nein. Ich habe ... anderes getan. Es wäre fair, wenn du sie selbst danach fragen würdest. Dann kann sie entscheiden, ob du davon wissen darfst."

„Madame", sagte Norbert, der sich neben Mimi materialisierte, „ich habe etwas in Ihres Enkels Jackentasche gefunden, das Sie interessieren dürfte." Der Butler hielt in seiner ausgestreckten Hand ein kleines Päckchen.

Mimi las den Aufdruck. „Rattengift? Ich würde mich manchmal gerne in den Menschen irren."

Ferdi als ungeduldiger Erbe. Nach den heutigen Ereignissen war diese Unterstellung fast schon naheliegend. „Du denkst, er wollte dich damit umbringen?"

„Vielleicht." Wie oft wollte Mimi dieses Wort denn noch von sich geben?

„Dann", sagte ich, „brauchen wir nicht weiter nach deinem Möchtegernmörder zu suchen."

„Vielleicht."

„Warum denn nur vielleicht? Er hatte ein Motiv!"

„Ein Motiv macht noch keinen Mörder. Und wenn wir mal ganz hypothetisch annehmen, dass du ihn nicht umgebracht hast, dann muss für

Ferdis Tod jemand anderes verantwortlich sein. Ich schließe mal aus, dass mein Enkelsohn mit dem Bügeleisen Kopfstöße für Fußball trainiert hat." Mimi ächzte leise, als sie aufstand. „Ich denke, dass er sich tatsächlich von unserem Bürgermeister zu einer Dummheit anstacheln ließ. Aber das muss nach dem Flügelattentat gewesen sein."

„Also haben wir zwei Mörder? In was für einen miserablen Krimi sind wir denn hier reingeraten?"

Am Abend saßen Mimi und ich im Salon. Mimi nannte diesen Raum bescheiden ‚Wohnzimmer'. Die Einrichtung entsprach dieser Beschreibung. Allerdings stimmten die Proportionen nicht richtig. Der Ohrensessel, die beinahe antike Stehleuchte und die Anrichte, auf der das alte Röhrenradio stand, verloren sich in der unendlichen Weite zwischen den Wänden. Daran änderten auch Perserteppiche und die düsteren Vorhänge nichts. Sitzecke und Nierentisch wirkten genau so deplatziert wie der röhrende Hirsch in Ölfarben.

Ich kauerte auf dem Sofa und blätterte unkonzentriert in dem Buch, das ich im Antiquariat geschenkt bekommen hatte. Mimi schmökerte wieder in ihrem *Blondes Gift*. Auf dem Tisch stand mein Teller mit einer angebissenen Tiefkühlpizza. Ich hatte zwar Hunger, doch immer wenn ich daran denken musste, warum es heute Pizza gab, schnürte sich mein Magen zu.

Mein Blick fiel auf den Fernseher. „Besser als Lesen", dachte ich. Mein Mund hatte anscheinend wieder laut mitgedacht, denn Mimi schlug ihr Buch zu und sagte: „Gute Idee. Mir bitte auch einen."

Leicht verwirrt über ihre scheinbar unpassende Aussage, ging ich zum Fernseher und drückte den Einschalter. Zu meiner großen Überraschung klappte die Mattscheibe, die sich als graues Plexiglas entpuppte, zur Seite und gab den Blick auf eine versteckte Hausbar frei.

„Ein guter Tropfen wird dieses widerliche Abendessen runterspülen", sagte Mimi, die ihren Teller ratzeputz leer gegessen hatte. Natürlich stand Junkfood nicht auf ihrem üblichen Speiseplan. Das Essen aus der Pappschachtel war wohl ursprünglich fürs Personal angedacht gewesen. Doch Frauen in ihrem Alter ließen kein Essen schlecht werden. Auch wenn sie vom Krieg nie viel erzählte: Sie hatte ihn erlebt. Und verschiedene Erkenntnisse aus jenen Zeiten bestimmten noch heute ihren Alltag. Insbesondere beim Essen.

Ich nahm also zwei der Cognacschwenker und befüllte sie. „Du hast keinen Fernseher im Wohnzimmer?"

„Ach, weißt du … Das Gerät hat irgendwann den Geist aufgegeben. Und ich brachte es nicht übers Herz, ihn wegwerfen zu lassen. Der Schreiner hat ihn mir umgebaut. Die Flimmerkiste hat deinem Großvater gehört. Er war wohl einer der Ersten, der hier in der Region einen Farbfernseher sein Eigen nennen konnte. Als er hier bei mir einzog, brachte er ihn mit. Zu dem Zeitpunkt war die Kiste vermutlich schon eine Antiquität. Gottlob, hatten wir Besseres zu tun als fernzusehen."

„Besseres?"

„Kindchen. Sonst säße ich heute wohl alleine hier."

„Oh." Ich spürte, dass ich rot wurde. „Ihr habt nie ferngesehen?"

Mimi kicherte wieder auf die ihr so eigene Art. „Nie." Dann nippte sie an ihrem Glas. „Hast du Lust auf Erinnerungen?"

Etwas gehemmt fragte ich: „Deine?"

„Unsere." Dann läutete sie nach Norbert.

Kurze Zeit später brachte Norbert uns ein paar in Leder eingebundene Fotoalben. Wir breiteten sie vor uns auf dem Tisch aus. „Ich werde immer ein wenig melancholisch, wenn ich mir alte Bilder ansehe", erklärte Mimi.

Familie. Es fühlte sich komisch an. Ich sah so viele Gesichter, die ich überhaupt nicht kannte. Meine Großväter waren vor meiner Geburt gestorben. Mit meiner Tante und meinem Onkel hatte ich nie viel zu tun gehabt. Und Ferdi … Na ja. Wer ihn kannte und halbwegs bei Sinnen war, mied ihn.

„Das werde ich Tom nie verzeihen", knurrte die alte Frau neben mir. Erstaunt schaute ich sie an. „Was?"

„Schau dir dieses Mädchen an." Mimi deutete auf ein leicht vergilbtes Polaroid. Eine Teenagerin im Batik-Shirt und zerrissenen Jeans. Ihre farbenfrohe Erscheinung wurde von einem bezaubernden Lächeln überstrahlt. „Man sieht ihr fast ihre Träume an. Was für ein Lebenshunger!"

„Bin ich das?" Um ein Haar hätte ich mich nicht wiedererkannt. „Wann war das?"

„Das war zwei oder drei Jahre bevor du diesen Mistkerl kennengelernt hast. Da wolltest du noch Ärztin oder Forscherin werden. Du
hattest sogar mal davon geschwärmt, nach Afrika zu gehen, um Kindern
zu helfen. Für ihn hast du dann alle deine Ideale über Bord geworfen.
Ich habe das nie verstanden."

„Ich verstehe es selbst nicht."

„Du wolltest die Welt verändern." Das war ein Vorwurf. Aus Mimis
Mund tat er besonders weh.

„Die Welt hat mich verändert", antwortete ich traurig. „Was nützt es,
gut zu sein, wenn alle anderen schlecht sind?"

„Alle anderen? Es war nur dieser eine Mann." Mimis Glas war leer.
Sie stellte es auf den Tisch. Norbert schenkte wortlos nach. „Es war nur
dieser eine Mann. Mit seinen blauen Augen hat er dir den Kopf verdreht."

Und später hat er mir die Arme verdreht, dachte ich bitter. „Ich will
darüber nicht reden", flüsterte ich. Nach so einem Tag konnte ich nicht
auch noch mit Mimi meine Vergangenheit aufrollen. Wir wussten beide,
wie es gewesen war. Wir wussten von den Blutergüssen, von den Veil-
chen, von dem Krankenhausaufenthalt. Wir wussten von meinem
Schweigen und ihrer Hilflosigkeit, weil sie das Meiste nur ahnen konnte,
weil ich nie darüber gesprochen hatte. Es war so eine Lebensgeschichte,
wie sie irgendwie jeder kannte. Sowas erzählte man sich hinter vorgehaltener Hand, wusste davon, weil andere mal etwas gesehen hatten,
während alle gleichzeitig wegzuschauen versuchten. Andere lasen es
dann in der Zeitung oder im Käseblatt im Wartezimmer. Aber Mimi war
nicht so.

„Das werde ich ihm nie verzeihen", knurrte Mimi. Wieder wurde der
Cognac nachgeschenkt.

„Es ist vorbei."

„Nein. Wäre es vorbei, würdest du nicht in diesem Schmutzloch
wohnen. Du würdest arbeiten, leben, lieben. Du würdest endlich wieder
deinen Träumen nachjagen und nicht in Lethargie versinken." Mimi
löste das Foto aus dem Album, hielt es mir unter die Nase. Sie deutete
auf das Abbild der jungen Helen. „Wenn ich dieses Lächeln wieder
sehe, dann ist es vorbei."

„Das wird schon noch." Ich versuchte, meine Mundwinkel etwas zu heben, spürte, dass es zur Grimasse geriet und ließ es bleiben. „Gib mir Zeit."

„Ich kann dir nicht mehr Zeit geben, als ich habe. Ich bin alt. Bevor ich sterbe, möchte ich erleben, dass du wieder richtig lachen kannst." Bildete ich es mir nur ein, oder war ihre Zunge schon ein wenig schwer? „Ich habe alles: Geld, ein Haus, liebenswürdige Haustiere … Und eine beschisen… eine beschieß… beschissene Familie. Um keinen von ihnen ist es mir schade! Die Einzige, die aus dem ganzen Haufen was taugte, hat mir dieser brutale Vollidiot …" Mimi kippte den wievielten Cognac in sich hinein? „… Vollidiot!" Sie holte tief Luft. „… Vollidiot kaputt gemacht."

Als Norbert vorsichtig einen sehr kleinen Schluck eingoss, nahm sie ihm die Flasche aus der Hand. Führnehm wirkte sie gerade nicht mehr, als sie sich zunächst einen Doppelten und kurz darauf einen Dreifachen kredenzte. „Ich habe alles", stellte sie etwas zu laut fest. „Keine Frage! … Aber ich kann nischts davon mitnehmen. Helen … Ich kann nischts davon mitnehmen." Jetzt senkte sie die Stimme, beugte sich zu mir vor. „Aber es ist auch nicht die Frage, was wir mitnehmen. Wir … können nichts mitnehmen. Es ist die Frage, was wir zurücklassen. Ich lasse disch zurück, wenn isch gehe. Du … bist das, was von mir bleiben wird. Und das soll was Gutes sein."

Norbert legte eine Hand sachte auf ihre Schulter und zog sie zurück. Dann wisperte er ihr diskret etwas ins Ohr.

Mimi betrachtete daraufhin ihr Glas. Überraschenderweise hatte es sich wieder geleert. „Finden Sie? So viehel war es doch gar nischt."

„Es ist spät", behauptete Norbert, der sich wieder kerzengerade aufgerichtet hatte und irgendetwas an der gegenüberliegenden Wand betrachtete.

Mimi brauchte drei Anläufe zum Aufstehen. „Ja. Das ischt es wohl. Entschuldige meinen Ausbruch, Helen. Ich habe misch wohl etwas geh'n lassen." Ein Hicksen unterstrich diese Aussage.

Spitzenhäubchen

Eine Harke kratzte lautstark über den Kies. Das gleichmäßige Geräusch holte mich sanft aus meinem Schlaf. Der Gärtner war's. Hans arbeitete irgendwo unter meinem Zimmer. Ich rieb mir den Schlaf aus den Augen, schlurfte zum Fenster und zog die Vorhänge beiseite. Strahlendes Sonnenlicht riss die Schatten des gestrigen Abends fort.

Der alte Holzrahmen brauchte etwas Überzeugungsarbeit. Doch nachdem ich ein paar Mal kräftig gerüttelt hatte, ließ sich das Fenster öffnen.

Die Harke verstummte. „Guten Morgen, Helen. Wie geht es Ihnen?"

Ich schaute nach unten. Ein kleiner Mann, fast kahlköpfig, bekleidet mit einer grünen Arbeitshose und einem verschwitzten Feinrippunterhemd lehnte am Stiel seines Werkzeugs. „Guten Morgen, Hans. Sie haben mich geweckt."

„Ein wundervoller Morgen ist das, nicht wahr?" Er deutete nach oben. „Kein Wölkchen am Himmel. Fast zu schade, um den Tag im Bett zu verbringen."

Ich lächelte schief. „Danke für den Hinweis."

Hans nahm seine Arbeit wieder auf. Kratz! Kratz! An Schlaf war nun wirklich nicht mehr zu denken. Als ob Hans sich mit Absicht dieses Plätzchen für seine Arbeit ausgesucht hatte.

Der Typ wirkte zwar öfters etwas kauzig, aber alles in allem wäre er eigentlich nicht das, was man als unsympathisch benennen durfte. Trotzdem hatte ich immer ein merkwürdiges Gefühl in seiner Gegenwart. Er arbeitete hier schon als Gärtner, seit ich denken konnte; hatte mich in meiner Kindheit von den Bäumen runtergescheucht, mich beim Stehlen im Vorratsraum erwischt oder meine Matschbahnen unten am Bach entfernt. Danach war er immer schnurstracks zu Mimi gegangen, um ihr brühwarm meine neuesten Vergehen zu berichten. Es war albern, ihm das heute noch nachzutragen, das wusste ich. Meinetwegen. War ich halt albern! Das bot jedoch keine Erklärung dafür, warum Mimi ihn unbedingt im Kreise der Mordverdächtigen sah.

Etwas entfernt vernahm ich ein Quietschen von schwerem Schmiedeeisen in schlecht geölten Scharnieren. An der Toreinfahrt stand

Norbert und unterhielt sich mit einer Frau. War es Susi? Susi war Ferdis Frau. Eine unangenehme Person. Trotz ihrer eher kräftigen Statur sah ich sie immer als Spinne, die in ihrem Netz an den Fäden zog. Am anderen Ende der Fäden hatte bislang Ferdi gehangen. Ob sie schon bemerkt hatte, dass ihre Marionette nicht mehr tanzte? Bestimmt. Sie wusste, dass ihr Mann gestern hier gewesen war.

Zunächst war das Gespräch sehr leise. Doch mehr und mehr trug der Wind Gesprächsfetzen zu uns hinüber: „... ich weiß genau, dass ... und Mimi hat ... nicht nach Hause geko..." Für ihren Redeschwall brauchte ich nicht viel Fantasie. Gespannt wartete ich auf Norberts Antwort. Der aber ließ sich Zeit. Die Wogen ihres aufgeregten Geplappers zerschellten an ihm wie Brandungswellen an einer Klippe. Schließlich verstummte sie. Norbert hob und senkte die Schultern. Es wirkte so mechanisch wie bei einem Automaten. Dann sagte er laut und deutlich: „Wir hatten ihn eingeladen. Aber er ist nicht erschienen. Weitere Auskünfte kann ich Ihnen leider nicht geben." Das hatte zur Folge, dass ein weiterer Redeschwall auf ihn niederprasselte. Susi zog alle Register, doch Norbert blieb ungerührt. Schließlich sagte er: „Ich befürchte, dass Madame Mimi Sie nicht empfangen möchte. Es obliegt mir, Ihnen einen guten Tag zu wünschen."

Susi dampfte vor Zorn. Doch es gab wohl nichts, was sie tun konnte. Also dampfte sie nicht nur vor Zorn. Sie dampfte auch ab. Und zwar wie ein Mississippi-Dampfer in voller Fahrt. Ihre Arme ruderten dabei wie Schaufelräder. „Ahoi, meine Gute", flüsterte ich vor mich hin. Dann erst bemerkte ich die plötzliche Ruhe, die mit Susis Fortgehen eingetreten war. Automatisch fiel mein Blick auf Hans. Er arbeitete nicht mehr. Stattdessen hatte er ein kleines Büchlein in den Händen. Es war so ein schwarzes mit roten Schutzecken. Eifrig machte er sich darin Notizen.

Der Tag hatte einige weitere Überraschungen auf Lager. Zum Beispiel traf ich Mimi und Lena neben der Treppe. Mit Maßband und Taschenrechner bewaffnet assistierte das Mädchen meiner Oma, die mit dem Bügeleisen herumhantierte, dass wieder an dem Treppengeländer befestigt war.

„Kürzer hätte das Kabel nicht sein dürfen", stellte Mimi nüchtern fest. Das Eisen pendelte sachte vor ihren Augen hin und her, nachdem sie es nachdenklich angetippt hatte.

„Was macht ihr da?", fragte ich Mimi.

„Wir ermitteln", kam die Erklärung mit einer Selbstverständlichkeit, die mir meine Dummheit vor Augen führen sollte. Also beschloss ich, dem Schauspiel still zu folgen. Ich weiß nicht warum, aber es erinnerte mich tatsächlich an ein Theaterspiel.

Lena deutete nach oben: „Warum hat der Mörder das Bügeleisen nicht einfach runtergeworfen?"

Mimi nickte: „Gute Frage, nicht wahr, Helen? Vielleicht damit das Bügeleisen keinen Lärm beim Aufprall auf dem Boden macht? Auf meinem Parkett müsste das einen riesigen Rums geben."

Automatisch nahm ich den Boden in Augenschein. „Das hätte bestimmt Krach gemacht", sagte ich. „Aber vielleicht sollte das Bügeleisen einer vorbestimmten Bahn folgen."

Mimi legte den Kopf schief, dachte offenkundig darüber nach. „Du meinst, dass die Fallbahn ausgelotet wurde? Und damit sich der Täter bei der Ausführung nicht vertut, hat er das Eisen festgebunden und senkrecht fallen lassen? Hmmm. Vielleicht."

„Bestimmt", sagte ich und deutete auf den Boden. „Sieh nur: Da hat jemand eine kleine Markierung ins Holz geritzt." Im Parkett hatte ich eine Kerbe entdeckt, die fast genau unter dem baumelnden Bügeleisen zu erkennen war.

Mimi nickte. „Was du alles siehst." Eine merkwürdige Betonung schwang in diesem Satz mit. War es Ironie? „Norbert, kriegen wir das rauspoliert?"

„Madame, ich werde gleich die Maschine holen und mein Bestes versuchen." Schon war der Mann im Anzug wieder weg.

Mimi nahm dies gar nicht richtig wahr. Sie wirkte konzentriert und gleichzeitig irgendwie zerstreut, erregt und fasziniert. Jede Faser ihres Körpers schien von einer unbestimmten Spannung erfüllt zu sein. Wie man im Alter von 87 noch eine solche Vitalität ausstrahlen konnte, würde mir ewig ein Rätsel bleiben.

„Indizien, Fakten", murmelte sie vor sich hin, „wir brauchen mehr davon."

Sie rüttelte Lena am Arm. „Hoch, Lena, in den ersten Stock. Halten Sie ein Ende des Maßbands an den Knoten und lassen Sie das andere Ende zu uns runterfallen."

„Was willst du da messen?", fragte ich lakonisch. „Bügeleisen oben. Fällt runter. Aua."

Mimi zog eine Augenbraue hoch. „Du erstaunst mich."

Genervt! Ich war tatsächlich genervt. „Warum? Hier gibt es doch nichts zu ermitteln. Die Tatsachen sind doch schon klar."

„Woher wusste der Mörder, dass der Aufprall aus dieser Höhe tödlich ist? Ferdi hätte ja auch nur k.o. gehen können."

Ich schluckte. Jetzt, wo das Opfer wieder beim Namen genannt worden war, verloren die Überlegungen ihre Abstraktheit. Zack, schon hatte ich wieder diesen Kloß in meinem Hals. „Meinst du … dass der Mörder das vorher alles ausgemessen hat?"

„Vielleicht. Es wäre naheliegend. Denn wenn er – oder sie – sich auch eine Markierung auf dem Boden machen musste, um sicher zu stellen, dass der Anschlag gelingt, steckt eine durchdachte Vorgehensweise dahinter."

Also wurde die Fallhöhe nachgemessen. Ich half sogar dabei, indem ich das Band stramm zog und ablas. Danach wuselte Mimi noch ein wenig umher, untersuchte akribisch das weitere Umfeld, stellte aber nichts Außergewöhnliches mehr fest. Schließlich nickte sie und verschwand in ihrem Arbeitszimmer.

Lena stand noch immer an der Brüstung und rollte geistesabwesend das Maßband auf. Ich gesellte mich zu ihr, löste den Knoten im Kabel, um dann das Bügeleisen hochzuziehen.

„Ich hoffe, dass ein neues Bügeleisen gekauft wird", sagte Lena mit zittriger Stimme. „Wenn ich mir vorstelle, damit nochmal zu arbeiten, bekomme ich eine Gänsehaut."

„Das kann ich verstehen", sagte ich. „Ich werde Mimi sagen, dass es kaputt ist."

„Danke." Lena lächelte unsicher. Unsere Blicke begegneten sich und irgendwas Magisches passierte in diesem Augenblick. Für sie war es vielleicht ein Blick in meine Seele oder so. Vermutlich hielt sie mich immer noch für Ferdis Mörder, aber sie hatte beschlossen, mich trotzdem zu mögen. Vielleicht war es aber auch etwas anderes.

Der Westminster-Schlag kündigte einen Lieferanten an. Mit lautem Gerumpel fuhr kurz darauf ein Transporter die Auffahrt zum Haus hoch. „Ihre neue Kühltruhe ist da", sagte ein verschwitzter Kerl zu Norbert. Ein unauffälliger Umschlag mit einem Trinkgeld wechselte aus der Hand des Butlers in die des Arbeiters. „Ich weiß, dass Sie nur bis zur Tür liefern, aber ..."

„Wohin mit dem Scheiß?"

„Es wäre nett, wenn Sie die Kühltruhe in den Keller bringen könnten."

Aber da war doch Ferdi! Ich räusperte mich. „Sind Sie sich sicher?"

Norbert hätte mit seinem Gesicht pokern sollen. „Natürlich bin ich mir sicher."

„Aber die alte Kühltruhe ...", wandte ich ein.

„Sie ist mit weißer Malerfolie abgedeckt. Weil ja heute die Handwerker kommen. Nicht wahr?" Wäre Norberts Rede eine Sprechblase in einem Comic gewesen, dann hätte der Zeichner Eiszapfen dran gemalt.

„Natürlich", sagte ich ungelenk, trat zur Seite, damit der Lieferant und seine Gehilfen mit der neuen Kühltruhe an mir vorbei konnten. Norbert wies ihnen den Weg in den Keller.

Das Arbeitszimmer wirkte durch und durch viktorianisch. Hölzerne Wandvertäfelungen erdrückten optisch jeden Betrachter. Die Mitte des Raumes nahm ein dunkler, glänzend polierter Schreibtisch ungeheuren Ausmaßes ein. Der Lederstuhl mit Nieten erweckte den Eindruck, dass er den Rockefellers abgeluchst worden war. Mimi verlor sich irgendwo zwischen dessen Polstern.

„Ja! ... Ja, ja. Das weiß ich ja jetzt", sagte sie ungeduldig in die Sprechmuschel ihres Telefons, als ich zu ihr kam. „Dann ist es meinetwegen Physik. Rechnen musst du trotzdem, sag' ich dir. Und wenn du rechnest, dann ist es für mich Mathematik. ... Was? ... Ja. Das ist aber kein Grund, so unverschämt zu werden." Meine Oma zog eine Schublade ihres Schreibtischs auf, holte daraus einen altmodischen Füllfederhalter und ein in Leder gebundenes Notizheft hervor. Mit ihrer etwas zittrigen Handschrift schrieb sie eine erste Zeile. „Der Weg gleich einhalbmal Beschleunigung mal Zeit zum Quadrat? Was soll das denn heißen? Kannst du nicht normal verständlich reden?" Eine kurze Pause, in der ich leise die blecherne Stimme des Gesprächspartners erahnen konnte. Dann sagte Mimi: „Verstehe. Bei einer Höhe von 4,10 Meter muss ich die Person abziehen. Also 1,80 Meter. Da bleibt eine Fallstrecke von 2,30 Meter. Der Fall des Gegenstandes dauert weniger als eine halbe Sekunde. ... Eine Aufprallgeschwindigkeit von 4,90 Meter in der Sekunde." Mimi hakte nach: „Ist das schnell? ... Ziemlich? Wenn ich solche Antworten haben möchte, ruf' ich nicht einen Professor, sondern die Grundschullehrerin an. ... Einen Taschenrechner? Ja, dann hol dir einen Taschenrechner." Zuerst machte Mimi einige Anstalten, noch mehr auf ihr Blatt zu schreiben. Doch dann malte sie nur ein paar Kringel und Blümchen. Daneben einen kleinen Totenschädel, eine Pistole, ein Galgenmännchen. Der Anblick ihrer Kritzeleien hätte jeden Hobbypsychologen in Begeisterungsstürme versetzt. Als sie damit begonnen hatte, einige Grabsteine und Kreuze zu skizzieren, vernahm ich wieder die Stimme aus dem Hörer. Mimi nickte. „Geht doch!" Und dann säuselte sie zuckersüß: „Ich wusste doch, dass du das kannst. Bist ein Schatz. Dankeschön." Es wäre vielleicht herzlicher gewesen, wenn sie seine Antwort abgewartet hätte. Doch der Hörer lag schon wieder auf der Gabel.

„Das war Layton. Ein alter Freund von mir. Er hat einen schrecklichen britischen Akzent. Aber er kennt sich offensichtlich mit Mathematik aus."

„Physik", korrigierte ich automatisch.

Mimi ging nicht darauf ein. Stattdessen betrachtete sie kurz ihre unvollständigen Notizen, ergänzte sie beiläufig und sagte dann: „Bei einem vermutlichen Aufprallgewicht von über 180kg dürfen wir davon ausgehen, dass das Bügeleisen ein totsicheres Mordinstrument ist. Insbesondere, weil die spitze Seite den Kopf des Opfers getroffen haben muss. Die stumpfe Seite zog das Kabel hinter sich her." Sie grinste breit.

„Das scheint dir Spaß zu machen", stellte ich angewidert fest.

„Das ist wie in meinen Krimis."

Ja, Mimi, das war für mich Antwort genug. „Es macht dir also Spaß."

Nicht wirklich verlegen sagte sie: „Ein Mord ist dazu da, aufgeklärt zu werden."

„Wir reden hier über deinen Enkel", erinnerte ich Mimi.

„Vermisst du ihn?" Mimis Frage triefte vor giftiger Ironie. Es verschlug mir die Sprache. „Immerhin", fuhr Mimi fort, „löst Ferdis Tod für uns einige Probleme: Ich brauche nicht zu befürchten, dass mein Kaffee plötzlich Ratten tötet und du brauchst dich nicht zu fragen, ob ich Ferdi rechtzeitig enterbe."

„Ein Mord löst doch keine Probleme", stieß ich hervor.

„Es ist der einzige Grund, der einen Mord rechtfertigen kann", konterte Mimi. „Mord als Problemlösung ist weiter verbreitet, als du denkst. Nimm zum Beispiel diese Beatrice ..."

„Die aus dem Buchladen?"

„Ja, genau diese. Neulich war sie noch eine mittellose Angestellte und plötzlich gehört ihr der Laden. Kurz vor seinem Tod soll ihr Chef sein Testament zu ihren Gunsten geändert haben. Findest du das nicht merkwürdig?"

„Aber deshalb muss sie ihn doch nicht gleich umgebracht haben."

„Wie könnte es denn anders sein? Erzähle mir eine halbwegs vernünftige Geschichte, die erklärt, warum eine gerade eingestellte Mitarbeiterin von einem älteren Herrn alles vererbt bekommt."

„Pfft", machte ich und zuckte mit den Schultern.

„Es gibt viele Gründe zu morden", nahm Mimi den Faden wieder auf. „Sonst gäbe es ja auch nicht so viele gute Krimis. Töten ohne Sinn und Verstand wäre barbarisch ..." Sie suchte nach den richtigen Worten. „Ich muss das anders erklären. Den guten Mörder, der seinen Mord aus einem ehrenvollen Motiv ausübt, gibt es im Krimi eher selten. Der habgierige oder rachsüchtige Mörder kommt eigentlich viel öfter vor. Und natürlich der irre Serienmörder. An einen Krimi mit einem ehrenhaften, habgierigen und rachsüchtigen Serienmörder kann ich mich allerdings nicht erinnern. Das wäre mal was Neues ... äh, wo war ich noch gleich?"

„Ich weiß gerade nicht, worauf du hinauswillst", sagte ich, „aber du wolltest mir, glaube ich, erklären, dass es Gründe geben kann, die einen Mord rechtfertigen."

Was folgte, war einer der seltenen Momente, in denen ich erkennen konnte, wie alt Mimi tatsächlich war. Die Hochstimmung, die sie gerade eben noch gehabt hatte, war verflogen und sie rang innerlich mit sich selbst. Alles, was sie mir vielleicht hatte sagen wollen, war wohl verflogen. Rasselnd holte sie Luft. „Moral", sagte sie leise und so unendlich müde.

Irritiert zog ich die Stirn kraus. „Was ist damit?"

„Moral ist das Einzige, was den Menschen davon abhält, ein Mörder zu sein."

Natürlich hätte ich an dieser Stelle meiner Oma direkt widersprechen können. Doch ich hatte Angst, sie schon wieder aus dem Konzept zu werfen. Ich mochte es ganz und gar nicht, wenn sie so unerwartet schwach war.

„Der Mensch wäre weniger als ein Tier, hätte er nicht seine Moral. Intelligent wie er ist, hätte er immer einen Grund, jemand anderen aus dem Weg zu räumen. Stell dir vor, du hättest deine Moral nicht. Stell dir vor, du wärst nicht an dein Gewissen gebunden. Hätte es nicht viele gute Gründe gegeben, in deinem Leben aufzuräumen? Tom hat in deiner Seele viel Unordnung geschaffen, oder?"

Darauf brauchte ich nicht zu antworten.

„Ich ...", Mimi zögerte kaum merklich, bevor sie weitersprach. Doch dann schaute sie mich an und ihre Augen funkelten wieder. „Ich habe in meinem Leben schon das ein oder andere Mal aufräumen müssen. Deswegen kann ich auch heute von mir behaupten, dass ich so glücklich verwitwet bin."

Ich hatte noch nicht richtig begriffen, was Mimi mir da gerade erzählte. Trotzdem spürte ich, wie sich mein Puls erhöhte.

Mimi lächelte versonnen. „Für gewöhnlich räumt die Zeit hinter uns auf. Wir vergessen die unschönen Dinge. Oder wenigstens verblassen sie ein wenig. Aber manchmal muss man der Zeit helfen. Oder sie etwas beschleunigen. Wer weiß schon genau, wie es damals war."

Irgendwas veranlasste mich nachzuhaken: „Wie war es denn damals?"

„Beim ersten Mal?" Es hörte sich beinahe an, als würde sie über Sex sprechen. Ich wusste es besser.

„Ja, zum Beispiel beim ersten Mal."

„Beim ersten Mal ist es am schwersten. Man macht sich ja doch so seine Gedanken." Vielleicht dachte sie kurz darüber nach, ob sie noch weiter über Gewissen oder Moral reden wollte. Doch als sie weitersprach, schien sie einen anderen rhetorischen Weg gewählt zu haben.

„Hans-Jakob war bereits ein alter Mann, als deine Urgroßmutter mich mit ihm verheiratet hat. Er war blass wie eine Leiche und krankhaft müde. Alt und krank. Die Ehe war von meinen Eltern also eigentlich nur aus, sagen wir mal, wirtschaftlichen Gründen geplant worden. Doch das Herz von Hans-Jakob war zunächst stärker, als es meine Eltern erwartet hatten."

„Und dann hast du ihn umgebracht?" Meine Stimme klang eher überrascht als empört.

„Also bitte! Ich habe nur dem natürlichen Lauf der Dinge nachgeholfen."

„Ich fass' es nicht!"

„Wenn es dir hilft: Das Netteste, das ich über Hans-Jakob sagen kann, ist, dass er einen Hof hatte. So ein Hof war in den ersten Monaten nach dem Krieg mehr wert als der größte Batzen Geld. Die Leute aus der ausgebombten Stadt brachten für ein paar Kartoffeln oder Möhren die kostbarsten Tauschobjekte. Ich erinnere mich an Hans-Jakobs Scheune. Dort, wo sonst die Rüben lagerten, hortete er Teppiche, Kisten mit Schmuck, riesige Bilder und sogar Möbel. Manche unserer Nachbarn nannten ihn gewieft. Für mich war er einfach nur ein unersättliches Schwein, das den Armen und Hungernden auch noch die letzten Habseligkeiten für einen halbvollen Handkarren Essbares abknöpfte."

Mimi legte den Kopf zurück und betrachtete mit schwimmenden Augen die Decke. Tränen funkelten im Sonnenlicht. „Eines Morgens erwischte er ein paar bis auf die Knochen abgemagerte Kinder; ein kleiner Junge und zwei größere Mädchen. Auf dem Acker hinter dem Haus sammelten sie … ich glaube es waren Maiskolben … ja. Sie sammelten die faulenden Maiskolben auf, die nach der Ernte übrig geblieben waren. Er packte sich eines der Mädchen und zerrte es in die Scheune. Die beiden anderen Kinder liefen hinterher, versuchten, ihm das Mädchen zu entreißen. Doch sie waren zu schwach, um gegen ihn etwas auszurichten. Bevor er sie ins Innere zerrte, riss er sich seinen schweren Ledergürtel von der Hose.

Ich stand in der Küche des Haupthauses und hörte das Geschrei, obwohl die Scheune auf der anderen Seite des Hofes war. Irgendwann kam er mit zornrotem Kopf wieder heraus. Halbtot geprügelt hatte er die drei und sich selbst dabei vollkommen verausgabt."

Vor meinem inneren Auge spielte sich die Szene nur allzu bildlich ab. Ich sah die armen Kinder. Ich sah den Ledergürtel. Und ich sah den Mann, der einst mit Mimi verheiratet war. Irgendwie sah er in meiner Fantasie wie Tom aus.

Mimi sprach etwas leiser, als sie fortfuhr. „Wenn ich mich recht entsinne, war ich gerade dabei, seine Medizin zu machen. Er litt an einer Eisenmangel-Anämie und sein Arzt hatte ihm deswegen Arsen verschrieben. Später am Tag klagte er über Atemnot, Schwindel und Beklemmungsgefühle. Er sah gar nicht gut aus. Schlechter als sonst. Der Knecht wurde geschickt, um den Arzt zu holen. Doch der war gerade mit einer Entbindung beschäftigt. Als er endlich kam, konnte er mir nur noch sein Beileid bekunden."

Eine seltsame Art der Faszination ergriff mich. „Eine Überdosis Arsen? Das hatte der Arzt nicht feststellen können?"

Mimi nahm sich ein Taschentüchlein und tupfte sich über das Gesicht. Sie brachte ein mattes Lächeln zustande. „Die Arbeiter auf dem Hof hatten dem Arzt von dem Vorfall in der Scheune erzählt. Der Doktor kam kurz darauf zu mir und sagte, für ihn sei die Sache eindeutig. Ein Mann in Hans-Jakobs Zustand hätte sich nicht so verausgaben dürfen. Dann lüftete er hochachtungsvoll seinen Hut vor mir und ging."

„Und die Polizei oder sonstwer haben nie …"

„Schätzchen. Das waren andere Zeiten, kurz nach dem Krieg. Da darfst du nicht die heutigen Maßstäbe ansetzen. Der Arzt hatte einen Totenschein ausgeschrieben und Herzversagen angegeben. Für den Polizisten im Städtchen hat es keinen Grund gegeben, etwas zu hinterfragen. Als Erbin des Hofes habe ich Hans-Jakob eine angemessene Beerdigung spendiert, brav meine sechs Wochen Trauer getragen und sogar ein schwarzes Spitzenhäubchen aufgesetzt. Ein Taschentuch hielt ich immer bereit. Bei passender Gelegenheit konnte ich es mir vor die Nase halten. Der Saft einer Zwiebel kann manchmal recht nützlich sein."

Ich konnte mir nicht helfen, doch Mimis Erzählung warf für mich ein vollkommen neues Licht auf die bisherigen Ereignisse. Die Tatsache, dass meine Oma eines Mordes fähig war und ihn sogar vor ihrem Gewissen zu rechtfertigen wusste, machte mir Angst. Unweigerlich musste ich an Ferdi denken. Im Geiste sah ich ihn nichtsahnend neben der Treppe stehen, während Mimi über ihm mit einem Bügeleisen in der Hand stand, darauf wartend, dass er endlich auf dem Kreuz im Parkett stand.

„Schätzchen." Mimi rieb sich fröstelnd über die Oberarme. „Es zieht. Könntest du bitte das Fenster und deinen Mund zumachen?"

„Oma …" Ich ging um den Schreibtisch herum und drückte gegen die Fensterscheibe.

„Sag Mimi zu mir! Du weißt, dass ich es nicht mag, wenn du mich Oma nennst."

„Ferdi …"

„Was ist mit ihm? Rede bitte in ganzen Sätzen."

„Du …"

Im nächsten Augenblick klingelte das Telefon, um mich vor meinen unausgesprochenen Vermutungen zu bewahren. Mimi hob mit einem entnervten Seufzen ab. „Richter!" Sie lauschte und kurz darauf erhellten sich ihre Gesichtszüge. Sie strahlte förmlich. „Eine telefonische Befragung? Natürlich, *Inspector*." Sie hielt die Sprechmuschel zu und erklärte mir: „Bei der Polizei interessiert sich doch jemand für die Sache mit dem Flügel. Sie wollen mir den Weg ins Präsidium ersparen, weil ich so alt bin." Sie kicherte und klang dabei gar nicht alt. Ihre Hand verschwand von der Sprechmuschel. „Selbstverständlich dürfen Sie das Gespräch aufzeichnen, *Inspector*."

Das war bestimmt der Moment, in dem sie darüber belehrt wurde, dass ihr Gesprächspartner kein Ermittler aus Großbritannien war. Mimi seufzte. „Natürlich, *Inspector*." Damit war die Sache für sie geklärt und sie begann damit, sorgfältig ihre Personalien anzugeben. Die Nummer ihres Personalausweises konnte sie auswendig. Oma wusste mich immer wieder zu überraschen. Ich hörte ihr noch ein Weilchen zu, doch irgendwie folgte ich dem Dialog nicht so richtig. Geistig war ich noch immer bei ihrem Geständnis. „Du brauchst etwas Zeit zum Nachdenken", dachte ich bei mir und ließ es zu, dass meine Füße mich nach draußen trugen.

Etwas später fand ich mich im angrenzenden Wald wieder. Ich sog tief die kühle, feuchte Luft ein und spürte, wie mein Kopf mit jedem Atemzug klarer wurde. Das tiefe Grün der Bäume beruhigte mich ein wenig und der Kloß in meinem Hals schmerzte nicht mehr so sehr. War ich wirklich so verkrampft gewesen?

„Du musst ruhiger werden." Meine Stimme kam mir unpassend laut vor. Ich beschloss, meine Gedanken und meinen Mund für ein Weilchen schweigen zu lassen.

Der dritte Mann

Von irgendwoher grollte leise der Donner und kündigte das erste Gewitter des Jahres an. Es wurde also Zeit für den Rückweg. Ich hatte mich gerade umgedreht, als ich rechts von mir im Dickicht ein leises Knacken vernahm. Ein trockener Zweig oder ein dünner Ast war gebrochen. Ich war nicht allein!

„Äh", sagte ich vorsichtig. „Hallo?"

Ich bekam keine Antwort.

„Ist da wer?", hakte ich nach. Meine Stimme zitterte leicht, während meine Fantasie langsam auf Touren kam. Ausgeliefert und schutzlos kam ich mir hier vor und hatte ziemlich schnell ein klares Bild vor mir, wer da im Gebüsch lauern konnte.

„Tom? Bist du das?" Ich hatte ganz vergessen, ihn mit Arschloch anzureden. Vielleicht war das für den Augenblick auch besser so. Unsicher machte ich ein paar Schritte in Richtung der Villa. Verdammt, sie war nicht mal mehr in Sichtweite. Ob mich jemand hören würde, wenn ich um Hilfe schrie? Ich blieb wieder stehen, lauschte angestrengt. Hatte sich da etwas bewegt? „Das ist nicht witzig", presste ich wütend hervor. Leider klang es gar nicht wütend. Es klang verzweifelt. Tränen schossen mir in die Augen und ich zitterte am ganzen Leibe. Wieder donnerte es. Diesmal lauter, näher. Meine Nerven vibrierten mit den Schallwellen im Gleichklang. Langsam setzte ich mich wieder in Bewegung. Links: ein kaum hörbares „Tapp". Ich beschleunigte meinen Gang. Hinter mir vernahm ich ein „Tipp-tapp". Ich verfiel in einen leichten Trab. Mit dem nächsten „Tapp" erkannte ich das Geräusch. Natürlich! Es war der einsetzende Regen. Schon prasselten schwere Tropfen um mich herum durch das Blätterdach. Aber war da noch was anderes? Hörte ich den Rhythmus laufender Füße? Ich wagte es nicht, mich umzudrehen und gab mich meiner aufkommenden Panik hin. Ich rannte um mein Leben.

Eine gefühlte Ewigkeit später kam die Villa in Sichtweite. Gegen heftige Seitenstiche ankämpfend, beschleunigte ich nochmals.

Noch wenige Meter bis zum Waldrand, dann hätte ich es geschafft. Doch plötzlich, wie aus dem Nichts, trat dort die Silhouette eines Mannes in meinen Weg. Im gleichen Atemzug verfing sich mein Fuß in einer

Wurzel und ich stolperte mit den Armen rudernd weiter nach vorne, direkt in die Arme des Unbekannten. Seine Arme umfingen mich, seine Hände packten fest zu. Ich schrie aus Leibeskräften. Dabei schlug ich um mich, trat, kratzte und biss.

„Fräulein Richter ... Helen! Könnten Sie bitte ..." Das war nicht Toms Stimme. „Sie tun mir weh."

Lena hatte etwas Wund- und Heilsalbe auf Norberts Hand gepinselt. Nun legte sie gekonnt einen Verband an. Ich saß mit hochrotem Kopf daneben, wusste nicht recht, wo ich hinschauen sollte. Die Einrichtung der Veranda, in der wir nun wieder saßen, bot nicht genug Ablenkung. Am liebsten wäre ich im Boden versunken. Meine Entschuldigungen hatte der Butler mit seiner stoischen Gelassenheit entgegengenommen. In seinem Gesicht konnte ich keine Gefühlsregungen ablesen.

Dafür durfte ich mir eine Standpauke von meiner Oma anhören. „Was ist bloß in dich gefahren? Du kannst doch nicht wie eine Psychopathin mein Personal anfallen."

„Ich habe mich erschreckt", versuchte ich zu erklären.

„Erschreckt?" Mimi schnaubte. „Du bist wie von Sinnen aus dem Wald herausgestürmt. Wir haben dich bis ins Haus schreien gehört."

„Weil ich gedacht habe, dass mich jemand verfolgt."

Mimi und Norbert wechselten einen bedeutungsvollen Blick. Dann fragte Mimi: „Tom?"

„Keine Ahnung." Ich kam mir nun sehr albern vor. „Ich habe niemanden gesehen."

„Aber du glaubst, dass es Tom war."

„Ja." Ich schluckte. „Nein ... Ich weiß nicht. Kann mich auch geirrt haben."

„Geirrt", wiederholte Mimi. Ihre Wut verrauchte. „Vielleicht. Wenn das der Fall ist, dann müssen wir dringendst etwas gegen deine Angst tun. Es geht nicht an, dass du bei jedem kleinen Gewitter in Panik verfällst."

„Ich verfalle nicht bei jedem kleinen Gewitter in Panik", protestierte ich halbherzig. Aber das war eigentlich eine Lüge. Seitdem ich mich von Tom getrennt hatte, zuckte ich bei jedem Knall zusammen. Neulich hatte mich das Zuschlagen einer Autotür beinahe in die Flucht gejagt. Es hatte geklungen, wie …

„Tom", knurrte Mimi, „hat zwei oder drei Mal zu oft in deiner Gegenwart randaliert."

Wäre es doch nur beim Randalieren geblieben. Aber Mimi konnte eins und eins zusammenzählen.

„Wir müssen etwas gegen deine Angst tun", sagte Mimi erneut.

Vergessen und Verdrängen fiel mir bei solchen Gesprächen nicht leicht. „Was willst du dagegen tun? Wenn ich Angst habe, habe ich halt Angst."

Mimi antwortete nicht. Doch sie nickte Norbert zu. Der nickte zurück.

Als nachmittags der nächste Besucher das Haus betrat, hatte ich keine hohen Erwartungen an den Rest des Tages. Es war Helge Bionda, mein Stiefvater.

Dieser Mann verströmte durch jede Pore seines Körpers eine Widerwärtigkeit aus, die kaum zu beschreiben ist. Was meine Mutter an diesem Kerl finden konnte, blieb mir immer ein Rätsel. Vielleicht lag es an ihrer Vorliebe für billige TV-Serien. Diese Mischung aus Cliff Barnes und J.R. Ewing hatte die gleiche Vorliebe für Intrigen wie seine amerikanischen Vorbilder. Er erweckte den Eindruck, als habe er sein Lachen, die Gestik und das ganze Gehabe in einer miesen Schauspielschule gelernt.

Als ich sechzehn war, hatte er es geschafft, meine Eltern endgültig auseinanderzubringen. Mit meinem achtzehnten Lebensjahr fand ich mich mit samt einem Koffer und einigen Möbeln vor der Haustüre wieder. Inzwischen hatte er es geschafft, dass meine Mutter nicht mal mehr mit mir telefonierte. Sie hielt mich für eine Schlampe, die mit jedem ins Bett steigen würde. Das bewies, dass sie von meinem Leben keine Ahnung mehr hatte. Obendrein bewies es, wie hörig sie Helge war.

„Hallo mein Schatz", begrüßte er mich, als wären wir Teil der liebsten und besten Familie. „Wie geht es dir? Wir haben uns ja schon lange nicht mehr gesehen."

Schon fand ich mich in einer Umarmung wieder, die allerdings sehr einseitig ausfiel. Aus den Augenwinkeln konnte ich Mimi erkennen. Sie deutete grinsend an, dass sie sich den Finger in den Hals steckte. Eine Geste, die ich eigentlich nur von Teenagern kannte.

„Was macht Tom?", fragte Helge. „Habt ihr euch endlich wieder zusammengerauft oder sitzt du immer noch in der Schmollecke?"

Bevor ich passend antworten konnte, stieß er mich aber schon in einer fließenden, sanften Bewegung von sich fort, um Mimi entgegenzufliegen. Er hätte ihr bestimmt eine ähnliche Umarmung inklusive Wortschwall zukommen lassen, wenn nicht ihr Gehstock plötzlich ein Stück nach vorne geruckt wäre. Mit einem hörbaren „Plock" traf das Holz Helges Schienbein. „Autsch!" entfuhr es ihm. Sein Begrüßungsmanöver endete in einer Vollbremsung.

„Hallo Helge", sagte Mimi ungerührt. „Schön, dass du pünktlich bist."

„Hallo Mimi." Helge beugte sich vor und rieb sich die schmerzende Stelle. „Danke für die Einladung. Wie komme ich zu der Ehre?"

In ihrer liebreizendsten, unverblümten Art flötete Mimi: „Wir suchen meinen Mörder."

Ein Schatten flog über Helges Gesicht. Doch er fasste sich rasch. „Du siehst gar nicht tot aus."

„Du schmeichelst mir", sagte Mimi zuckersüß. „Aber was nicht ist, kann ja noch werden."

Beiläufig griff Helge in seine Manteltasche und zog ein Päckchen *Lord* heraus. Es verging keine Sekunde, da stand Norbert neben ihm. In der Rechten hielt er einen Aschenbescher bereit. Ohne den Butler eines Blickes zu würdigen, nahm Helge das Schälchen aus Zinn entgegen. Außerdem ließ er sich zu einem „Sehr zuvorkommend" herab, dass er aber nicht an Norbert, sondern an die Deckenleuchte richtete. Dann zog er in weltmännischer Pose an dem Glimmstängel, inhalierte tief und entließ den Rauch beim Sprechen. „Mimi, wie kann ich dir dabei helfen?"

Kurz darauf fanden wir uns im Wintergarten wieder. Helge hatte, bevor sich jemand anderes setzen konnte, Mimis angestammten Platz eingenommen. In ihrem Gesicht arbeitete es und ihr Missmut war ihr deutlich anzusehen. Überraschenderweise machte sie dennoch keine Anstalten, ihn von dort zu vertreiben.

Sie nahm also auf einem der Stühle Platz, die mit dem Rücken zur Tür wiesen. Ich muss zugeben, dass ich von Psychologie keine Ahnung habe. Trotzdem spürte ich in diesem Fall, dass sie gerade in die Defensive gedrängt wurde, was so gar nicht zu ihr passte.

„Du denkst also, dass dich jemand umbringen möchte?", fragte Helge. Eine zweite Zigarette hatte den Weg zwischen seine Finger gefunden. Poirot quittierte dies, indem er fortlaufend „Stinka" rief. Norbert, der gerade noch neben mir an der Tür gestanden hatte, stand nun an der Fensterfront und öffnete mit raschen Bewegungen die Oberlichter. Helge schenkte dem keine Beachtung. „Wie kommst du darauf?"

„Ein Klavier ...", begann ich.

Mimi unterbrach mich: „Ein Flügel. Jemand hat versucht, mir einen Flügel auf den Kopf fallen zu lassen."

Helge lachte. „Wie passend. Mehr Klischee ging wohl nicht?"

„Schön, dass dich das so amüsiert", sagte Mimi.

„Was sagt denn die Polizei dazu?"

„Oh, bis vor Kurzem hat sie das Ganze als Unfall abgetan. Doch inzwischen hat man wohl doch damit begonnen, Ermittlungen anzustellen." Mimi winkte Norbert zu sich und flüsterte ihm eine Frage ins Ohr. Dieser antwortete ihr auf die gleiche diskrete Weise. Mimi wirkte zufrieden. „Kümmern Sie sich bitte darum." Norbert eilte sogleich aus dem Zimmer.

„Nun", Helge lehnte sich zurück, „was habe ich damit zu tun?"

„Stinka!" Poirot ärgerte sich sichtlich, dass ihm das R mit seinem Schnabel nicht gelang. „Stinke-a."

„Och, ich möchte natürlich wissen, wer dafür in Frage kommt", sagte Mimi frei heraus.

Helge zog gespielt überrascht eine Augenbraue hoch. „Und du denkst also, dass ich in Frage käme? Sei nicht albern. In einer Liste möglicher Tatverdächtiger käme ich wohl an ..." Er tat, als würde er rechnen. „... letzter Stelle. An erster Stelle würde ich deine beiden Enkelkinder oder diesen nichtsnutzigen Bürgermeister stellen. Und auch Tom, mit dem Helen ja mal zusammen war, hat mit dir noch eine Rechnung offen, soweit ich weiß."

„Du bist erstaunlich gut informiert", stellte Mimi fest. Ich konnte in ihren Augen lesen, dass Helge genau das gesagt hatte, was sie hören wollte. Mir war allerdings mehr als unwohl, dass dieser Mann so gut über die Konstellationen um Mimi herum Bescheid wusste. „Steht Hans also noch immer auf deiner Gehaltsliste?"

Helge zuckte kaum merklich zusammen. Seine selbstbewusste Aura flackerte und plötzlich war es egal, wer wo im Raum saß. „Ich weiß nicht, was du meinst. Wer ist Hans?"

Draußen, unterhalb der Fenster, erklang ein schmerzerfüllter Schrei. Mimi grinste breit. „Mein Gärtner. Du müsstest ihn kennen. Immerhin ruft er ständig bei dir an."

„Woher weißt ...?"

„Hans telefoniert meistens von meinem Hausanschluss. Der alte Sparfuchs möchte mit seinem Handy wohl nicht zu viele Einheiten verbrauchen. Du solltest ihm eine – wie heißt das noch gleich? – eine Flatrate spendieren."

Helge beugte sich herausfordernd nach vorne: „Er telefoniert hier im Haus? Was beweist das?"

„Nichts." Mimi lehnte sich entspannt zurück, verschränkte selbstgefällig die Arme vor der Brust. „Es beweist nichts. Aber der Einzelverbindungsnachweis der Telefongesellschaft, der beweist etwas. Er beweist, wann und wohin telefoniert wurde. Ich bin alt. Aber ich bin nicht blöd. Ich bin durchaus in der Lage, eine Telefonrechnung durchzulesen."

„Was hätte ich davon?"

„Gute Frage. Aber das sollte ich eigentlich dich fragen. Ich schätze, du wirst mir darauf aber kaum antworten. Sparen wir uns also das Lügen."

Einige rumpelnde Geräusche drangen von draußen herein. Ein Stöhnen und Ächzen. Helge ignorierte es meisterhaft. Mimi reagierte ebenfalls nicht darauf. Also widerstand auch ich dem Impuls, zum Fenster zu gehen. Der verbale Zweikampf zwischen Mimi und meinem Stiefvater duldete keine Unterbrechung.

„Wenn wir uns das Lügen ersparen sollen und du dir keine Antworten von mir erhoffst, warum bestellst du mich dann hierher?"

„Für Helen", erklärte Mimi nüchtern.

„Für mich?" Was sollte das denn jetzt?

Sie redete weiter mit Helge: „Vielleicht wird sie sich im Laufe des Gesprächs einiger Dinge bewusst." Mimi ergriff meine Hand und tätschelte sie. Dann wisperte sie mir zwei Worte zu. Mein Verstand brauchte einige Sekunden, das Gesagte umzusetzen: „Mund zu."

Die Tür flog auf und Hans herein. Dicht gefolgt von Norbert, der den Gärtner mit geringem Kraftaufwand im Polizeigriff hielt.

„Ich habe nicht gelauscht!", protestierte Hans lautstark.

„Ich weiß", sagte Norbert. Dabei zog er den Arm seines Gefangenen noch ein Stück höher. „Du hast mit bloßen Händen die Hecke unter dem Fenster geschnitten."

Mimi erhob sich und schritt langsam zu den Fenstern. Als sie hinter Helge stand, drehte sie sich würdevoll herum und sagte ernst: „Das war ein Mal zu viel, Hans. Den Termin morgen haben Sie noch in Ihrem Kalender stehen? Ich möchte, dass Sie pünktlich sind. Norbert wird bis dahin Ihre Papiere vorbereiten. Sie sind hiermit fristlos gekündigt."

„Aber ...", hilfesuchend schaute Hans zu Helge. Doch dieser tat unbeeindruckt. „Aber ..."

Norbert ließ den Arm los und deutete mit dem Daumen zur Tür.

„Das wird ein Nachspiel haben", drohte der Gärtner.

„Eher nicht", antwortete Norbert ungerührt. Dabei machte er Anstalten, wieder nach dem Arm zu greifen. Das war Anlass genug, dass sich Hans endlich in Richtung Tür bewegte und schließlich laut zeternd das Haus verließ.

Helge lachte und applaudierte: „Eine herrliche Aufführung!" Er stemmte sich von seinem Sitzplatz auf. „Mimi, solche Szenen macht dir so schnell keiner nach. Keine Ahnung, was du deiner Enkelin damit zeigen wolltest. Aber ich denke, dass du mich genug vorgeführt hast. Wenn du mir nichts mehr zu sagen hast, werde ich mich jetzt empfehlen."

Mimi blieb sitzen, streckte ihm aber den Handrücken entgegen. Er brauchte ein oder zwei Momente, bis er begriff, was Mimi von ihm erwartete. Dann gehorchte er dem gesellschaftlichen Zwang, beugte sich vor und erwies ihr mit einem angedeuteten Handkuss die Ehre. Es war ihm anzusehen, dass er von dieser Handlung selbst am meisten überrascht war. Mimi grinste mal wieder selbstgefällig. Dann winkte sie ihn mit einer königlichen Geste fort.

Nachdem Helge in den Nachmittag entlassen worden war, wollte ich mich auf mein Zimmer verkrümeln. Mimi verschwand auch und weder Norbert noch Lena waren zu sehen. Das Haus hüllte sich für zwei Minuten in Schweigen. Die Stille betäubte selbst Poirot, der zuvor noch ein bisschen vor sich hin gewettert hatte. Jetzt steckte er seinen Kopf unter das Gefieder. Die Welt verharrte, wartete. Wartete auf einen Knall.

Knall!

„Ziemlich tot", stellte Mimi emotionslos fest. Wir standen rings um den leblosen Körper meines Stiefvaters. Norbert hatte seine dienstliche Miene aufgesetzt. Lenas Gesicht hatte wieder alle Farbe verloren. Und ich? Ich stand da, die Hände in den Hosentaschen meiner Jeans vergraben und versuchte, meine Gefühle zu sortieren.

„Professioneller Kopfschuss. Er hat nicht gelitten. Nicht lange." Norberts Feststellung drang an mein Ohr. Wollte er mich mit dieser Aussage trösten?

„Warum sollte ihn jemand erschießen?", flüsterte ich.

„Gute Frage", sagte Mimi. „Vielleicht sollten wir diesen Mord und das dazugehörige Motiv auch ergründen. Bislang haben wir ja nicht viel herausgefunden." Daraufhin beugte sie sich vor und nahm die Leiche intensiv in Augenschein. Auch ich zwang mich, trotz des Ekels, den der Anblick in mir erzeugte, genauer hinzusehen. Helge lag auf dem Bauch. Alle Viere von sich gestreckt, sah er aus wie ein Kaninchen, das von einem Golf überfahren worden war. Allerdings war er nur im übertragenen Sinne ebenso platt. Ein paar Blutstropfen glitzerten im Kies. Mimi beugte sich so gut es ihr noch gelang über ihn und betrachtete die rote Flüssigkeit eingehend.

Norbert räusperte sich. „Keller?"

„Ja", sagte Mimi pragmatisch, „Keller. Lena, könnten Sie Norbert bitte helfen?"

„Wie?"

„Indem Sie die Füße nehmen. Das untere Ende eines Menschen ist erfahrungsgemäß leichter als Kopf und Torso." Mimi hakte sich bei mir unter. „Meine Enkeltochter und ich werden einstweilen einen kleinen Spaziergang machen."

Der Kies unter meinen Füßen rasselte ebenso leise wie Mimis Atem in ihrer Lunge. Sie sagte zunächst nichts und ich versuchte, den Tag in eine vernünftige Reihenfolge zu bekommen. Doch irgendwie gelang es mir nicht. Inzwischen waren es zwei Tote, die mich gehörig durcheinander brachten. Eigentlich sogar drei. Denn dass mir Mimi den Mord an ihrem ersten Mann gestanden hatte, musste ich auch erst noch verdauen. Also drei tote Männer ...

Natürlich hätte ich in dieser Situation etwas anderes fragen können. Immerhin bewegte sich Mimi im Epizentrum der erschütternden Ereignisse. Doch ich wäre nicht ich gewesen, wenn es mir nicht an Mut gefehlt hätte, das Offensichtliche auszusprechen. Ich fragte nur: „Woher wusstest du, dass Hans uns bespitzelt?"

„Er war nie besonders talentiert. Nicht mal in der Gartenarbeit. In den Beeten habe ich oft genug seine Fußabdrücke gesehen. Und dieser Idiot hat viele Beete direkt vor die Fenster des Hauses gepflanzt. Du musst wissen, dass dieses Haus alt ist. Die Fenster sind dünn. Die Heizkostenrechnung wird mich sicherlich eines Tages mal ins Grab bringen."

„Die Heizkostenrechnung?"

„Die Fenster sind so dünn ... Wenn man sich draußen nah an das Glas stellt, kann man jedes Wort, das drinnen gesprochen wird, verstehen. Es gibt zwischen den Büschen, Hecken und Bäumchen Trampelpfade. Sie alle stammen von meinem Gärtner." Sie deutete auf die Hecke vor den Terrassenfenstern. „Siehst du?" Auf den ersten Blick sah der Bewuchs der Pflanzen normal aus. Doch bei genauerem Hinsehen führte ein schmaler Trampelpfad zwischen Buchs und Lorbeer unter das Fensterbrett. „Wir können davon ausgehen, dass er so ziemlich jedes Gespräch im Parterre in sein Notizbüchlein geschrieben hat."

„Weiß er von der Sache mit Ferdi?"

„Wir können davon ausgehen." Mimi schob mich sachte weiter. Sie führte mich zu der Eiche, an der noch immer eine Schaukel hing. Die Schaukel, auf der ich als Kind so oft gesessen hatte.

Ich riss erschrocken die Augen auf. „Dann weiß es auch die Polizei."

„Ach, wo denkst du hin?" Mimi kicherte. „So tickt der Gute nicht. Er könnte daraus keinen Vorteil ziehen. Ich gehe viel mehr davon aus, dass er es Helge erzählt hat. Und der kann mit dieser Information neuerdings nichts mehr anfangen."

Womit wir nun also doch beim Thema wären. „Was hätte Helge denn mit dieser Information anfangen können?"

„Hast du jemals eines der Bücher in meiner Bibliothek bis zum Ende gelesen?" Es klang ziemlich herablassend. Mir lag ein Protest schon auf der Zunge, doch ich besann mich und hielt mich zurück. Ich erkannte, was Mimi mir zu erklären versuchte. In vielen Krimis ging es um …

Mimi nickte. „Erpressung. Helge hätte früher oder später seine Forderungen gestellt. Immerhin verjährt Mord nicht. Theoretisch hätte er also alle Zeit der Welt gehabt. Pläne schmieden ist – nein – *war* seine Stärke. Deshalb hatte er ja so sorgfältig deine Mutter in sein Netz einspinnen können. Sie zappelte darin, während er an den Strippen zog. Als du ein lebhafter Teenager warst, hatte er schnell verstanden, dass du dich in seinem Netz nicht verfangen würdest. Im Gegenteil: Du hättest sogar die Macht gehabt, deine Mutter aus seinen Fängen zu befreien. Also musste er dich loswerden."

„Ich hätte Mama nicht …"

„Hast du es versucht?"

„Sie hasst mich."

„Sie ist vergiftet. Vergiftet von Helges Lügen. Aber ich glaube nicht, dass sie dich wirklich hasst. Lass Helge ein paar Tage erkalten. Dann werden wir sehen …"

„Ich hätte Mama nicht von ihm lösen können", wiederholte ich. „Sie ist … sie war ihm hörig." Ich ließ mich auf die Sitzfläche der Schaukel nieder und winkelte meine Beine an. Zu dem Chaos meiner Gefühle gesellte sich nun eine unbestimmte Traurigkeit.

„Hörig. Das ist das richtige Wort. So wie du deinem Tom hörig warst. Wie sehr du doch deiner Mutter gleichst. Etwas Besseres hätte Helge nicht passieren können. Die beiden, Helge und Tom, haben sich prima ergänzt. Mutter und Tochter waren jeweils mit der eigenen kleinen Hölle beschäftigt. Keine konnte der anderen helfen."

Mit dem Unterschied, dass Mama freiwillig in ihrer Hölle blieb, dachte ich. Vermutlich, weil die Gewalt ihr gegenüber nicht körperlicher

Natur war. Keine Schläge. Keine Tritte. Allenfalls ein paar Demütigungen. Bei mir war das anders gewesen. Aber von meinem Geheimnis wusste fast niemand. Die letzten Jahre hatte ich tief in meiner Seele vergraben. Ich stieß mich leicht mit den Füßen ab und die Schwerkraft spielte ein wenig mit mir. Mimi stand daneben und zog die Mundwinkel ein wenig hoch. „Du hast den Absprung geschafft."

Richtig, ich war nicht mehr bei Tom. Ich war nicht mehr bei ihm, weil mir Mimi geholfen hatte. Meine Strafanzeige wäre im Sande verlaufen, hätte Mimi nicht als Zeugin ausgesagt. „Ich wollte das nicht mehr. Ich wollte Tom entkommen."

„Ja, und das ist der Unterschied, nicht wahr? Zumindest auf den ersten Blick. Aber der tatsächliche Unterschied ist, dass du jemanden hattest, der dir geholfen hat." Ich spürte Mimis Hand im Rücken. Sie schubste mich sachte an. Gerade so viel, wie es ihre Kräfte noch erlaubten. Ein nostalgisches Gefühl stellte sich ein. Es war wie früher. Ich war wieder klein. „Außerdem hattest du entschieden, dir von jemandem helfen zu lassen."

„Für deine Hilfe bin ich dir ja auch dankbar."

„Gut. Ich wünsche mir, dass du das nicht vergisst." Es lag eine gewisse Strenge in ihrer Stimme, die ich aber nicht richtig einzuordnen vermochte. „Helges Tod ist bestimmt auch eine große Hilfe. Für deine Mama. Und … für dich."

Clue Ludo

Am darauf folgenden Morgen wurde ich unsanft geweckt. Die Zimmertür schwang auf, knallte gegen die Wand und ein kleiner Schatten humpelte an meinem Bett vorbei. Energisch wurden die Vorhänge aufgerissen und das eindringende strahlende Sonnenlicht blendete mich so sehr, dass ich noch weniger sehen konnte als in der Dunkelheit zuvor.

Mimi hatte dieses unheimliche Lächeln im Gesicht, als sie an die Bettkante trat: „Los aufsteh'n. Im Bett sterben die meisten Menschen." Sie zog mir die Bettdecke weg. „Laut Statistik", fügte sie schelmisch hinzu, damit keine Missverständnisse aufkamen.

Irgendwo im Haus rumpelte es gewaltig. Schlaftrunken rieb ich mir die Augen und brachte nur ein „Was ist das für ein …?" hervor.

„Der Lärm? Wir bekommen gerade noch eine Kühltruhe geliefert. Norbert lässt sie in den Keller tragen." Mimi wirkte außerordentlich gut gelaunt. Sie wartete, dass ich richtig zu mir kam. „Bist du bereit für die Polizei? Sie kommt gegen Mittag."

„Polizei?" Dieses Schlagwort machte mich dann doch richtig wach. Hatte Hans den Behörden einen Tipp gegeben? Und war ich dadurch jetzt offiziell im Kreis der Verdächtigen?

„Habe ich dir nicht erzählt, dass ich den freundlichen *Inspector* zu uns gebeten habe? Du erinnerst dich doch: Gestern. Das Telefonat."

Das brachte nur Mimi fertig. Sie hatte gleich zwei Leichen im Keller und lud Ermittler zum Kaffee ein.

Kaffee? „Ich brauch' Koffein", nuschelte ich und griff nach meiner Hose von gestern.

„Zieh' dir was Frisches an, Kind", tadelte Mimi und verschwand so schnell es ihre alten Knochen erlaubten.

Auf einem Kleiderbügel an der Tür hingen ein paar Klamotten. Helle Farben, freundliche Muster, sportlich geschnitten. In meinem Koffer hatten die Sachen bestimmt nicht gelegen. Doch ganz offensichtlich waren sie für mich bestimmt. Für einen winzig kleinen Augenblick rief die Zicke in mir zum Aufstand: „Das ist nicht mein Stil."

Doch mir wurde bewusst, dass ich in den letzten Monaten überhaupt gar keinen Stil gepflegt hatte. Grau. Schwarz. Schlabbrig. Allenfalls das

Blau einer Jeans. Die Farbpalette meiner Mode war genau so trist wie mein Leben. Und jetzt, wo es mir andauernd unter die Nase gerieben wurde, stellte ich fest, dass auch mein Alltag so ungepflegt wie mein Äußeres war.

Ich ging zum Spiegel und betrachtete mich lustlos. Mein Out-of-bed-Look mit struppigen, verfilzten Haaren, mein nicht richtig abgeschminktes Gesicht und mein Körper, der lange nicht mehr perfekt war, erweckten in der Gesamtkomposition allenfalls Mitleid. „Was ist nur aus dir geworden?" Die Frage hing in der Luft. Ich selbst hatte sie mir gestellt.

Gerne hätte ich für diesen Anblick Tom verantwortlich gemacht. Irgendwie war er es auch. Die Prellungen und die blauen Flecken waren zwar verschwunden, aber meine verknitterte Seele war immer noch da.

„Du lässt dich gehen", sagte ich.

„Und du führst Selbstgespräche", fügte ich hinzu.

Dann hielt ich mir den Kleiderbügel unter das Kinn und ließ die neuen Anziehsachen auf mich wirken. „Das könnte wirklich was werden", flüsterte ich und wagte zumindest in modischer Hinsicht einen Neuanfang.

Auf dem Weg zum Frühstück kam mir Lena entgegen. Als sie mich sah, strahlte sie vor Freude. „Gefallen Ihnen die Sachen? Mimi hat mich gebeten, für Sie einkaufen zu gehen."

„Mimi?" Ich musste mir unbedingt abgewöhnen, ständig einzelne Wörter meiner Gesprächspartner zu wiederholen.

„Passt wie angegossen", sagte Lena begeistert. „Sie sehen umwerfend aus. Ich hab alles eine halbe Nummer größer genommen, als ich habe."

Ein Grinsen huschte in mein Gesicht. Beim Anblick der schlanken, fast knabenhaften Figur Lenas, war mir sofort klar, dass sie gerade gehörig geflunkert hatte. Ganz offensichtlich versuchte sie, ihre Fettnäpfchen von neulich auszubügeln. Sie war einfach süß in ihrer Art, mit mir umzugehen.

Ich kam zu einem Entschluss: „Können wir das lästige *Sie* nicht weglassen? Wir kennen unsere Vornamen. Also können wir doch auch *du* zueinander sagen. Ich komm' mir sonst so alt vor."

Das Mädchen errötete. Verlegen schlug sie die Augen nieder, klimperte scheu mit den Wimpern. „Gerne. Aber Sie ... aber du brauchst dir nicht alt vorkommen. Du siehst gut aus." Ihr Gesicht nahm nun fast ein ungesundes Purpur an.

„Oh", machte ich etwas ungeschickt, setzte dabei ein Lächeln auf, das wahrscheinlich etwas dümmlich daherkam. Bisher hatte ich im Leben selten Komplimente bekommen. Dass ein solches Kompliment gerade von einer jungen Frau kam, brachte mich etwas aus dem Konzept.

„Ich muss los. Die Arbeit ruft", sagte Lena hastig. „Gleich kommt der *Bofrost*-Mann. Norbert hat fünfzig Tiefkühlpizzen bestellt. Ich muss tragen helfen."

„Tiefkühlpizzen?"

„Ja. Lasagne auch."

„Lasagne?"

„Ist dir schon mal aufgefallen, dass du alles wiederholst?"

„Alles?" Verdammt, durchfuhr es mich, kann mal jemand mein Hirn neustarten?

Lena eilte davon. Ich blieb im Flur zurück.

Als der Westminster-Schlag kurz nach Mittag ertönte, kamen gleich zwei Beamte in Mimis Villa. Sie trugen zwar Uniform, wiesen sich aber dennoch ganz förmlich aus. „Ich bin Hauptkommissar Kressin und das ist mein Kollege Oberkommissar Stoever", sagte der etwas Größere der beiden. Ein Kopfnicken reichte Kressin anscheinend zum Gruß. Mimi quittierte es, indem sie ihre Mundwinkel leicht hinabzog. Stoever machte einen freundlicheren Eindruck. Er reichte Mimi und mir die Hand. „Wir haben miteinander telefoniert. Kommissariat 11. Wir sind bezüglich Ihres Unfalls gekommen."

Kressin drängte sich wieder in den Vordergrund. „Sie haben angegeben, dass es sich um einen Anschlag auf Ihr Leben handeln könnte." Lag da etwas Ironie in der Stimme des Mannes?

„So ist es", sagte Mimi knapp. Sie verzichtete darauf, die Beamten von Norbert in den Wintergarten führen zu lassen. Ein Blinder mit Krückstock konnte erkennen, dass die Chemie zwischen diesem Kressin und Mimi nicht stimmte. Wir blieben also vor der großen Treppe stehen.

Bevor eine peinliche Lücke entstehen konnte, sagte Oberkommissar Stoever: „Eine Anzeige haben Sie aber noch nicht in Betracht gezogen." Der Mann erinnerte mich an ein Wiesel. Etwas gehetzt wirkte er. Trotzdem war er mir irgendwie sympathisch, auch wenn er sich neben dem massigen Kressin etwas verloren vorkommen musste. Er löste sich aus unserer Gruppe und schlenderte ein wenig herum. Mir entging nicht, dass er sich dabei aufmerksam umschaute. „Sie können eine Anzeige gegen Unbekannt machen."

„*Inspector*, müssen Sie nicht erst mal meine Aussage aufnehmen?", fragte Mimi. Es klang mir eine Spur zu belehrend. Doch Stoever quittierte es mit einem Lächeln. „Ja, natürlich. Haben Sie Ihren Personalausweis zur Hand? Bevor wir mit dem richtigen Schreibkram anfangen können, müssen wir uns erst nochmal mit den Personalien befassen." Dann fiel sein Blick auf mich. „Sind Sie eine Zeugin?"

„Nicht direkt", antwortete ich.

Kressin zog eine Augenbraue hoch. „Und indirekt?"

„Ich war noch im Laden, als es passiert ist." Warum war ich denn auf einmal so nervös? „Ich hab für Mimi bezahlt. Sie ist schon rausgegangen. Dann habe ich den Lärm gehört."

„Lärm?"

„Das Klavier …"

„Der Flügel", unterbrach mich Mimi.

„Eine Knallzeugin", stellte Stoever fest. „Trotzdem werden wir gleich auch Ihre Aussage festhalten. Sie sind …?"

„Helen Malo."

„Verwandt?"

„Ich bin die Enkeltochter."

„Interessant." Es war mir unangenehm, wie Hauptkommissar Kressin das sagte.

Sein Kollege holte Schreibkram aus einer Tasche und wedelte damit kurz. „Ob sich hier irgendwo ein Schreibtisch findet?"

Mimi machte ihre Aussage in der Bibliothek. Stoever notierte sorgsam jedes Wort, während Kressin die Fragen stellte. Nachdem meine Oma den Vorfall beschrieben hatte, erhob sich Kressin von seinem Platz. Er betrachtete die vielen Bücher, die uns umgaben. „Sie lesen viel. Oder ist das nur Dekoration?"

Normalerweise wäre dieser Themenwechsel meiner Oma sehr willkommen gewesen. Niemals hätte ich gedacht, dass sie auf ihre Bücher angesprochen werden könnte, ohne dass sie dieses irre Leuchten in den Augen bekam. Statt von Chesterton oder Chandler zu schwärmen, antwortete sie nur mit alter, brüchiger Stimme: „Ja. Kriminalliteratur ist ein Hobby von mir." Wo war die rüstige Frau hin? Mimi griff nach ihrem Stock, zog sich daran hoch und schleppte sich zu dem Polizisten. „Ein schlichtes Vergnügen meiner alten Tage, *Inspector*."

Hauptkommissar Kressin schniefte. „Mord ist weder lustig noch unterhaltsam. Ich mag keine Kriminalromane. Sie sind pietätlos."

Augenblicklich veränderte Mimi ihre Haltung. Sie stand aufrecht, ihre Augen blitzten herausfordernd und ihre Stimme wurde fest und streng. Die gebrechliche Frau, die sie für ein paar Sekunden so überzeugend dargestellt hatte, war gänzlich verschwunden. „Jährlich erscheinen ungefähr 2000 Kriminalromane in Deutschland. Dazu kommen noch die ganzen Filme und ein paar Theaterstücke. Dem gegenüber stehen 800 tatsächlich registrierte Tötungsdelikte. Sie sehen, dass ich diesbezüglich auf dem Laufenden bin. Und Sie können mir glauben, dass Leser wie ich sehr wohl zwischen Romanen und der Wirklichkeit unterscheiden können. Der Tote im Roman macht den Schriftsteller ebenso wenig zum Mörder, wie er den Leser zum sadistischen Schaulustigen degradiert."

„Es gibt da Ausnahmen", sagte Kressin ungerührt.

„Mordende Schriftsteller?", fragte ich.

Kressin lächelte mich vielsagend an. „Mordende Leser." In Sachen Verdächtigungen zeigte er sich in alle Richtungen offen. Für den Augenblick befand ich mich in seinem Fokus.

Mimi nickte. „Vielleicht."

Ich fand diese Aussage wenig hilfreich. Aber der Hauptkommissar wandte sich wieder Mimi zu. „Verdächtigen Sie denn jemanden?"

Wieder stellte ich eine wenig subtile Veränderung an Mimi fest. Sie erinnerte sich anscheinend wieder an die Rolle, die sie spielen wollte. Ihr Rücken krümmte sich leicht, die Augen wirkten plötzlich matt und ihre Mimik spiegelte das Alter von einem durchlebten Jahrhundert wieder. „Natürlich, *Inspector*", flüsterte sie.

„Dann erzählen Sie mal", forderte Stoever sie freundlich auf. Noch nahm er sie ernst. Das änderte sich rasch, als Mimi sagte: „Dem Bürgermeister und meinem Gärtner würde ich es zutrauen."

„Dem Bürgermeister?", entfuhr es Kressin fassungslos. „Und dem Gärtner?" Wenigstens war ich offenbar nicht die Einzige, die ihre Vorredner wiederholte.

„Außerdem könnten auch mein Enkel Ferdinand oder dieser Tom Malo in Frage kommen. Sie müssen wissen: Dieser Tom ist ein vorbestrafter Gewalttäter. Aber Helge Bionda – den hätte ich beinahe vergessen – wäre auch möglich."

„Sonst noch wer?" Stoever schrieb bei Weitem nicht mehr so sorgfältig. Er hatte sich zurückgelehnt, ließ den linken Arm salopp baumeln, während er mit der rechten Hand flüchtig die Namen notierte.

„Kann ich Sie später noch anrufen, wenn mir noch jemand einfällt?" Hätte Mimi es anders betont, dann hätte man auf ihren bissigen Zynismus schließen können. Doch die beiden Beamten nahmen hier nur die hilflose Frage einer altersselben Dame wahr.

„Natürlich", sagte Kressin. Er redete plötzlich betont laut und deutlich. Senile Menschen waren in seiner Welt vermutlich auch zwangsläufig schwerhörig. „Jederzeit. Wenn. Sie. Uns. Jetzt. Noch. Bitte. Eine. Unterschrift. Unter. Die Aussage. Setzen."

Wir standen nebeneinander an einem der großen Fenster neben der Haustür und schauten den beiden Polizisten nach. Als sie über die Stelle schlenderten, an der gestern noch Helges Leiche gelegen hatte, blieben sie kurz stehen. Blutspritzer, durchfuhr es mich panisch. Hatte Norbert die Stelle nicht richtig gesäubert? Aber die Beamten klopften sich nur kurz gegenseitig auf die Schultern. Sie lachten. Dann setzten sie ihren Weg fort.

„Sie haben dir nicht ein Wort geglaubt", stellte ich fest.

Mimi wirkte keineswegs enttäuscht. Wenn ich nur ein einziges Wort verwenden durfte, um sie zu beschreiben, dann wäre es ‚zufrieden'.

„Vielleicht", stellte sie fest, „für den Augenblick. Sie werden einen Bericht schreiben. Alle wichtigen Namen sind notiert worden. Mehr wollte ich nicht. Zu gegebener Zeit wird man meine Aussage herausholen und nochmals gewissenhaft lesen. Das verspreche ich dir."

„Du hättest das Gespräch anders angehen müssen. Sie hätten dir dann bestimmt länger zugehört."

„Sie haben mir zugehört. Und die Namen wurden dokumentiert", beharrte Mimi. „Das ist genug. Außerdem dürfen wir davon ausgehen, dass die Mordgeschichte so weit ins Lächerliche gezogen wurde, dass wir in nächster Zeit keinen Besuch mehr von der Polizei zu erwarten haben. In Anbetracht der Tatsache, dass im Keller zwei Tote einen Winterurlaub in der Kühltruhe verbringen, ist das nicht das Schlimmste, was uns passieren konnte."

„Aber du wolltest doch die Kripo …"

„Ja. Und ich hab sie bekommen. Die Kripo hätte vielleicht ermittelt, weil sie selbst über etwas gestolpert ist. Jetzt ermittelt sie *nicht*, weil ich sie mit der Nase drauf gestoßen habe."

„Ich verstehe kein Wort."

„Kindchen, du solltest wirklich mal ein paar vernünftige Bücher lesen. Das schult den Verstand für die offensichtlichen Dinge." Mimi holte tief Luft. „Wie dem auch sei. Was hältst du davon, wenn wir jetzt mal ein wenig Detektivarbeit leisten?"

Unwillkürlich drängte sich mir das Bild von Mimi im karierten Cape auf. Mit Pfeife im Mund und Lupe in der Hand würde sie bestimmt eine ansehnliche Frau Knatterton abgeben. „Was können wir denn tun?", fragte ich.

„Kombinieren", sagte Mimi, als ob sie meine Gedanken erraten hätte. „Immerhin haben wir ja schon allerhand Indizien und Spuren aufgetischt bekommen. Komm mit."

Wir gingen in ihr Arbeitszimmer, wo sie mit verblüffend flinken Händen die Schreibtischplatte leer räumte. Das Telefon stellte sie auf die Fensterbank, eine Vase mit Blumen platzierte sie vorsichtig zwischen einigen gerahmten Fotos auf dem Sideboard. Mit den diversen Papierstapeln, dem Locher, dem Brieföffner, der Stifteschachtel und dem Stempelständer war sie weniger sorgsam. Sie wischte sie kurzerhand mit ihrem Arm vom Tisch. „Da kann sich Norbert gleich drum kümmern", erklärte sie. Sie ließ sich auf ihren Stuhl fallen, zog dann eine Schublade auf, entnahm ihr ein Blatt und einen teuren Füller.

„Setz dich!"

„Ja, Mimi", sagte ich und gehorchte.

„Ich denke … Ja. Ich denke, wir sollten die Ereignisse so behandeln, als wäre es ein Roman. Weißt du, wer so viele Krimis wie ich gelesen hat, löst so manchen Fall schneller, als es dem Autor lieb sein kann. Es gibt ein paar Regeln, die nicht auf alle, aber auf die meisten Geschichten zutreffen."

„Klischee", sagte ich.

Mimi nickte. „Man kann feststellen, dass im Kriminalroman vieles nur eine Aneinanderreihung von Klischees ist. Am Schluss ist es sowieso immer nur der Unverdächtigste."

Sie sagte das so merkwürdig. Hatte Mimi denn bereits einen Verdacht? Wer mochte für sie der Unverdächtigste sein? Ich dachte nach. Mein Kleinhirn spuckte schon nach einer Sekunde einen Namen aus und mein Mund plapperte zeitgleich los. „Lena?"

Ich bekam ein Kichern als Antwort. „Oh, an Lena habe ich gar nicht gedacht. Ja, könnte sein. Gelegenheit hätte sie gehabt. Aber eigentlich würde doch bei deinem Anblick niemand an einen Mörder denken."

„Was?" Ich sprang entsetzt auf.

„Helen, reiß dich zusammen." Mimi zog das Blatt Papier zu sich heran und schrieb ein paar Worte. „Wir wissen, dass ein Flügel hinter mir zerschmettert ist. Wir wissen, dass einige Personen ein Motiv haben, einen oder mehrere Morde zu begehen. Und wir haben zwei Personen, die als Mörder bereits ausscheiden."

„Haben wir?"

„Ferdi und Helge dürften keine potentiellen Mörder sein."

„Ferdi hatte das Rattengift in der Tasche."

„Stimmt. Es besteht die unwahrscheinliche Möglichkeit, dass er sich auch am Flügel zu schaffen gemacht hat. Aber ich glaube, dass der Herr Bürgermeister erst nach seinem Besuch bei uns Ferdi zu dieser Dummheit mit dem Rattengift angestiftet hat."

Ich drehte meinen Kopf ein wenig, im Bemühen die gekritzelten Buchstaben auf dem Blatt zu entziffern. Die Mischung aus moderner Schreibschrift und Sütterlin machten mir das Lesen nicht leicht. Dennoch erkannte ich, dass sie einige Namen notiert hatte. Außerdem hatte sie die Worte Flügel, Bügeleisen, Rattengift und Gewehr um die Namen herum angeordnet. „Gewehr? Woher weißt du, dass der Schuss aus einem Gewehr abgefeuert wurde?"

„Ah. Langsam stellst du die richtigen Fragen. Ein bisschen spät; aber eine gute Frage ist die Frage nach der Tatwaffe. Ich habe mir die Frage schon am Tatort gestellt. Deshalb habe ich mir alles genau angeschaut. Helge lag mit dem Kopf in Richtung Gartentor. Die Kugel traf ihn von hinten. Das heißt, der Schütze muss im Haus gestanden haben. Da links und rechts neben dem Weg niedrige Büsche wachsen, muss der Schütze außerdem von einem erhöhten Standpunkt aus geschossen haben. Das Parterre scheidet somit aus. Es sei denn, dass jemand von der Tür aus abgefeuert hat. Aber von dort entkommt man nicht ungesehen und ein Gewehr lässt sich so leicht nicht verstecken."

„Ja, aber warum war es denn nun ein Gewehr?", fragte ich ungeduldig.

„Auf die Distanz ist eine Pistole zu ungenau. Ein guter Gewehrschütze, der seinen Arm auf der Fensterbank ablegt, hat eine sehr hohe Wahrscheinlichkeit, einen tödlichen Treffer zu landen. Außerdem ..." Mimi hob triumphierend den Zeigefinger, „ist die präziseste Schusswaffe im Haus ein Gewehr."

„Du hast ein Gewehr?"

„Kleinkaliber. Dein Opa hat damit oft auf Tontauben geschossen."

„Tontauben?"

„Naja", gab Oma zu, „für die Tontauben hat er ursprünglich das Schrotgewehr genommen. Aber für die Streuner wollte er lieber ein anderes haben. Mit ein paar Schüssen hat er die Katzen verjagt. Er zielte immer ein Stück hinter sie. Wenn sie der Knall nicht verscheuchte, dann die aufspritzenden Kiesel. Was hatte der Mann einen Spaß dabei."

Sie lächelte versonnen. Aber ich wollte lieber zurück zum Ausgangspunkt unserer kleinen Unterhaltung. „Du traust mir einen Mord zu?"

Mimi zog eine Verbindungslinie vom Bügeleisen zu meinem Namen. Damit hielt sie fest, in wessen Zimmer das Bügeleisen vor dem Mord zu finden gewesen war. Es erleichterte mich ein wenig, dass sie auch eine Linie zu Lena zeichnete. Immerhin hatte sie das Bügeleisen zuletzt verwendet. „Liebes, ich traue jedem Menschen einen Mord zu. Dir, Lena ... Unter bestimmten Umständen ist jeder zum Töten fähig. Die Reizschwelle liegt bei dem einen höher, bei dem anderen niedriger. Aber die Umstände können aus jedem einen Mörder machen."

Ich dachte an Mimis ersten Mann. „Du schließt von dir auf andere."

Diesen verbalen Tiefschlag nahm mir Mimi nicht übel. Ungerührt antwortete sie: „Ich habe den Krieg erlebt. Ich weiß, was alles passieren kann."

„Krieg ist was anderes."

„Vielleicht. Zweifellos wird da das Gewissen auf einen Befehl hin abgestellt, nicht wahr? Maschinengewehre, Handgranaten, Panzer und Bomber ... Die Verwendung von Phosphorbomben ist nicht so verwerflich wie die Verwendung von Arsen. Das willst du doch sagen."

„Phosphorbomben?"

„Die Amerikaner hatten sie abgeworfen. Die Menschen brennen wie grüne Fackeln. Und man kann die Feuer nicht löschen ... Man kann sich höchstens bei dem Versuch, anderen zu helfen, selbst in Flammen setzen." Ein bitteres Lächeln verzog Mimis Lippen. „Aber davon spricht man heute nicht mehr."

Es folgte ein Schweigen. Es war ein wenig zu lang. Dann sagte Mimi: „Du willst also sagen, dass du unmöglich eine Mörderin sein könntest?"

Ich nickte etwas unbeholfen. Aber ich spürte wieder diesen unangenehmen Kloß im Hals. Mimi hatte etwas Unerbittliches an sich, als sie weitersprach. „Ich sage, dass deine Hemmschwelle nur außergewöhnlich hoch liegt. An deiner Stelle hätte ich Tom für das, was er dir angetan hat, schon längst um die Ecke gebracht."

„Ich bin ihm auch so entkommen."

„Ja. Du bist den langen Weg gegangen. Aber ich könnte dich jetzt fragen: Was wäre, wenn du Kinder hättest? Was wäre, wenn Tom mit deinen Kindern ..." Mimi unterbrach sich selbst. Sie musste nicht weitersprechen. Meine Fantasie malte in diesem Augenblick die schlimmsten Bilder. Diese Bilder waren für mich schlimmer als Phosphor und Feuer. Und das Schlimmste war, dass das, was Tom da gerade in meinen Vorstellungen anstellte, tatsächlich im Bereich des Möglichen gelegen hätte.

„Du bist nicht zu einem Mord fähig?", fragte Mimi. „Vielleicht nicht. Vielleicht aber doch. Wo liegt deine Hemmschwelle?"

„Höher als bei dir", sagte ich. Es sollte nicht anklagend klingen. Ich wollte nur ... Ja, was wollte ich? „Entschuldigung", schob ich nach.

Mimis dünne Arme streckten sich über den Tisch. Ihre Hände legten sich sanft auf meine. „Kindchen. Du könntest weder etwas sagen noch etwas tun, für das du dich bei mir entschuldigen müsstest ... Ich werfe dir nichts vor. Egal was geschehen mag: Ich werde, solange ich es kann, an deiner Seite stehen. So, wie ich es schon immer getan habe.

Und du hast recht, wenn du sagst, dass meine Hemmschwelle sehr viel niedriger liegt. Aber das habe ich nie bereut." Sie zog ihre rechte Hand zurück, ließ sie in eine der Schubladen wandern. Kurz darauf legte sie eine alte Zigarrenkiste auf den Tisch. Angekokelt und verrußt stand sie vor mir. „Ein Erinnerungsstück", erklärte Mimi. „Das gehörte meinem zweiten Mann. Josef hieß er. Habe ich dir schon mal von ihm erzählt?"

Ich erinnerte mich vage an ein paar bruchstückhafte Erzählungen. „Der Gasmann?"

Mimi nickte. „Der Gasmann. Ich habe ihn zwei Jahre nach Hans-Jakobs Tod kennengelernt. Er war Geschäftsführer eines großen Gasvertriebs und somit eine gute Partie. Ich verkaufte den Hof und wurde zur respektablen Frau eines erfolgreichen Geschäftsmanns. Das Wirtschaftswunder lachte uns an. Ich hätte mit meinem Leben zufrieden sein können, denn ich hatte schon alle Ziele, die ich mir gestellt hatte, erreicht.

Wir wohnten in einem großen Haus mit Garten und Pool, besaßen einen standesgemäßen Jaguar und pflegten den dazu passenden Freundeskreis. Josef konnte es sich sogar leisten, original handgedrehte Havannas einfliegen zu lassen. Das Arbeiten hatte ich mir vollends abgewöhnt und eine Haushälterin hielt mir zu Hause den Rücken frei. Meine Zeit konnte ich mit Schönheitspflege und verschiedenen Hobbys verbringen. Ich hatte sogar Zeit und Muße, ein oder zwei Wohltätigkeitsfeste für Waisenkinder zu organisieren. Aber eines Tages machte mir meine dumme Eifersucht einen Strich durch meine Privatidylle. Josef kam nämlich immer später nach Hause, behauptete alle Hände voll zu tun zu haben. Alle Hände voll zu tun, pah! Arbeit bis zum Hals, hatte er gesagt. Ich hätte es ihm geglaubt, wenn besagter Hals nicht andauernd nach dem Parfüm einer anderen Frau gerochen hätte. Der Detektiv, den ich engagiert hatte, fand bald heraus, dass Josef eigentlich nur alle Hände voll zu tun hatte, seine Sekretärin zu vernaschen. Durch die

Beschattung war ich an ein paar schöne Fotos gelangt, die in jedem Hochglanzmagazin ähnlich zu finden sind. Auf einem Bild blickte Josef sogar direkt in die versteckte Kamera. Es wurde mein ‚Lieblingsbild'. Seine Sekretärin lag auf dem Büroschreibtisch, er lag auf ihr und eine dicke Zigarre lag auf seiner Lippe. Noch nicht mal dafür nahm er diese stinkenden Dinger aus seinem Maul!" Mimi erlaubte sich ein Kichern. „Dieses Foto hatte mich auf eine Idee gebracht." Unschuldig ließ Mimi den Zeigefinger über die Außenkante der Zigarrenschachtel gleiten. Bevor sie weitersprach, warf sie mir einen hinterlistigen Blick zu.

„Wie jeden Abend ließ Josef sich von seinem Fahrer nach Hause bringen. Jetzt freute er sich auf ein kühles Bier und eine Zigarre. Im Auto rauchte er nicht. Wegen der Polster. Sein Jaguar war ihm dafür zu schade; das Haus nicht.

Ich war zwar nicht dabei, habe es nicht gesehen. Aber ich kann es mir bildlich vorstellen, denn es war immer dasselbe: Als sie vor der Haustür vorfuhren, verabschiedete er sich vom Fahrer und stieg aus. Aus seiner Jackentasche holte er das Etui mit den Havannas und dem vergoldeten Feuerzeug. Aus dem Anzünden hatte er ein kleines Ritual entwickelt. Das Abbeißen, Anlutschen und Anstecken sahen bei ihm besonders weltmännisch aus, fand er. Genießerisch sog er den Rauch ein und setzte dann seinen Weg zum Haus fort. Er öffnete die Haustür, ging den Flur entlang und hielt inne. Die Tür fiel hinter ihm ins Schloss. Vielleicht blieb Josef dann stehen, um misstrauisch zu schnüffeln. Ich stelle es mir gerne so vor. Der Geruch wäre ihm bestimmt vertraut vorgekommen …"

„Was für ein Geruch?", fragte ich, doch Mimi hob nur beschwichtigend die Hand. Sie wollte auf ihre Weise die Geschichte zu Ende erzählen.

„Es musste eine mordsmäßige Explosion gewesen sein. Schade, dass ich gerade beim Friseur war, als es passierte. Es sei ein tragischer Unfall gewesen, sagte mir der Polizist, als ich später heimkam. Der Garten des Hauses war verwüstet. Überall lagen Glassplitter, geborstene Dachpfannen, Fensterrahmen und Holzsplitter. Ich spielte die trauernde, geschockte Ehefrau perfekt, während er meine Aussage aufnahm."

„Wieso ist das Haus explodiert?"

„Zu einem schönen Haus gehört ein Kamin. Das weiß doch jeder. Knackende Holzscheite und der Geruch von Asche, herrlich. Ich wollte damals unbedingt so einen Kamin haben. Aber Josef ließ gegen meinen Willen einen Kamin einbauen, der – selbstverständlich – mit Gas betrieben wurde. Er war ja der Gasmann. An besagtem Abend, als er mit seiner Zigarre das Haus betrat, war die Gasleitung nicht richtig zugedreht. … Rauchen kann tödlich sein."

„Du hast den Gashahn aufgedreht, um ihn umzubringen?"

„Seine Leidenschaften haben ihn umgebracht", stellte Mimi fest. Sie legte das Zigarrenkästchen zurück in die Schublade. „Soweit zu meiner Hemmschwelle."

Irgendwo tickte eine Uhr. Ich hörte wie die Sekunden verstrichen, während Mimi auf eine Reaktion von mir wartete. Ich wartete selbst auf meine Reaktion, doch mein Hirn hatte in den Leerlauf geschaltet. Mimi hatte mir soeben anvertraut, das sie – summa summarum – zweifache Mörderin war. Und überrascht stellte ich fest, dass ich nicht überrascht deswegen war. Nein, ich war es tatsächlich nicht.

„Fremdgehen", sagte ich, „wäre für mich kein Grund zu morden."

Etwas Melancholie stahl sich in Mimis Gesicht. Irgendwie machte es sie traurig, dass ich das gesagt hatte. „Ja. Du lässt alles über dich ergehen. Keine Gegenwehr. Allenfalls die Flucht ist eine Option für dich." Schon waren wir thematisch wieder bei Tom. Anders konnte man es doch nicht verstehen. Wie ich das hasste!

„Du findest, dass ich Tom hätte umbringen sollen?"

„Ich an deiner Stelle hätte es getan …", stellte Mimi fest. Selbstgefällig lehnte sie sich in ihrem Stuhl zurück.

In mir zog eine dunkelrote Wolke des Zorns auf. „Ich bin nicht du", zischte ich.

„Nein, du bist nicht ich. Du hast ihn nicht umgebracht", sagte Mimi. Unerbittlich sprach sie das aus, was ich schon lange wusste: „Aber früher oder später hätte er dich umgebracht. Totgeprügelt hätte er dich."

„Ich bin von ihm weg."

„Bist du das? Im Kopf bist du immer noch bei ihm. Kommst nicht von ihm los. Du hast immer noch Angst. Todesangst."

„Hab ich nicht."

„Nein? Und was ist da gestern im Wald passiert? Du bist schreiend vor einem Phantom davongelaufen."

„Da war …"

„Tom?" Mimi bellte fast. Nun wurde auch sie wütend. „Wenn er da war, dann ist das schlimm. Denn es hieße, dass er dich nicht in Ruhe lässt. Wenn er nicht da war, dann ist das genauso schlimm. Denn das hieße, dass dich eure Vergangenheit nicht in Ruhe lässt."

„Was meinst du damit?"

„Solange er in deinem Kopf herumspukt, wirst du Angst haben. Und über diese scheiß Angst vergisst du zu leben! Stell dich deinen Problemen und lauf nicht immer einfach nur weg."

„Das geht dich nichts an", rief ich und sprang auf. Der Stuhl schepperte hinter mir zu Boden. Es war mir egal. Schon war ich im Flur, flog die Treppe rauf, rannte in mein Zimmer und …

… stellte fest, dass ich genau das getan hatte, was mir Mimi soeben vorgeworfen hatte: Ich war mal wieder einfach weggelaufen.

Erpressung und andere Delikte

Ich lag im Bett und vergrub mein Gesicht im Kissen. Das Weinen gestattete ich mir nicht. Stattdessen krallte ich meine Finger in den Stoff und versuchte, meiner Wut Herr zu werden. Mein Zorn richtete sich nicht allein gegen Mimi. Vielmehr war ich sauer auf Tom, auf mich und auf das Schicksal im Allgemeinen.

Irgendwann, ich weiß nicht, wie lange ich so dagelegen hatte, öffnete sich leise die Zimmertür. Ich hörte Füße, die zart über den Teppich strichen, mir näher kamen. Die Matratze bewegte sich, als neben mir jemand Platz nahm. Dann spürte ich Hände auf meiner Schulter. Ich verkrampfte mich zunächst. Doch die Hände blieben sanft, fast zärtlich. Sachte strichen sie mir über die Haut im Nacken. „Alles klar?" Es war Lena. Zaghaft. Kaum hörbar. Ihre Stimme war wie alles andere an ihr. So blaß und zerbrechlich.

Beim Einatmen musste ich ein Schluchzen unterdrücken. „Was machst du hier?"

„Norbert räumt gerade Mimis Arbeitszimmer auf. Er meinte, dass ich mal nach dir sehen sollte."

Verdutzt drehte ich mich auf den Rücken. „Er?"

Lena schlug die Augen nieder. „Nicht so direkt. Er sagte zu mir, dass er allein klarkäme. Und er erzählte mir, dass du und Mimi eine heftige Diskussion hattet."

Ja, dass war tatsächlich Norberts Art. Genau so würde er Lena mitteilen, dass sie mal zu mir gehen sollte. Diskret, indirekt, jedoch unmissverständlich und ohne die eigenen Kompetenzen zu überschreiten.

Lena bewies, dass sie aus gänzlich anderem Holz geschnitzt war. Sie war weder diskret noch indirekt. „Worüber habt ihr euch gestritten?"

„Mimi mischt sich in mein Leben ein", sagte ich knapp.

„Ja." Lena stand auf und zog sich die Schuhe aus. Während ich mich noch fragte, was das geben sollte, kletterte sie ganz auf das Bett, lief aufrecht über die Bettwäsche und umrundete mich. Ein Bein links, ein Bein rechts von mir, ließ sie sich hinter mir sitzend nieder. „Mimi mischt sich immer ein. Das ist ihre Stärke. Sie hilft gerne."

Schon lagen ihre Hände wieder auf meinen Schultern. Sie begannen damit, mich zu kneten. Obwohl ich sehr überrascht über die plötzliche Vertraulichkeit war, ließ ich es über mich ergehen. Ich schloss sogar die Augen.

„Mimi behauptet, dass ich …" Was tat ich da? Wollte ich jetzt wirklich mein Leben vor Mimis Personal ausbreiten? Nein. „Sie behauptet, dass ich zu sehr in der Vergangenheit lebe." Das war weder gelogen noch legte ich damit einen Seelenstriptease hin.

„Hat sie recht damit?"

„Ja … Nein!"

Langsam kreisten Finger über meine verspannten Muskeln. Verdammt, tat das gut.

„Mimi kann ziemlich resolut sein", stellte Lena fest.

Ich schnaubte. „Wem sagst du das? Ich halte es schon mein ganzes Leben mit ihr aus."

„Dann müsstest du wissen, wie sie tickt. Sich über sie zu ärgern, ist Zeitverschwendung. Sie meint es nicht böse."

„Dafür, dass du hier nur sauber machst, kennst du sie ziemlich gut."

Lenas Hände verharrten plötzlich. Doch sie nahm sie nicht weg. „Ich bin nicht hier, weil ich *nur* sauber mache. Mimi hat mir hier ein neues Zuhause gegeben."

„Du wohnst hier?"

„Schon ewig."

„Das wusste ich gar nicht." Ja, das Haus war groß und so abwegig war die Tatsache gar nicht. Mich überraschte nur, dass mir das nie aufgefallen war. Immerhin war ich für gewöhnlich einmal pro Woche bei Mimi. Ich schämte mich ein wenig dafür, dass ich Lena bislang nur als dienstbaren Geist wahrgenommen hatte.

„Wir machen auch keinen großen Hehl daraus", erklärte Lena, „dass ich unterm Dach mein Zimmer habe. Norbert weiß es. Und die anderen vom Personal. Aber die zählen nicht. Sonst weiß niemand von mir."

Ich erinnerte mich an Mimis Andeutungen. Sie hatte Lena geholfen. Bei irgendwas …

„Hört sich an, als würdest du dich verstecken", sagte ich.

„Oh, nicht mehr." Die Nackenmassage setzte wieder ein. „Ich brauche keine Angst mehr zu haben. Aber es hat keinen Grund gegeben, jemandem zu verraten, dass ich hier bin. Ich habe mich daran gewöhnt, unsichtbar zu sein."

„Unsichtbar? Für wen wolltest du denn unsichtbar sein?"

Unvermittelt verschwanden die Hände von meinem Rücken. Lena stand auf und mit einem katzenhaften Satz sprang sie von der Matratze. Im nächsten Moment war sie weg. Hatte ich etwas Falsches gesagt? „Ich bin wohl nicht die Einzige, die hier zur Flucht neigt", raunte ich mir zu. Mich beschlich das dumpfe Gefühl, dass dieses Haus mehr Leichen im Keller hatte als in die Kühltruhen passten. Allerdings war ich mir nicht sicher, ob die Leichen im Keller sprichwörtlich oder wortwörtlich zu nehmen waren.

Ich ging Mimi für den Rest des Tages aus dem Weg. Erst am späten Nachmittag, als Westminster Hans ankündigte, sah ich meine Oma wieder. Sie kam aus der Bibliothek und hatte wohl bis gerade ihrem Hobby gefrönt. Das Lesezeichen, das im Buch unter ihrem Arm steckte, war fast bis zur letzten Seite gewandert. Guter Dinge kam sie mir entgegen, nahm mich bei der Hand und ging mit mir zur Tür. Norbert hatte sich inzwischen zum Tor teleportiert und öffnete dem Gärtner. Kein Wort zum Gruß, kein Zeichen des Erkennens zwischen den beiden.

Hans trug einen schlichten Anzug, der aber, wenn man ihn sonst nur in Arbeitskleidung kannte, unpassend und übertrieben wirkte. Außerdem waren die Hose und auch das Sakko etwas zu klein. Es erinnerte an einen ausgeliehenen Kommunionsanzug. Statt einem Gebetsbuch trug er einen Ordner unter dem Arm.

„Er hat sich wirklich Mühe geben", kommentierte Mimi seinen Anblick. „Schau nur, angezogen wie ein Advokat. Und er trägt seine Anklageschrift bei sich. Wie nett. Was meinst du: Hat er seine Originale dabei oder hat er sich gestern die Mühe gemacht, all seine Notizen ins Reine zu schreiben?"

„Du hast ihm seine Papiere fertig gemacht … Er wird doch nur seine Papiere bekommen, oder?" Mich beschlich der Verdacht, dass ich mal wieder nur die Hälfte mitbekam. „Dafür hattest du ihn doch herbestellt?"

Ein seltsamer Gesichtsausdruck, den Mimi da hatte. „Die Papiere … vorbereiten. Hach. Ich wusste, dass ich was vergessen habe."

Irgendwas in meinem Kopf machte leise „klick". Es rastete ein, brachte Zahnräder in Bewegung. Neue Gedanken wurden von einem Fließband herbeigetragen, wurden in mein Bewusstsein transportiert. Ich wehrte mich noch gegen die aufkommende Erkenntnis. Deshalb sagte ich leise: „Du hast ihn herbestellt, um ihn wegen des Mordanschlags zu befragen."

Geistesabwesend antwortete meine Oma mit einem „Ja, ja". Es klang für mich nicht so, als interessiere sie sich wirklich für das, was Hans zu erzählen hatte.

„Was versprichst du dir von seinem Besuch?", hakte ich nach.

„Ich möchte ihn wegen des Mordanschlags befragen", sagte Mimi mechanisch. Dann ruckte ihr Kopf zu mir rüber: „Und ich will herausbekommen, was er alles über uns weiß. Außerdem wäre es schön, wenn er uns verrät, was er als Nächstes zu tun gedenkt. Ich habe ihn zu lange geduldet. Jetzt könnte er zu einem Problem werden."

Das Wort ,Hemmschwelle' war plötzlich wieder in meinem Kopf. Es blinkte und rotierte wie eine Leuchtreklame. „Du willst ihn umbringen", entfuhr es mir entsetzt.

„Vielleicht."

Zurück im Wintergarten. Die Sonne hatte sich heute noch nicht gezeigt und die Luft hatte sich entschlossen, die Wärme vom Vortag nicht festzuhalten. Durch die Ritzen des alten Fensterkitts kroch die Kälte. Die Gänsehaut, die jedes meiner Härchen zum Tanz aufforderte, hatte jedoch andere Gründe. Mit Entsetzen verfolgte ich das Gespräch zwischen Mimi und ihrem Gärtner. Obwohl ich keine Sympathien für diesen Mann hegte, hatte ich trotzdem die ganze Zeit über Angst, dass er sich um Kopf und Kragen reden könnte. Dabei fing dieses Gespräch relativ harmlos an: Mimi schob ihm ein paar Bögen Papier über den Tisch.

„Was ist das?", fragte Hans.

„Die fristlose Kündigung, eine Lohnabrechnung, Ihr Arbeitszeugnis und, obwohl ich das unter den gegebenen Umständen nicht zahlen müsste, eine großzügige Abfindung. In bar." Mimi sprach in einem nüchternen, sehr geschäftsmäßigen Ton. Aber sie hatte auch etwas

Lauerndes. Wie ein Skorpion, der fast reglos blieb, während der Stachel angriffslustig in die Höhe stand.

Hans spürte die Gefahr. Langsam, misstrauisch streckte er die Hand aus, als ob er Mimi zutraute, dass sie ihm plötzlich was auf die Finger geben könnte. Doch nichts dergleichen geschah. Er zog die Unterlagen zu sich und blätterte darin herum. Dabei verharrte er kurz beim Arbeitszeugnis und las sogar eine Passage flüsternd vor: „Sein persönliches Verhalten war im Wesentlichen tadellos und er zeigte Interesse und Verständnis für die Belange des Arbeitgebers." Seine Stirn runzelte sich. Musste er wirklich über diese Formulierung nachdenken? „Nett", sagte er schließlich und ließ sich dabei nicht anmerken, ob er den Sinn zwischen den Zeilen tatsächlich verstanden hatte. Seine Finger griffen nach dem Kuvert. Es kostete ihn einige Mühe, das Papier nicht mit unverhohlener Gier aufzureißen. Mit Daumen und Zeigefinger öffnete er vorsichtig die Verleimung. Etwas Lilafarbiges blitzte kurz hervor.

„Das ist nicht genug." Ich stöhnte innerlich auf, als ich seine Worte hörte.

Mimi kniff die Augen zusammen. „Wie kommen Sie auf das schmale Brett, dass ich Ihnen mehr bezahlen könnte, Hans? Eigentlich muss ich Ihnen gar nichts bezahlen. Oder wollen Sie in Ihrer Lage tatsächlich vor das Arbeitsgericht?"

Hans schnaubte herablassend. „Wir werden uns sicher auch ohne Arbeitsgericht einig. Immerhin haben wir doch eine Verhandlungsbasis, die jenseits unseres Arbeitsverhältnisses liegt, oder?"

Mimi gab sich ahnungslos. Scheinheilig fragte sie: „Wovon reden Sie, Hans?"

Der Gärtner griff in seine Tasche und zog die Kladde hervor. Er knallte sie auf den Tisch wie ein Skatspieler seine beste Karte. „Notizen."

Poirot zog seinen Kopf aus dem Gefieder. Bis gerade hatte er ein kleines Nickerchen gehalten. Mit einem Schnalzen ließ er uns wissen, dass er nun wach war. Sein kleiner Kopf drehte sich einige Male um 90 Grad nach links und ebensoweit nach rechts. Dann fixierte er Hans. „Veaätea'."

Mimi griff nach dem Büchlein, doch bevor sie es zu fassen bekam, zog Hans es breit grinsend von ihr weg.

„Hm-m", machte Mimi. Sie hatte gerade eine wortlose Antwort bekommen, ohne dass sie ihre Frage laut ausgesprochen hatte. Hans schien nicht zu ahnen, dass er mit seinem Leben spielte. Er wusste nichts von dem Hemmschwellen-Gespräch …

„Sie haben doch sicher eine Kopie angefertigt", sagte ich eilig. Es war ein Reflex, dass ich diesem Typen das Leben retten wollte.

Hans wirkte irritiert. „Wieso?"

Das war der Moment, wo ich mir beinahe mit der flachen Hand gegen die Stirn geschlagen hätte.

Schließlich ergänzte er strahlend: „Ich glaube nicht, dass ich Angst vor Mimi haben muss." Die Selbstgefälligkeit, die Hans da gerade zur Schau stellte, wurde einem Helge gerecht. Die offensichtliche Dummheit ließ eher auf Ferdi schließen.

„Das haben schon andere gedacht", entfuhr es mir.

„Helen", mahnte mich Mimi. Ich hatte also bei dieser Unterredung den Mund zu halten. „Hans kennt mich. Er weiß, dass ich nicht zum Hammer greife, um ihm den Kopf einzuschlagen."

Hans spendierte uns ein kleines Lachen. Er fand Mimi gerade tatsächlich amüsant. Für ihn war da nur die alte, schwache Frau, die er erpressen wollte. Dabei hätte er es besser wissen müssen. Alles, was ihn mit der Nase quasi darauf stieß, hatte er wahrscheinlich selbst in dieses Büchlein vor sich hineingeschrieben.

„Was steht denn alles in dem Buch?" Meine Frage wollte retten, was zu retten war. „Bestimmt nur ein paar harmlose Gespräche, die aus dem Zusammenhang herausgerissen nichts zu sagen haben."

Hans verschränkte die Arme vor der Brust. „Für wie blöd halten Sie mich?"

„Für sehr blöd", wäre es mir beinahe über die Lippen gekommen. Aber ausnahmsweise beachtete mein Mundwerk dieses Mal die Hierarchie des Körpers. Erst denken, dann sprechen. Ich hielt also den Mund. Währenddessen schaufelte sich Hans Wort für Wort sein eigenes Grab.

„Ihre Oma hat genug auf dem Kerbholz. Das habe ich auch Herrn Bionda immer gesagt. Hier in diesem Buch steht so einiges …"

„Zum Beispiel?" Mimi war herrlich unbeeindruckt. Wären wir die Darsteller in einem billigen Groschenkrimi gewesen, so hätten ihre

Augen jetzt bestimmt rot geleuchtet. Die Tücke bestimmte ihr ganzes Wesen.

„Ich weiß, wie Sie Ihren dritten Mann losgeworden sind."

„Detlef hatte einen Unfall."

„Hatte er nicht."

„Dein dritter Mann?"

„Haben Sie Beweise?"

„Ja."

„Dein dritter Mann?"

„Sind die Beweise in diesem Buch?"

„Ich habe Fotos von den Unterlagen gemacht. Eine CD-ROM ist auf der letzten Seite eingeklebt. Sehr aufschlussreich für jeden, der die richtigen Fragen stellt."

„Dein dritter Mann?" Ich schrie fast, damit ich mir endlich Gehör verschaffen konnte.

„Helen", sagte Mimi freundlich, „es stört ein wenig, wenn du immer alles wiederholst. Wir haben es alle mitbekommen, dass Hans von Detlef spricht."

Mein Mund spielte wieder Goldfisch, bis ich mich im Griff hatte. Dann stammelte ich: „Du hast Ferdis Opa umgebracht?" Dann biss ich mir auf die Lippen, weil das gerade bestimmt nicht der richtige Zeitpunkt für diese Frage war. Wenigstens hatte ich mir ein „auch" in meinem Fragesatz verkniffen.

Mimi überging mich und wandte sich stattdessen wieder ihrem ehemaligen Gärtner zu. „Sie möchten mich also erpressen, weil Sie denken, dass Detlef nicht bei einem Unfall ums Leben gekommen ist? Wem möchten Sie die Informationen zukommen lassen?"

„Es ist nicht nur Ihr verblichener Mann. Ich habe in den letzten Jahren allerhand zusammengetragen. Nichts, was ich beweisen kann. Aber genug, um Sie in Bedrängnis zu bringen. Wenn ich dieses Buch an die richtigen Leute weiterleite, haben Sie unangenehme Fragen zu beantworten."

„Ich frage Sie nochmal: Wem möchten Sie diese Informationen denn zukommen lassen?"

Hans legte ein Haifischlächeln auf. „Die Polizei wird mir nichts für Informationen bezahlen. Aber Ihr Schwiegersohn ist mir für Informationen immer sehr dankbar gewesen. Herr Bionda wird meine Rente sichern."

Mimi legte den Kopf schief. Poirot tat es ihr gleich. Dabei murmelte er ein paar ausgewählte Beschimpfungen vor sich hin.

„Ich dachte, dass Sie Helge ohnehin alles brühwarm erzählt haben."

„Für kleines Geld bekam er kleine Informationen. Aber jetzt, wo es um das Haus, den Bürgermeister und ein Millionengeschäft geht, kann ich mit diesem Trumpf aufwarten. Er wird wissen, wie man daraus bares Geld machen kann."

„Wenn er es nicht verlernt hat", bestätigte Mimi heiter.

Hans ließ sich von ihrer entspannten Art nicht beirren. „Ich könnte natürlich auch Ihnen dieses Buch verkaufen. Aber das kostet mehr als den Inhalt des Kuverts."

Mimi zog den Briefumschlag vom Tisch und reichte ihn weiter an Norbert, der plötzlich durch Anwesenheit glänzte. „In den Haustresor, bitte."

„Sehr wohl." Und schon schritt der Butler fort. „Mein Angebot war nur von begrenzter Dauer, Hans. Da Sie es ausgeschlagen haben, sehe ich mich in keiner weiteren Pflicht."

„Sie wollen Ihr Angebot nicht nachbessern?" Hans holte Luft, ließ sie dann aber prompt wieder entweichen. „Ihnen ist der Inhalt dieses Buchs egal? Sind Sie so dumm, dass Sie mir nicht zutrauen, diese Chance zu nutzen?"

Mimis Lippen waren nur noch eine schmale Linie, ihre Augen Schlitze. Dann zauberte sie sich wieder ein freundliches Gesicht. „Dieses Buch ist mir nicht egal. Aber mir schwebt da eine speziellere Lösung für dieses Problem vor. Ich lasse mich nicht erpressen."

Für mich war das ziemlich eindeutig: Da war gerade eine Hemmschwelle um fünf Zentimeter gesunken. Vorher hatte sie eine Höhe von gerade mal einem Zentimeter gehabt.

„Unter Umständen sollten wir alle nochmal darüber schlafen", schlug ich vor. „Das Kuvert ist ja im Tresor sicher aufbewahrt und kann bestimmt noch bis morgen warten." Ich wollte aufmunternd lachen, schaffte aber nur ein stoßweises Keuchen, das jedem Pornofilm gerecht geworden wäre.

„Nein", sagte Hans.

„Nein", sagte Mimi.

Norbert kam zurück in den Raum. Er balancierte ein Tablett herein. Eine Thermoskanne, drei Tassen, Milch im Kännchen, Zucker im Schälchen und Süßstoff auf einem kleinen flachen Teller. „Helen hat für Sie Kaffee gemacht", erklärte er. Die Situation wurde zunehmend surreal.

„Wie zuvorkommend", sagte Mimi, während Norbert für Hans, Mimi und mich eindeckte. Hans machte Anstalten aufzustehen. Die Hand von Norbert landete mit sanftem Nachdruck auf seiner Schulter. „Wir wollen doch nicht unhöflich sein." Es war Hans anzusehen, dass er sich an das Gerangel mit dem Butler nur zu gut erinnerte. Er sank zurück auf seinen Stuhl.

„Sie trinken Ihren Kaffee immer mit Süßstoff, nicht wahr?" Mimi reichte Hans eine Tasse und warf schon im nächsten Augenblick zwei der winzigen, weißen Dragees hinein.

Ich schluckte trocken. War es wirklich Süßstoff, was da gerade in der Tasse vom Kaffee übergossen wurde? Mimis Bücher handelten von Strichnin, Zyankali, Arsen, Blausäure … Ich griff hastig nach dem Milchkännchen. „Möchten Sie auch Milch dazu?" Ich war nur so eifrig, weil ich die Absicht hatte, die Tasse mit dem gesüßten Kaffee umzukippen. Doch mit einer raschen Bewegung packte mich Mimi am Arm und hielt mich zurück. „Hans mag keine Milch. Er ist sogar allergisch gegen sie. Milch würde ihn …" Sie kostete das letzte Wort mit aller Heimtücke aus. „… umbringen."

„Danke", sagte Hans. Etwas an ihm änderte sich gerade. Auf einmal wirkte er unsicher. War es Norberts Nähe oder Mimis Unerschütterlichkeit? Ich konnte ihm ansehen, dass er es langsam mit der Angst zu tun bekam. Vielleicht erkannte er ja endlich, dass das, was in seinem Buch stand, dokumentierte, in welcher Gefahr er gerade schwebte.

„Was ich Sie noch fragen wollte …", hob Mimi an. „Was wissen Sie über den Flügel?" Nun kamen wir also noch zur ursprünglich geplanten Befragung. Den Mordanschlag hatte sie natürlich nicht vergessen. Selbst wenn Hans heute nicht wegen seiner Kündigung hier gewesen wäre, so hätte er ja doch wegen Mimis Einladung eine Unterredung mit ihr gehalten.

Hans leckte sich über die Lippen. Seine Augen rollten von links nach rechts. Und zurück. Er wusste nicht, ob die Karte, die er auszuspielen gedachte, ein Trumpf war. „Ihr Flügel ... Die Versicherung hat den Schaden anerkannt."

Ich stutzte. Was hatte das denn jetzt zu bedeuten?

Mimis Blick flog kurz zu mir. War es ihr unangenehm, dass Hans ausgerechnet von der Versicherung gesprochen hatte? Sie beeilte sich, eine neue Frage nachzuschieben.

„Sie haben also auch in meinem Schreibtisch herumgeschnüffelt?"

„Ich ..." Ertappt. Mimi hatte ihn überrumpelt. „Ja. Ich war an Ihrem Schreibtisch. Gestern. Wollte sehen, ob ich noch ein paar Beweise finde. Etwas, das ich Herrn Bionda noch verkaufen kann."

„Haben Sie noch etwas gefunden?"

Hans zögerte. Er zögerte zu lange. Dann sagte er mit zitternder Stimme: „Nein. Nur den Brief von der Versicherung." Er schob seinen Stuhl zurück, doch bevor er aufstehen konnte, drückte Norbert ihn wieder zurück an seinen Platz. Erstaunlich, wie kräftig der Butler war. „Wir haben unseren Kaffee noch nicht getrunken."

„Ich möchte ...", hob Hans an.

Norbert beendete den Satz: „... nicht unhöflich sein."

Also nahm Hans seinen Kaffee und kippte ihn wie ein Säufer seinen Schnaps in den Hals. Augenblicklich verzerrte der Schmerz sein Gesicht. Konnte ein Gift so schnell wirken?

„Man sollte vorher pusten, wenn man frischen Kaffee trinkt", kommentierte Mimi ungerührt. Hans fächelte sich Luft in den Mund. Keuchend erhob er sich, griff dabei nach seinem Buch und den Papieren. Dann, sehr zu meiner Überraschung, ging er davon; vollkommen unbeschadet, abgesehen von seinem in jeder Hinsicht verbrannten Mundwerk.

Am Fenster stehend blickte ich in den Garten. Hans hatte schon vor einer halben Stunde das Gelände verlassen. Lebendig. Meine Sorge um ihn war wohl vollkommen unbegründet gewesen. Mimi brachte also doch nicht einfach so die Leute um. Die Vergangenheit und die Gegenwart waren zwei Paar Stiefel. Mir kam meine Sorge um Hans plötzlich lachhaft und albern vor.

Mimi gesellte sich zu mir, legte einen Arm um meine Hüfte.

„Wenn du Angst hast, dass du dir versehentlich in die Mundwinkel trittst: Versuche es mal mit einem Lächeln."

„Mir ist nicht so recht nach Lächeln zumute", antwortete ich ehrlich.

„Du schmollst noch?"

„Ich schmolle nicht."

„Du bist wieder weggelaufen. Vorhin. Nur weil ich Tom erwähnt hatte …"

Ich stellte fest, dass ich noch meine Tasse in der Hand hielt. Also nippte ich daran. „Kalter Kaffee", sagte ich. Aber ich meinte nicht die bittere Plörre, die ich gerade herunterschluckte.

„Sollen wir also neu anfangen?" Wo war die resolute Frau hin, die Mimi immer war? Ich blickte hinab. Neben mir stand eine kleine, alte Frau, die nicht Mimi, sondern einfach nur Oma war. Sie wollte sich nicht entschuldigen. Aber sie wollte sich versöhnen. Mir ging es ebenso. Also drückte ich sie an mich.

„Ja, fangen wir neu an."

Oma straffte sich, wurde wieder ganz Mimi. „Gut. Dann sollten wir ins Arbeitszimmer gehen und nochmals ein wenig gemeinsam nachdenken."

Norbert hatte tatsächlich aufgeräumt. Sehr gründlich sogar. Alles war wieder an seinem Platz und auch die Schreibtischplatte war wieder mit allem Möglichen zugestellt. Das hinderte Mimi nicht, sämtliche Gegenstände wieder abzuräumen beziehungsweise runterzuschubsen. Dann kramte sie von irgendwoher den Zettel hervor, auf dem sie angefangen hatte, die Ereignisse zu skizzieren. „Ich muss mir mal so ein neumodisches Weitboot kaufen. Eins auf Staffelei. So eins, wie es die Ermittler in den Serien haben."

„Du meinst bestimmt ein Whiteboard", vermutete ich.

„Ja, ja. Sag' ich doch. Ein Weitboot."

Ich beschloss, es dabei zu belassen. Allerdings überraschte mich, dass sie von Filmen erzählte. „Ich dachte, dass du keinen Fernseher hast."

„Hab' ich nicht behauptet."

„Aber der Fernseher im Wohnzimmer …"

Mimi kicherte. „In der Bibliothek gibt es eine versteckte Hausbar. Ein Bücherregal, das man aufklappen kann. Dein Opa hatte darin immer eine kleine eiserne Reserve für Notfälle. Bourbon, Asbach und ein paar gute Schnäpse. Sowas alles. Nach seinem Tod habe ich da einen Fernseher einsetzen lassen. Weißt du, meine Augen werden übers Lesen doch manchmal ziemlich müde. Dann leg ich meine Bücher zur Seite und schau mir einen Hitchcock an. Oder dieses Newi Sie Ei Äs."

Dafür dass Mimi jeden Polizisten gerne mit *Inspector* ansprach, überraschte sie mich nun mit einem gequälten Altfrauen-Englisch. Ich schmunzelte. Aber nicht nur deswegen. „Du hast also die Hausbar im Fernseher und den Fernseher in der Hausbar?"

„Machst du dich über mich lustig?", fragte Mimi herausfordernd.

Ich hob abwehrend die Hände. „Käme mir nie in den Sinn."

„Gut." Sie kritzelte wieder auf dem Papier. Dabei nuschelte sie Namen, während sie sie aufschrieb, mit Kringeln und energischen Verbindungslinien versah. Nach ein paar Minuten sah das Ganze aus wie ein grafischer Rohentwurf des Kölner Straßenbahnfahrplans, inklusive aller Zonen, Teilzonen und Kurzstrecken. „Was soll das bringen?", fragte ich mich.

Da Mimi antwortete, hatte ich wohl wieder laut gedacht. „Das hilft, die Gedanken zu ordnen."

„Nach Ordnung sieht das aber nicht aus", merkte ich an.

„Hier siehst du die möglichen Verbindungen. Wer mit wem was zu tun haben könnte. Mit dem roten Stift habe ich mögliche Interessen zusammengefasst. Schau: Ferdi und der Bürgermeister. Hans und Helge. Mit blau habe ich die Möglichkeiten unter die Namen geschrieben. Der Bürgermeister zum Beispiel kommt nicht ohne Weiteres ins Haus und dürfte somit als Ferdis Mörder ausscheiden. Er hätte auch kein Interesse daran haben dürfen. Immerhin war er ja vermutlich sein Verbündeter."

„Du willst wissen, wer nicht der Mörder war? Die Liste dürfte ziemlich lang werden", sagte ich sarkastisch.

Mimi hob den Kopf. Ihre dünnen Augenbrauen wippten spitzbübisch zweimal auf und ab. „Liebes, wenn man das Unmögliche ausgeschlossen hat, muss das, was übrig bleibt, die Wahrheit sein."

„Kommt mir bekannt vor."

„Das lässt vermuten, dass du schon mal ein gutes Buch gelesen hast."

Keine Ahnung, was Mimi damit meinte. Ich wandte mich den Fotos auf dem Sideboard zu. Ein paar glückliche Gesichter blickten mich da an. Familienfotos. Kinderfotos. Hochzeitsfotos. Nicht wirklich viele. Wie klein doch meine Sippe war. Nach vier Ehen hätte man ja eigentlich auf eine große Verwandtschaft schließen können. Aber außer Ferdi hatte ich keine Cousins oder Cousinen. Und Mama war das einzige noch lebende Kind meiner Oma. Die anderen Personen kannte ich zum Teil gar nicht.

In der hinteren Reihe standen einige gerahmte Bilder, die nichts mit der Familie zu tun hatten. Stationen aus Mimis Leben waren hier abgelichtet. Da war ein Foto mit ihr auf dem Bauernhof, da war eins vor einer Fabrik. Es gab auch einige Fotos mit Autos. Meistens konnte man den Benz sehen. Aber auch ein Jaguar und ein Porsche hatten offensichtlich mal zu Mimis Fuhrpark gehört. Hinter dem Steuer saß sie auf den Bildern nie: Aber in ihren jüngeren Jahren hatte sie wohl gerne auf der Motorhaube posiert. Wer sie heute kannte, konnte sie sich als junge Frau kaum vorstellen.

„Ich war ein heißer Feger, nicht wahr?" Mimi hatte sich neben mich gestellt und rückte einige der Rahmen zurecht.

„Wer ist denn dieser Mann da?" Ich deutete auf einen Herrn, dessen Weste in schwarz-weißem Karomuster das ARD-Testbild nachstellte. Er lächelte so gewinnend wie ein Immobilienmakler, der gerade den Eiffelturm an japanische Touristen verkaufte. Gleichzeitig hatte er den Arm um eine sehr verführerisch wirkende, junge Ausgabe der lieben Mimi gelegt.

„Bill", antwortete Mimi knapp.

„Bill?"

„Bill. Ein guter Bekannter meines damaligen Freundes Heinz. Wir haben das eine oder andere Bier zusammen getrunken. Beide waren ganz begeistert von mir. Aber wir haben nur geflirtet. Mehr war da nicht. Meine Mama hatte mal gesagt, dass man mit Musikern nichts anfangen soll. Daran habe ich mich immer gehalten. Außerdem fand ich seinen amerikanischen Akzent ziemlich lästig."

„Oh", machte ich. Ein weiteres Bild zeigte Mimi mit ihrem dritten Ehemann. Mit dem Finger tippte ich gegen das Glas des Rahmens. „Ferdis Opa. Hans hat angedeutet, dass du auch ihn ..."

„Angedeutet?" Mimi schnaubte. „Ich fand ihn sehr eindeutig."

„Hast du ihn denn um die Ecke gebracht?"

„Klar."

„Klar?" Ich wunderte mich, dass ich mich kaum noch wunderte. Meine Empörung hielt sich tatsächlich in Grenzen. Nicht mal die knappe Wortwahl entsetzte mich. Konnte man innerhalb so kurzer Zeit abstumpfen? Oder war meinem Hirn derweil alles zu abstrakt geworden?

„Ich weiß aber nicht, wie Hans dahintergekommen ist. Das war Jahre bevor er hier seine Arbeit angefangen hat. Vielleicht hat er die Fotoalben durchstöbert. Vielleicht hat er sich auch in der Garage die Autos angeschaut. Vielleicht hat er auch meine kompletten Akten durchforstet. Irgendwo muss ich eine Spur hinterlassen haben."

„Dann hat er dich in der Hand. Mord verjährt nicht."

„Hm-m. Mag sein. Aber so tickt Hans nicht. Würde er mich an die Polizei ausliefern, hätte er nichts davon. Und für eine handfeste Erpressung fehlt ihm der Mumm. Du hast ihn ja eben gesehen. Er hat es zwar versucht, hat dann aber doch den Schwanz eingezogen. Als Schulkind war er bestimmt immer nur der Mitläufer, die Petze oder der Schleimer. Niemals der Anführer der bösen Jungs. Er war allenfalls ein kleiner Hetzer, der sich hinter den Starken versteckte. So ein Typ ist er. Das Schwein in der zweiten Reihe. Helge ist da anders ..."

„... gewesen", ergänzte ich.

„Gewesen. Ja. Für ihn wären diese Informationen ein gefundenes Fressen gewesen. Doch Hans hatte ihm, wie wir jetzt wissen, noch nicht alles erzählt. Ich denke, dass Helge nicht über genug Geld verfügte. Wäre Helge liquide gewesen, hätte ich tatsächlich ein Problem mit den beiden gehabt."

„Wie wird Hans reagieren, wenn er merkt, dass Helge nicht mehr da ist?"

Mimi zuckte mit den Schultern. „Vielleicht sucht er sich einen neuen zahlungskräftigen Zuhörer."

Wer könnte Hans bezahlen? Die Namensliste der möglichen Personen war für mich nicht lang. „Der Bürgermeister?"

Mimi sagte schon wieder ihr Lieblingswort: „Vielleicht."

„Weiß Hans denn, dass der Bürgermeister das Grundstück braucht?"

„Du kannst davon ausgehen, dass Hans ein Großteil aller Gespräche hier im Hause belauscht hat. Wenn wir Schwein haben, weiß er nicht, was im Keller ist. Aber das dürfte schon ein riesiger Glücksfall sein."

„Der Bürgermeister", wiederholte ich und Mimi nickte.

Ja, vermutlich … Für den Bürgermeister wäre diese Information ein wahrer Segen. Er könnte versuchen, Mimi zu erpressen. Oder er könnte sie auch gleich aus dem Weg räumen lassen. Ganz amtlich durch eine Verhaftung. Die Polizei würde sie mitnehmen. Dann kämen das Gericht und das Gefängnis. Eine alte Frau wie Mimi würde wahrscheinlich nicht einmal den anstrengenden Prozess verkraften.

Wenn Mimi nicht mehr wäre, würde der Bürgermeister versuchen, mir und Ferdi das Haus abzuluchsen. Da Ferdi ja schon ein Vorkaufsrecht eingeräumt hatte, wäre zu guter Letzt nur noch ich im Weg.

Nur. Noch. Ich.

Bei dem Gedanken wurde meine Kehle trocken: Wenn ich an das Rattengift in der Jackentasche meines Cousins dachte, war es für mich keine angenehme Vorstellung, dass ich jemandem im Weg stehen könnte. Wenn Mimi nicht mehr da war, wäre ich die Nächste, die man beseitigen müsste. Mir wurde plötzlich bewusst, dass ich in einen Krimi geraten sein könnte, in dem jeder jeden umbringen wollte.

„Liebes, was ist los? Du bis auf einmal so blass", sagte Mimi ehrlich besorgt. Sie griff nach der Klingel. Norbert stand schon hinter mir, bevor das erste leise „Bimmelimm" zu hören war. Er fing mich auf, als meine zitternden Beine nachgaben.

Basker und Willi schlabberten mir inbrünstig das Gesicht ab. Zumindest glaubte ich das. Doch als ich die Augen aufschlug, saßen nicht die Hunde bei mir, sondern Lena. Mit einem feuchten Waschlappen hatte sie mir das Gesicht abgetupft. „Na, wieder unter den Lebenden?"

„Was?" Ich versuchte, mich aufzurichten, doch Lena drückte mich sanft zurück in ein Kissen. Nur allmählich begriff ich, dass ich auf meinem Bett lag. Draußen stand noch die Sonne am Himmel; zwar nicht mehr sehr hoch, aber meine Auszeit konnte nicht allzu lange angehalten haben.

„Ich bin zusammengeklappt?"

Lena legte den Waschlappen in ein kleines Schüsselchen. „Nur ein paar Minuten. Norbert hat dich hochgetragen, weil Mimi meint, dass du eine Pause brauchst."

„Ohnmächtig? Das ist mir noch nie passiert." Ich fasste mir an die Stirn. Mein Kopf schmerzte wie nach einer durchzechten Nacht. „Ärks", entfuhr es mir.

„Ein scheiß Gefühl, stimmt's? Ist mir auch schon mal passiert", erzählte Lena. Es klang freundlich, in ihren Augen lag jedoch eine unbestimmte Traurigkeit. „Weißt du …" Sie zögerte, schien zu überlegen, ob sie wirklich weitererzählen wollte. Sie entschied sich dagegen. „Du solltest es für heute gut sein lassen und schon schlafen. Dann bist du morgen wieder fit. Soll ich dir noch was zu essen hochbringen?"

Mit einem leicht schwindeligen Gefühl setzte ich mich auf. Die Zimmerdecke rotierte leicht. „Etwas Essbares wäre toll." Ich hatte tatsächlich Hunger, obwohl mir gleichzeitig kotzübel war.

„Wird gemacht", sagte Lena und eilte davon.

Ich ließ mich zurück auf das Kissen fallen und bereute gleich darauf die heftige Bewegung. In meinem Kopf dröhnte es und das Zimmer tanzte um mich im Kreis. Dazu gesellte sich ein regelmäßiges, beinahe pulsierendes Geräusch. Chupp! Schhhhh! Chupp! Schhhh! Zuerst dachte ich, dass ich mein pulsierendes Blut hören würde. Doch nach ein paar Minuten, als es mir besser ging, hörte ich immer noch sehr leise dieses Chupp, Schhhh. Es kam mir bekannt vor. Dennoch brauchte ich ein Weilchen, um es einzuordnen. Ein Spaten! Es war ein Spaten. Das Einstechen in den Boden: Chupp. Das Abschütten vom Spatenblatt: Schhhh.

Wer arbeitete denn jetzt noch im Garten? Es gab hier doch keinen Gärtner mehr.

Ich wollte gerade aufstehen und zum Fenster gehen, da verstummte das Geräusch. Dafür kam Lena zurück ins Zimmer. In den Händen hielt sie ein Tablett. Darauf waren ein Teller mit zwei Scheiben Brot, eine Auswahl Wurst und Käse, ein Glas Wasser, ein Schüsselchen mit Tomatensalat und eine Kerze dekoriert. Ich hatte gerade noch Zeit, mich wieder in eine sitzende Position zu bringen, schon lag das Tablett auf meinem Schoß. Mit einem Feuerzeug wurde von Lena behände der

Docht angezündet. „Gemütlich", stellte sie zufrieden fest. „Genau richtig, um wieder runterzukommen." Sie setzte sich auf die Bettkannte, schlug die Beine übereinander und legte die Hände auf die Knie. Den Rücken gerade, das Gesicht mir aufmerksam zugewandt, wirkte sie wie eine Seelenklempnerin. Und ich lag auf ihrer Couch, festgebunden, damit ich nicht vor ihrer Therapie fliehen konnte. Ich zwang mich, diesen Vergleich nicht weiterzuspinnen. Ich lag im Bett, nicht auf der Couch. Ich war nicht gefesselt, sondern hatte nur ein Tablett mit Abendessen vor mir und Lena versuchte sich nur als junge Freundin.

„Was hat dich denn so aus der Bahn geworfen?", fragte meine Therapeutin – äh – Lena.

„Mimi und ich haben … über Verschiedenes gesprochen", sagte ich unsicher ausweichend.

„Über den Mordanschlag auf Mimi?"

„Du weißt darüber Bescheid?" Entgeistert vergaß ich, in mein Brot zu beißen.

Lena schenkte mir ein wissendes Lächeln. „Mimi und ich reden über viele Dinge. Sie kennt alle meine Geheimnisse. Und ich kenne ein paar von ihren Geheimnissen." Sie kicherte mit vorgehaltener Hand. „Aber nicht viele", räumte sie in einem Anflug von Verlegenheit ein.

„Du weißt also, dass Mimi nach einem verhinderten Mörder sucht", stellte ich fest. Ebenso stellte ich fest, dass mein Abendessen noch immer in der Hand vor meinem Mund verharrte. Ich biss ab.

„Sie sucht jemanden, der den Versuch gemacht hat, sie stilgerecht abzumurksen."

„Stilgerecht?"

„Ich meine, dass das eine wichtige Tatsache ist." Lena war also auch schon als Hobbyermittlerin tätig. Ich seufzte innerlich.

„Eine wichtige Tatsache?"

„Es ist nur so ein Gedanke. Aber ein Flügel ist nicht gerade ein übliches Tötungsinstrument. Ein Klavierflügel ist zum Morden ziemlich unhandlich und teuer. Außerdem muss der Mörder gewusst haben, wann Mimi diesen Weg entlanggehen wird. Und wenn der Spediteur nicht der Täter war, dann musste auch dieser vom Tatort weggelockt werden. Und das genau dann, als Mimi den Weg kreuzte."

„Darüber habe ich noch gar nicht nachgedacht", sagte ich wahrheitsgemäß.

„Trotz dieser Unwägbarkeiten musste es unbedingt ein Flügel sein. Da fragt man sich: Warum?"

„Warum?", wiederholte ich, meinen Automatismen folgend.

„Weil es Mimi auf diese Weise gefallen würde!"

Um ein Haar hätte ich „Weil es Mimi gefallen würde?" gefragt. Ich bremste mich noch gerade so, schluckte den Satz herunter und sagte stattdessen: „Wie kommst du darauf, dass der Mord Mimi gefallen sollte?" Zufrieden stellte ich fest, dass ich ausnahmsweise das Gehörte nicht einfach so wiederholt hatte. Ich wertete dies durchaus als Fortschritt, auch wenn ich nicht wirklich einen neuen Satz formuliert hatte.

„Welcher Mörder will denn seinem Opfer imponieren?"

Lena antwortete nicht auf die Frage. Sie wollte wohl keinen konkreten Verdacht aussprechen. „Wenn meine Behauptung stimmt, dann schränkt es den Täterkreis ein. Findest du nicht?"

Wollte sie mir damit sagen, dass sie mich verdächtigte?

Ein knirschendes Geräusch unterbrach uns, leise und metallisch. Es kam von draußen.

„Hörst du das auch?" Lena ging zum Fenster und öffnete es vorsichtig. Schon hing ihr Kopf heraus und sie lauschte. Es war nun deutlich zu hören. „Das ist eine Ratsche."

„Eine Ratsche?" Verdammt. Schon wieder hatte ich nachgeplappert. Ich wollte es mir doch abgewöhnen. „Was ist das?"

„Im Werkzeugschrank kennst du dich wohl nicht so gut aus", sagte Lena verächtlich.

„Doch, doch", behauptete ich eilig, „klar. Eine Ratsche."

„Wer arbeitet denn um die Uhrzeit noch am Haus? Außer mir und Norbert ist vom Personal keiner mehr da."

Ich stellte das Tablett zur Seite und stand auf. „Dann sollten wir mal nachsehen gehen."

Lena wirkte überrascht. Und eigentlich war ich auch über mich erstaunt. Lena fasste es in Worte: „Hast du keine Angst?"

„Wir sind hier bei Mimi. Es gibt für uns wohl keinen sichereren Platz auf der Welt." Diese Behauptung war angesichts der Morde eigentlich ziemlich verwegen, doch als ich über meine Aussage nachdachte, stellte ich fest, dass ich es wirklich so meinte.

Lena reichte mir begeistert die Hand. „Ein Abenteuer! Dann komm." Und schon zog sie mich hinter sich her. Für weitere Schwindelanfälle oder Kopfschmerzen hatte ich jetzt keine Zeit mehr. Es kann natürlich auch sein, dass mich gerade ein Adrenalinschub beflügelte. Egal. Wir flitzten durch den Flur, die Treppe hinab, durch das Foyer zur Haustür. Wie ein Teenager kicherte ich. Ich weiß nicht mal warum. Möglicherweise, weil ich mir wie Anne vorkam. Anne von den *Fünf Freunden*. Und Lena neben mir war Georgina. Nun fehlten uns nur noch zwei Jungs und ein Hund, dann wären wir komplett.

Wir zügelten unseren Übermut, als wir ins Freie traten. Die Sonne war inzwischen untergegangen und nur das letzte Rot am Himmel spendete uns noch etwas Licht. Auf leisen Sohlen traten wir die Stufen hinab, hielten uns dann rechts und gingen um das Haus herum. Ich zog Lena vom Weg herunter. Der Kies hätte unsere Schritte lautstark verraten. Das Gras unter unseren Füßen schluckte jedes Geräusch.

Wenig später standen wir dann unter meinem Zimmerfenster. Etwas weiter war der Hundezwinger. Willi und Basker waren nicht in ihrem Zuhause. Entweder waren die Hunde bei Mimi im Haus, weil sie gefüttert wurden, oder sie liefen im Garten ihr Revier ab. Letzteres könnte für uns ziemlich gefährlich werden, stellte ich mit einem mulmigen Gefühl im Bauch fest. Über dem Zwinger der Hunde war der Balkon von Mimis Schlafzimmer. Er wurde von vier hölzernen Stützen getragen, die bis zum Boden reichten. Zahlreiche geschnitzte Verzierungen mit Lilienmotiven und Ornamenten schmückten die Kapitelle. Ein paar Querverstrebungen, ebenfalls mit Dekor überladen, gaben der Konstruktion zusätzlichen Halt. Das Dach des Hauses hatte der Architekt bis über den Balkon verlängern lassen. Im Sommer bekam Mimi deshalb nicht zu viel Sonne ab und im Winter blieb ihr Balkon schneefrei.

„Kannst du was sehen?", flüsterte Lena. Unruhig reckte sie den Hals in alle Richtungen. Ich glaube, dass sie auch das Fehlen der Hunde bemerkt hatte.

Irgendwo knackte leise etwas. Im Dunkeln unter dem Balkon bewegte sich ein Schatten. „Da ist jemand", sagte ich. Gleichzeitig spürte ich, wie sich meine Nackenhaare aufrichteten. Mein Verstand merkte an, dass es keine gute Idee war, ohne Polizei oder sonstiges Fachpersonal auf Mörderjagd zu gehen. Ich verdrängte mit mäßigem Erfolg den Gedanken. „Sollen wir näher ran?" Lena antwortete nicht. Aber sie ging runter auf Hände und Knie und krabbelte im Schutz der gepflanzten Büsche und Hecken voran. Ich ging in geduckter Haltung hinterher. Hinter einem Lorbeerbusch hielten wir an. Jetzt waren wir keine fünf Meter mehr von dem ersten Pfeiler des Balkons entfernt. Deutlich konnten wir die Silhouette einer Person erkennen. Das Licht der Abenddämmerung umstrahlte sie.

Wieder ertönte das Klicken der Ratsche. Dann ein dumpfer, leiser Aufprall. „Autsch. Scheiße." Ein Mann. Kam mir bekannt vor. „Der Bürgermeister", hauchte mir Lena bereits vorsichtig ins Ohr, indes ich noch versuchte, die Stimme einzuordnen.

Etwas klopfte auf Metall. Der richtige Augenblick, um leise zu sprechen, ohne gehört zu werden. „Was macht er da?"

„Er dreht und klopft die Schrauben raus."

Ich schaute genauer hin. „Nein, jetzt dreht er welche rein."

„Rein?" Diesmal hatte Lena *mich* wiederholt, stellte ich mit aberwitziger Genugtuung fest.

„Ich glaube, er tauscht sie aus."

Lenas Geheimnis

Der neue Tag empfing mich mit Vogelgezwitscher. Das Fenster in meinem Zimmer war weit geöffnet und die Vorhänge blähten sich im Wind. Am Fußende meines Bettes stand Lena, mit der Sonne um die Wette strahlend und mit einer Tasse Kaffee in der Hand.

„Boah", knurrte ich, wenig freundlich, „hast du das Fenster aufgemacht?" Fröstelnd zog ich mir die Decke über den Kopf und gab mir auch ansonsten große Mühe, meinem Ruf als Morgenmuffel gerecht zu werden. Das hinderte Lena leider nicht daran, mit der freien Hand die Bettdecke mit einem kräftigen Ruck wegzuziehen.

„Hier hat's gerochen wie im Mäusepuff." War das ein Freibrief dafür, mich so zu wecken? Die scheue, schüchterne Lena wäre mir in diesen frühen Morgenstunden lieber gewesen. „Musst du nicht arbeiten?", fragte ich.

Lenas Lächeln verschwand kurz, als sie sagte: „Wenn du den Kaffee trinken möchtest, steh auf. Sonst hast du ihn im Gesicht." Also ergab ich mich, nahm die Tasse entgegen und rührte mit dem Löffel träge darin herum.

„Ich arbeite schon seit einer Stunde", hielt Lena mir vor, „im Gegensatz zu dir. Zu meinem Job gehört nämlich auch das Versorgen der Gäste. Mit Kaffee und frischer Luft zum Beispiel. Außerdem muss ich dein Zimmer machen. Also raus aus den Federn. Ich hab dir Badewasser eingelassen."

„Wie kann man so früh schon so energisch sein?" Ich schlürfte geräuschvoll, bemüht, mein missmutiges Gesicht weiterhin beizubehalten. Doch als Lena die Hände in die Hüften stemmte und eine gespielt wütende Miene aufsetzte, gab ich auf und lächelte.

Ich zupfte also mein Nachthemd zurecht und schlurfte nach nebenan ins Badezimmer. Dabei spürte ich Lenas Blick so intensiv, dass es mir beinahe unangenehm war.

Wir hatten natürlich schon am Vorabend Mimi Bescheid gegeben, was unter ihrem Balkon passiert war. In der Bibliothek hatten wir ihr gemeinsam Bericht erstattet. Schweigend hatte sie uns zugehört und schließlich bedächtig den Kopf hin und her gewiegt. „Ich glaube, dass ich in nächster Zeit meine Kniebeugen im Schlafzimmer machen sollte."

„Und was machen wir jetzt?", fragte ich.

Ihre Gelassenheit war nervenaufreibend. „Nichts. Nachts können wir nicht genug sehen. Warten wir bis morgen. Nach dem Frühstück werden wir die Sache genauer inspizieren."

Tja, und da standen wir nun, nach Bad und Frühstück, unter dem Balkon. Willi und Basker saßen im Zwinger, schauten uns neugierig und still an. Außerdem wirkten die Hunde ein wenig bedröppelt. Möglicherweise ahnten sie, dass sie ihren Job nicht gut gemacht hatten. Lena zeigte Mimi gerade, von wo aus wir den Bürgermeister beobachtet hatten. Unterdessen inspizierte Norbert den Balkon.

„Madame", sagte er schließlich, „der Balkon ist tatsächlich manipuliert worden. Die Stützkonstruktion wird nur noch von rostigen Schrauben zusammengehalten. Und das Fundament …" Er griff in die Rasenfläche und konnte das Gras wie einen Teppich hochheben. Darunter war frisch bearbeitetes und lockeres Erdreich. „… scheint jemand ausgehöhlt zu haben."

Mimis Lippen wurden zu einem schmalen Strich. Jegliche Farbe war aus ihrem Gesicht gewichen. Nicht weil sie geschockt war. Nein. Sie war wütend. „Ich hätte nicht gedacht, dass er es wirklich …" Sie unterbrach sich selbst, als sie sich daran erinnerte, dass sie nicht allein war. Allerdings hatte sie genug von ihrem Gedankengang ausgesprochen. Es war mir möglich, ihn zu beenden. „Du hättest nicht gedacht, dass er wirklich versuchen würde, dich zu töten? Wieso bist du jetzt überrascht? Den ganzen Zauber haben wir doch nur veranstaltet, weil du mir weisgemacht hast, dass Herr Jensen oder einer der anderen dich umbringen will."

Mimi hob den Kopf, straffte ihren Körper und nickte. „Genau!" Mehr war sie ganz offensichtlich nicht bereit, mir zu sagen. Fassungslos suchte ich erst Lenas und dann Norberts Blick. Ich wollte sehen, dass sie ebenfalls so entgeistert waren wie ich. Doch seltsamerweise wandten sie sich von mir ab und gingen mit Mimi zurück zum Haus. Das war der Augenblick, in dem mir bewusst wurde, dass alle, ja wirklich alle, in diesem billigen Krimi mehr wussten als ich.

Ich stampfte den Dreien hinterher und bemühte mich, nicht die Beherrschung zu verlieren. Auf keinen Fall wollte ich hysterisch loskreischen oder wie ein Rohrspatz schimpfen. Ich musste mit Mimi reden. Und mit Lena. Denn selbst ihr traute ich gerade nicht weiter als ich sie werfen konnte. Norbert war mir sowieso suspekt. Aber ihm das zu sagen, wäre so, als würde man einem Kleiderständer die Meinung geigen.

„Was machen wir mit dem Balkon?", fragte Norbert in seiner sachlichen Art.

Mimi wedelte mit der Hand, als ob sie eine lästige Fliege verscheuchen wollte. „Da kümmern wir uns später drum. Es gibt Wichtigeres zu tun. Kümmern Sie sich um die Hunde. Etwas mehr Training und noch weniger Futter für die nächsten Tage. Sie sollen mal wieder so richtig scharf sein. Ich mag es nicht, wenn sich Leute unbemerkt auf meinem Gelände bewegen können. Es geht nicht an, dass mein Haus Stück für Stück abgebaut wird, ohne dass die Hunde davon was bemerken.

Außerdem möchte ich, bevor Tom kommt, noch mit Ihnen über den Bürgermeister reden, Norbert. Würden Sie sich nach dem Mittagessen etwas Zeit für mich nehmen?"

„Sehr wohl, Madame."

Im Haus angekommen, ging Lena Richtung Gesindezimmer, Norbert verschwand in der Küche und Mimis Gehstock führte sie zum Arbeitszimmer. Die wichtigsten Antworten erhoffte ich mir von meiner Oma. Also folgte ich ihr.

„Ok, Oma. Was geht hier vor? Du suchst nach deinem Mörder und bist überrascht, dass dich tatsächlich jemand umbringen will? Da stimmt doch was nicht." Ich war über mich selbst erstaunt, dass ich es offen aussprach. Aber wo ich gerade dabei war, konnte ich auch direkt die nächste Unstimmigkeit auf das Tapet bringen: „Und die Sache mit dem Klavier. Wieso bekommst du vom Spediteur eine Rechnung? Und was hat es mit der Versicherung auf sich?"

Mimi umrundete ihren Schreibtisch mit der Langsamkeit und der Gelassenheit des Mondes, der die Erde umkreist. „Ich habe nie ein Klavier besessen. Nur einen Flügel." Wollte sie mich zur Weißglut treiben? Sie holte leise Luft. „Und nenn mich nicht Oma."

Mein Mund spielte wieder Goldfisch, während Kleinhirn und Großhirn um die nächsten Worte stritten. Doch Mimi hob die Hand und gebot mir zu schweigen. Dann griff sie zum Telefonhörer. Ich hörte leise das Freizeichen, dann eine Stimme. Mimi ließ sie nicht aussprechen.

„Layton? Mimi hier. Hör zu! Rostige Schrauben hat ja nicht jeder griffbereit in der Schublade liegen. Mal angenommen, ich brauche ganz dringend ein paar von denen. ... Ja, rostige Schrauben. Sagte ich doch. ... Wie lässt man Schrauben rosten?" Die Antwort kam auf dem Fuße. „Wasser? Ja, geht denn das so schnell? Ja! Schnell. Die Schrauben müssen schnell rosten. Sonst würde ich wohl kaum bei einem Gelehrten anrufen. ... In einer Salzlösung mit Strom? Ah! Da kommen wir der Sache schon näher. ... Das geht also ganz einfach?" Mimi lächelte wieder. „Es ist immer wieder schön, mit dir zu telefonieren." Klack! Aufgelegt.

Nun nahm sie mich wieder in den Fokus. „Was mich seit Tagen wundert, ist, dass du alles über dich ergehen lässt. Da passieren Morde um dich herum, aber du strengst deinen Grips nicht an."

Ich gewann die Kontrolle über meinen Mund zurück. Dafür verabschiedeten sich Groß- und Kleinhirn. Ich war emotional aus dem Fahrwasser geraten. „Du machst doch alles", hörte ich mich sagen.

Mimi zwinkerte mir zu. „Ich bitte dich, Kindchen. Du musst wieder lernen, für dich allein zu denken. Diese Lethargie, in der du seit Tom steckst, steht dir gar nicht gut zu Gesicht. Du musst wieder lernen, im Leben die richtigen Fragen zu stellen."

„Aber ... aber ... Ich habe doch ..."

„Meinetwegen", sagte Mimi gnädig. „Ein paar Antworten. Du bekommst sie, wenn du die *richtigen* Fragen stellst."

Die richtigen Fragen ... Nun, wenn Mimi die Absicht hegte, mir wahrheitsgemäß zu antworten, dann gab es eine Frage, die pur und unbestechlich viele weitere Fragen ausräumen würde. Dachte ich. Ich verschränkte also die Arme vor der Brust und kam mir vor wie ein Staatsanwalt, der auf dem Wege zur rechtschaffenden Wahrheit ist. „Hast du Ferdi umgebracht?", fragte ich frech.

Mimi schaute mich tadelnd und enttäuscht an. „Nein." Das war eindeutig.

„Äh", machte ich. „Und Helge? Hast du Helge umgebracht?"

„Denk doch mal nach. Helge wurde mit einem Gewehr aus größerer Distanz erschossen. Sehe ich wie ein Scharfschütze aus?"

Nein, das tat sie nicht. Wie ungeheuer blöd ich mir nun vorkam. Meine nächste Frage war nicht besser, das wusste ich. „Du würdest mich nicht belügen. Nicht bei so was, oder?"

Mimi verdrehte zu Recht die Augen. „Doch."

Ihr Sarkasmus umspülte mich mit voller Wucht und ließ mein Ego triefend zurück.

Ich versuchte einen neuen Anlauf. „Was ist mit dem Klavier?"

„Meinst du den Flügel?"

„Ja, verdammt."

„Hör auf zu fluchen."

„Was ist mit dem Flügel?"

Mimi griff in einen Papierstapel auf ihrem Schreibtisch, der wieder picobello aufgeräumt war. Sie zog zwei Briefe daraus hervor. Es waren offensichtlich Rechnungen.

„Schau dir das an. Dann sag mir, was du davon hältst."

Nun hielt ich die Rechnung des Spediteurs in den Händen. Darin waren die Kosten für einen Sondertransport und ein vierstelliger Betrag, der als „spezieller Aufwand" umschrieben wurde, aufgeführt. Die andere Rechnung, die ich in den Händen hielt, führte die Miete für eine Wohnung auf. Eine Wohnung in der Straße, in der Mimi besagtes Klavier – nein – besagter *Flügel* beinahe auf den Kopf gefallen wäre.

„Was soll das heißen?"

Mimi grinste. „Sag du es mir."

Ich dachte an Lenas Worte. Mimi würde ein solcher Mordanschlag gefallen. Es hätte Stil.

„Du hast versucht, dir ein Klaflügel auf den Kopf zu werfen … zu lassen?" Mein Sprachzentrum stolperte durch die Ereignisse. Grammatisch voll daneben. Inhaltlich voll drauf.

„Der etwas nervenschwache Spediteur hat sich tatsächlich von mir dazu überreden lassen, meinen Flügel aus der von mir angemieteten Wohnung fallen zu lassen. Ich habe ihm mit einem größeren Geldbetrag verdeutlicht, dass dies seine Richtigkeit hat. Leider hat der Polizist dann nicht die Kripo, sondern das Gewerbeaufsichtsamt rufen wollen. Es hat mich einige Anrufe gekostet, die Sache für den Spediteur wieder gerade zu biegen. Nichtsdestotrotz hat er seine nervliche Belastung gesondert in Rechnung gestellt. Aber ich kann es immerhin von der Steuer absetzen."

„Von der Steuer absetzen?" Alle weiteren Fragen waren fortgeblasen. Vollkommen perplex suchte ich nach einer Möglichkeit, die neuen Informationen in einen halbwegs logischen Zusammenhang zu bringen. Es gelang mir nicht mal ansatzweise. „Warum das alles?", brachte ich schließlich hervor.

In diesem Augenblick klingelte es an der Tür und Mimi lächelte entschuldigend. „Tja, alles Weitere muss warten. Das Leben macht für uns keine Pause." Sie griff nach ihrem Stock und klackerte mit ihm davon. Ich blieb allein im Arbeitszimmer zurück. Sie ließ mich tatsächlich einfach stehen!

Die Rechnungen, die ich noch immer in den Händen hielt, legte ich zurück auf den Papierstapel. Für einen Sekundenbruchteil durchfuhr mich der Drang, den Schreibtisch zu durchsuchen. Doch meine Fantasie reichte nicht aus, diese Handlung zu Ende zu spinnen. Was hätte ich suchen sollen?

„Ich habe immer noch keinen blassen Schimmer, was hier gespielt wird." Aber ich spürte, dass ich das ändern wollte. Wie hatte Mimi gesagt? „Kindchen, du musst wieder lernen, für dich allein zu denken." Ok, das würde ich von nun an tun. „Ich kriege raus, was hier gespielt wird", presste ich zwischen den Lippen hervor. „Und höre auf, Selbstgespräche zu führen", fügte ich hinzu.

Ich ging also ins Foyer. Im Geiste rekapitulierte ich die Zeit, die ich hier im Haus verbracht hatte. Einen Mangel an Geschehnissen hatte es wirklich nicht gegeben. Vor drei Tagen hatte es Ferdi erwischt. Vorgestern Helge. Wenigstens hatte es gestern keinen Toten gegeben, dachte ich.

Norbert öffnete die Tür, trat dann einen Schritt zur Seite, damit man die nächste Kühltruhe an ihm vorbeitragen konnte. Die Worte des Lieferanten träufelten mir träge wie Sirup in den Kopf: „Wie immer? In den Keller?"

Norbert antwortete frei von jeglicher Betonung: „Ja, bitte. Neben die beiden anderen."

Mimi stand indes am untersten Absatz der Treppe und beobachtete das Treiben. In ihrer Miene offenbarte sich eine tiefe Zufriedenheit, die sie auch nur schlecht kaschierte, als sie mitbekam, dass ich mit Entsetzen zu ihr herüberschaute.

„Der Bürgermeister?", rief ich ihr zu.

Mimi legte den Zeigefinger auf die Lippen. Insgesamt vier Männer waren noch damit beschäftigt, die Kühltruhe durch das Foyer zu schleppen. Und der Kerl mit dem Lieferschein stand neben Norbert und ließ sich von diesem eine Unterschrift geben. Es war somit kein guter Moment, um über Mord und Totschlag zu diskutieren.

„Dem Bürgermeister geht es gut", sagte Mimi betont gelassen. „Er wird gerade sehr wahrscheinlich in seinem Büro sitzen und darauf warten, dass sein Telefon klingelt."

„Aber die Kühltruhe …", entfuhr es mir.

Mimi inspizierte unschuldig ihre Fingernägel, knibbelte dann wenig damenhaft mit den Zähnen am Daumen herum. „Ja, das ist eine Kühltruhe. Hans hat sie bestellt." Sollte ich das als einen Hinweis verstehen?

„Hans hat sie bestellt?"

„Das sagte ich."

„Hans."

„Ja. Hans. Der Gärtner. Du kennst ihn. Hat für mich gearbeitet." Mimis Interesse löste sich von den Fingern und richtete sich auf den Mann neben Norbert. Dieser hörte unserem Dialog gebannt zu, obgleich er vermutlich von meinem Kauderwelsch nicht einen Satz verstand. Trotzdem war es Mimi offensichtlich nicht recht, dass der Gute bei uns mithörte. Bevor ich mit meinem Gebrabbel weitermachen konnte, war Lena neben mir. Sie packte mich fest am Arm und zog mich mit sich. Für ihre zierliche Gestalt war sie verblüffend kräftig.

„Wir gehen einkaufen", sagte sie eilig, als sie mich an Norbert vorbeischob. Norbert zog eine Augenbraue hoch und ließ sich obendrein noch zu einer weiteren diskreten, unverbindlichen und unauffälligen Gefühlsregung hinreißen: Er lächelte.

Lena und ich saßen im Bus und schwiegen, während die Landschaft an den Fenstern vorbeirauschte. Ein paar finster dreinblickende Jugendliche hatten uns ganz vorne hastig zwei Sitzplätze frei gemacht. Irgendwie kamen sie mir bekannt vor. Hin und wieder öffnete sich die Tür, sog ein paar Fahrgäste ins Innere oder spie sie zurück auf die Straße, während wir uns Haltestelle für Haltestelle dem Städtchen näherten. Doch zwei Stationen vor dem Stadtrand, am Rande eines kleinen Waldes, drückte Lena den Knopf. Über uns leuchtete prompt die Anzeige ‚Wagen hält'.

„Wir wollten doch einkaufen", sagte ich.

„Den Rest können wir zu Fuß gehen. Frische Luft wird dir gut tun."

„Mir geht es gut", protestierte ich verdutzt.

„Das sagt die Frau, die gestern noch zusammengeklappt ist." Ganz unrecht hatte Lena nicht. Allerdings kaufte ich ihr diese fürsorgliche Absicht nicht ab. Ohne Zweifel hatte sie etwas Bestimmtes vor.

Tipp, tapp, tipp …

Irgendwo vor mir klickte der Blinker leise, der Bus fuhr in die Haltebucht ein, Lena stand auf und ich … blieb sitzen.

Lena schaute mich über die Schulter hinweg an. „Kommst du?"

Die Tür öffnete sich, doch ich klebte immer noch auf meinen vier Buchstaben.

Lena begriff mein Gefühlsleben schneller als ich selbst. „Du hast Schiss, mit mir allein zu sein?"

Allein auf offener Straße, in der Nähe eines Waldes. Allein mit Lena. Was wusste ich eigentlich über sie? Wäre es möglich, dass sie …

„Raus oder rein", knurrte der Fahrer ungeduldig.

Lena packte wieder nach meinem Arm, erwischte zielsicher die Stelle, die von vorhin noch schmerzte. „Los jetzt. Die Leute gucken schon."

Also stieg ich mit Lena aus. Ich fühlte mich dabei wie ein Lamm, das zur Schlachtbank geführt wird. Gleichzeitig kam ich mir dabei gehörig albern vor. Immerhin war das da neben mir Lena. Ein zierliches Mädchen, das unmöglich mit einem fertig gewetzten Messer auf mich losgehen würde. Mörder sahen anders aus. Dessen war ich mir sicher.

Der Bus verschwand hinter einer Biegung im Wald. Ich ließ meinen Kopf zwischen den Schultern hängen und schaute verlegen zu Boden, während Lena noch immer meinen Arm festhielt. Dann lockerte sich ihr Griff und ihre Hand rutschte herunter, bis sie in meiner lag. Ihre Finger verschränkten sich sachte mit meinen. Ihre Berührungen wirkten zaghaft, beinahe zärtlich. „Was war das gerade?"

„Ich … ich …" … Ich hab keinen Schimmer, was ich jetzt sagen soll, dachte ich niedergeschlagen. „Ich weiß im Moment nicht mehr, was ich denken soll", gab ich schließlich zu. „Es läuft ein Mörder frei rum. Und Mimi hat irgendwas damit zu tun."

Lena schlenderte langsam zu den Bäumen. Da ich ihre Hand nicht loslassen wollte, musste ich hinterhergehen.

„Und deshalb willst du nicht mit mir aussteigen? Denkst du *ich* könnte deinen Cousin um die Ecke gebracht haben?"

Oh man, war mir das jetzt peinlich. Lena war doch noch ein halbes Kind. „Nein." Ich wollte lieber schnell das Thema wechseln. „Norbert hat eine neue Kühltruhe bestellt. Und Mimi hat von Hans gesprochen ..."

„Ja. Und du hast im Beisein von Fremden beinahe alles ausgeplaudert. Der Typ, der die Kühltruhen liefert, ist schon misstrauisch genug. Drei Kühltruhen an drei Tagen! Es ist ziemlich ungeschickt, mit Namen von Ermordeten um sich zu schmeißen. Deshalb hatte ich es ja auch so eilig, dich da raus zu kriegen."

„Wir müssen also nicht einkaufen", stellte ich fest. Es klang ziemlich lahm.

„Ach was. Aber ich kann die Gelegenheit nutzen, dir was zu zeigen."

„Du willst mir was zeigen?"

Lena nickte und ging einen Schritt schneller. „Norbert war heute morgen mit dem Benz unterwegs. Dabei hat er Hans gefunden."

„Er hat Hans gefunden?" Unwillkürlich schaute ich mich um. „Hier?"

Lena deutete zur ersten Baumreihe. „Dort drüben im Graben. Er sagte, dass er zuerst nur das zerbeulte Fahrrad am Straßenrand gesehen hat."

Schon wieder so viele überraschende Informationen. „Hans ist mit dem Fahrrad nach Hause gefahren?"

„Klar", sagte Lena, „er hatte keinen Führerschein. Wusstest du das nicht?"

„Woher sollte ich? Ich gehöre doch nicht zum Personal. Von Hans weiß ich eigentlich gar nichts."

„Stimmt. Die dienstbaren Geister deiner Oma hast du ja nie so richtig wahrgenommen." Ich war mir nicht sicher, ob das ein Vorwurf sein sollte.

„Das beruht ja wohl auf Gegenseitigkeit", antwortete ich.

„Meinst du? Also ich wusste immer, wann du in der Villa bist. Und wo du wohnst, weiß ich. Und dass du seit ein paar Wochen arbeitslos bist. Und dass du für deinen Ex einen besonders herzlichen Kosenamen hast."

„Arschloch", flüsterte ich automatisch.

„Ja, Arschloch."

Ich wagte es nicht, mir vorzustellen, wie viel Lena noch über mich wusste. Sicherlich steckte hinter ihrer Aufzählung viel mehr. „Weiß jeder von deinen Kollegen so gut über mich Bescheid?"

„Norbert weiß bestimmt noch viel mehr über dich. Aber er ist so mega diskret, dass er selbst seinem Spiegelbild nichts über dich verraten würde. Und Hans wusste bestimmt auch mehr über dich als dir lieb könnte. Ansonsten … Nein. Nur ich."

„Du hast mich also beobachtet?"

Erwischt! Lena wurde rot. „Beobachtet ist nicht das richtige Wort. Aber ich hab mich immer gefreut, wenn du gekommen bist. Ich finde es schön, wenn du da bist." Sie verstummte. Jetzt war sie verlegen bis zum Dorthinaus. Da ging ich nun mit ihr, Hand in Hand, und wusste gerade nicht, wie ich ihre Aussage einsortieren wollte. Ich widerstand dem Drang sie loszulassen. Es hätte in diesem Moment keine schlimmere Geste geben können.

Auf dem Asphalt erkannte ich die schwarzgrauen Striemen, die Reifen bei einem Unfall hinterlassen. Neben der Straße sah ich Schürf- und Schleifspuren im Kies. Die Zweige der angrenzenden Ginstersträucher waren eingedrückt oder geknickt.

„Klassischer Fall von Fahrerflucht?", fragte ich halbherzig.

Lena zuckte mit den Schultern. „Wäre ein großer Zufall, oder?"

Ich ging in die Hocke und schaute mir die Unfallstelle genauer an.

„An Zufälle mag ich nicht mehr glauben. Mimi hat das von Anfang an nicht getan." Ich versuchte, mir die Situation vorzustellen. Gestern war Hans bei uns gewesen, hatte feststellen müssen, dass Mimi ihn mit seiner Erpressung auflaufen ließ. Dann hatte er das Grundstück verlassen. Vor dem Gartentor musste sein Fahrrad gelehnt haben. Er war aufgestiegen und losgeradelt. Vermutlich ziemlich wütend. Ich konnte mir sogar vorstellen, wie er schnaubend in die Pedale getreten und seinem aufgestauten Frust auf diese Weise etwas Luft verschafft hatte. Bis hierher war es ein ganzes Stück. Seine Emotionen dürften etwas verpufft sein, sein Körper müde, verausgabt. Eine leichte Steigung war hier. Er war also in jedem Fall etwas langsamer unterwegs und bestimmt auch nicht reaktionsschnell gewesen.

Ich blickte den Weg zurück. Im Geiste sah ich ein Auto heranbrausen. Hans hatte einen Schulterblick getan, die kommende Gefahr gesehen. Aber für eine schnelle Flucht fehlte hier die Möglichkeit. Der Schreck hatte ihm vielleicht gerade noch Gelegenheit für ein paar wackelige Lenkbewegungen gelassen. Und dann …

„Wenn der Wagen ihn bei voller Fahrt erwischt hat, wird es ihn über die Motorhaube geschleudert haben. Das Fahrrad muss unter die Karosse gezogen worden sein", analysierte ich. So hatte ich es zumindest unzählige Male im Fernsehen gesehen.

Irgendwas störte mich noch in meiner Rekonstruktion des Mordes. Grübelnd biss ich mir auf die Unterlippe. „Ist so ein Crash tödlich?", fragte ich laut. „Ich meine: Wenn jemand versucht hat, Hans umzubringen, dann wird er doch auf Nummer sicher gehen wollen. Stell dir mal vor, Hans hätte den Aufprall überlebt." Lena antwortete nicht. Von all dem Tatendrang, mit dem sie mich hierher gelockt hatte, war nichts mehr übrig. Passiv stand sie da, während ich den Detektiv mimte. Ein paar Meter weiter waren Bremsspuren. Insgesamt vier, nebeneinander angeordnet wiesen sie wie Pfeilspitzen in den Wald. Eine außergewöhnliche Form … Zwei der schwarzen Striemen waren gar keine Bremsspuren.

„Der Fahrer hat mit dem Wagen nach dem Crash eine Vollbremsung gemacht", stellte ich fest, „hat dann den Rückwärtsgang eingelegt und mit durchdrehenden Reifen zurückgesetzt." Ja! Auch so konnten Spuren im Teer zurückbleiben.

Wenn Hans in diesem Moment noch am Leben gewesen war, hatte er sich unter Umständen nochmals aufgerappelt oder sich mit den Händen ein Stückchen hochgestemmt. Benommen hätte er in die Richtung geschaut, aus der das Aufheulen eines Motors kam. Der Anblick einer rasch näher kommenden Stoßstange hatte dann den ganzen – etwas zu kurzen – Rest seines Lebens erfüllt.

Eilig ging ich wieder ein paar Schritte zurück. Etwa dreißig Meter weiter fand ich ähnliche Spuren. „Hier ist der Fahrer wieder in die Eisen gestiegen und hat dann den ersten Gang reingekloppt. Wieder Vollgas nach vorn." Ja. So musste es gewesen sein. Auf diese Weise wurde der Mord totsicher.

Aus irgendeinem Grund kamen mir Mimis Worte wieder in den Sinn: „Es ist niemals die Frage, *ob* es ein Mordanschlag ist. Viel wichtiger ist die Frage nach dem Warum. Und natürlich die Frage: Wer?"

Mein Mund beschloss, es laut auszusprechen: „Wer würde so etwas tun?"

„Keine Ahnung", sagte Lena sehr leise. Sie war ziemlich blass um die Nase und sie hatte die Arme um die Schultern geschlungen, als wäre es ihr plötzlich kalt geworden. Tatsächlich: Sie fröstelte.

„Ist dir nicht gut?"

Lena schüttelte den Kopf. „Ich würde nur gerne weg hier. Findest du es nicht auch ein bisschen unheimlich? Wenn ich Hans so vor mir sehe, wie er da liegt und wieder und wieder von dem Wagen überfahren wird …"

Lena hatte die Sache also im Geiste ähnlich rekapituliert wie ich. Ihre Fantasie schien sogar etwas lebhafter zu sein als meine.

„Sollen wir zu Fuß zurückgehen? Der nächste Bus kommt erst in einer Stunde. Bis dahin sind wir längst schon an der Villa." Mein Vorschlag fand ihre Zustimmung. Kurz darauf gingen wir wieder nebeneinander her. Hand in Hand.

Mitten im Irgendwo zwischen der Stadt und Mimis Villa stand die *Traurige Maria*. Ich weiß nicht, ob die hölzerne Madonnenstatue wirklich so hieß. Aber die Leute aus dem Umland nannten sie so. Ein kleines, zur Straße offenes Kapellchen umrahmte sie und zum Erntedank gab es alljährlich eine Prozession hierher. Als wir auf unserem Weg zur Villa an der Gedenkstätte vorbeikamen, wurde Lena schneller. Die letzten paar Meter dorthin lief sie sogar voraus. Verblüfft musste ich mit ansehen, dass sie vor der *Traurigen Maria* niederkniete und sich gleich mehrmals bekreuzigte. Ich ließ sie gewähren, stellte mich aber etwas Abseits, weil ich mit Religion nicht so viel anfangen konnte. Fünf Minuten vergingen. Und noch weitere fünf Minuten vergingen. Lena machte keine Anstalten, ihr Gebet zu unterbrechen. Langsam wurde ich unruhig. Gerade als ich sie vorsichtig ansprechen wollte, stand sie auf. Nicht ohne noch ein Kreuzzeichen zu machen. Danach schenkte sie mir eines ihrer unsicheren Lächeln.

„'Tschuldigung", hauchte sie.

„Ist ok", sagte ich zurückhaltend.

„Alte Angewohnheit", erklärte Lena. Ich fragte mich, was am Beten eine Angewohnheit sein konnte.

„Eigentlich wollte ich mir das auf die Knie fallen abgewöhnen. Mimi hat mir schon oft gesagt, dass ich mir, wenn ich mit Gott rede, nicht jedes Mal Schürfwunden zuziehen muss."

Tja, was antwortet man auf so eine seltsame Äußerung? Mein Kopf und mein Mund waren sich einig, dass sie lieber schweigen wollten.

Lena wollte noch mehr erzählen. „Mimi hat ..." Weiter kam sie nicht. Ich glaube, dass sie wieder davongestürmt wäre, wenn wir in meinem Zimmer gewesen wären. Hier, auf offener Straße, machte so ein Sprint nicht viel Sinn. Vielleicht sollten wir einfach über etwas anderes reden. Ich überlegte, was sich als brauchbares Thema eignen könnte. „Sag mal, als Ferdi dich vorgestern angelabert hat. Du weißt schon, als er dich eine graue Maus nannte. Warum bist du weggelaufen?"

Lena schien nicht besonders glücklich darüber zu sein, dass ich ausgerechnet danach fragte. „Er hat mich an jemanden erinnert ...", sagte sie knapp. Sollte ich höflich sein und es dabei belassen? Oder wäre es besser nachzuhaken? Ich erinnerte mich an meinen Entschluss, selbst etwas mehr Initiative zu ergreifen. Irgendwo musste ich ja mal damit anfangen. Also fragte ich: „An wen?"

„Puh", machte Lena, „du hast wohl heute einen Detektiv verschluckt."

„Mimi ist ansteckend", antwortete ich bemüht freundlich. Ich ahmte leidlich die Stimme meiner Oma nach: „Vielleicht."

Lena lachte. „Vielleicht. Ja, das ist eines ihrer Lieblingsworte." Sie wurde wieder ernst. „Du möchtest also wissen, warum ich vor deinem Cousin geflüchtet bin. Hast du Zeit für eine längere Geschichte?"

„Ist die Geschichte so lang wie unser Weg zur Villa?" Ich deutete die Straße entlang.

„Nein, nicht, wenn ich mich kurzfasse."

„Dann leg los."

„Erinnerst du dich an *Das Haus der Gemeinde Gottes*?"

„Das waren doch so ein paar Hardcore-Christen, oder?" Ich erinnerte mich an ein schlichtes weißes Gebäude am anderen Ende der Stadt. Ein schwarzes Kreuz war auf die Fassade gemalt worden. Vermutlich um Passanten klarzumachen, dass es sich um ein Gotteshaus handelte. Ansonsten wäre man zu dem Schluss gekommen, dass es sich um den Hochsicherheitstrakt eines Gefängnisses gehandelt hätte. Vergitterte Fenster und eine hohe Mauer entlang des Hofes sprachen eine eindeutige Sprache. Ich war oft an dem Grundstück vorbeigekommen und hatte mich stets gefragt, ob da niemand rein oder niemand raus durfte. Die Insassen – äh – Gläubigen mussten zwar keine Zeitschriften verteilen, aber dennoch hatte die Niederlassung der Sekte in der Stadt viel Unmut unter den Bürgern ausgelöst. Die Einen hatten Angst vor dem Unbekannten, die Anderen sahen sich in ihren eigenen religiösen Ansichten angegriffen. Doch die Stadt hatte nichts gegen die ‚freie Glaubensgemeinschaft' unternommen. Als pünktlicher Steuerzahler war *Das Haus der Gemeinde Gottes* gern gesehen.

„Hardcore-Christen." Lenas Stimme zitterte. So wie sie meinen Ausdruck nachsprach, wurde mir bewusst, dass ausnahmsweise ich in das Fettnäpfchen getreten war.

„Du warst Teil der Gemeinde?"

„Mama war Teil der Gemeinde. Und somit gehörte ich auch dazu. Mehr oder weniger. Immerhin war ich schon dreizehn, als Mama mit mir auf das Gelände der Gemeinde zog. Der Erziehung zum einzig wahren Glauben konnte ich mich zwar nicht entziehen, aber irgendwie habe ich das Denken nie abgestellt. Als ich sechzehn war, sagte ich Mama, dass ich gehen wollte."

Ich ahnte, was das bedeuten mochte. Trotzdem fragte ich: „Wie hat deine Mama darauf reagiert?"

„Zuerst habe ich eine Backpfeife von ihr bekommen und dann ist sie zum Guru gegangen. Dann hat man mich weggesperrt."

Der Teer unter unseren Füßen glitt dahin und für ein paar Minuten redete Lena mit mir, ohne dass sie was sagte. Mein Kopfkino spulte einen Film ab, dessen Skript ich in ähnlicher Form selbst gespielt hatte. Bei mir war es Tom. Bei Lena war es eine Sekte. Wir hatten unterschiedliche Vergangenheiten mit sehr ähnlichen Erfahrungen. Gewalt hatte viele Gestalten. Ich ermahnte mich, zurück ins Jetzt zu kommen. „Wie bist du da rausgekommen?"

„Meine Kammer war auf der Rückseite des Geländes. Man wollte mich wohl möglichst weit weg von der Straße haben. Ein Nachttopf, ein trockener Laib Brot, eine Kanne Wasser und eine Bibel waren meine Zimmergenossen. Manchmal bekam ich Besuch vom Guru. Ein Typ wie dein Cousin. Er machte mich dann runter. Predigte mir, wie wertlos ich sei. Das Ganze verpackte er in religiöse Predigten und Schläge. Aber zu viel Zeit verschwendete er nicht auf mich. Gerade so viel, dass er sich an mir abreagieren konnte. Die meiste Zeit hockte ich am Fenster und starrte nach draußen." Lena lächelte plötzlich. „Etwas weiter unten geht unser Flüsschen an dem Gelände vorbei." Sie machte eine bedeutungsvolle Pause, als ob mir das was sagen sollte. „Eines Morgens sah ich, dass eine alte Frau mit zwei Welpen dort spazieren ging. Querfeldein stakste sie mit ihrem Stock durch das Unkraut wie ein Storch im Salat. Einen Weg gibt es dort nicht. Sie war der erste Mensch, den ich seit zwei oder drei Tagen sah. Es war wie ein kleines Wunder, dass sie zu mir hochsah. Ich winkte ihr zu. Sie winkte freundlich lächelnd zurück. Dann ging sie weiter.

Das Fenster war sehr klein und mein Ausblick war sehr begrenzt. Was links und rechts geschah, hätte genauso gut in einer anderen Welt passieren können. Weißt du, was ich meine?"

Ich nickte, sagte lieber nichts, weil Lena weitererzählen sollte.

„In meiner Verzweiflung griff ich nach der Bibel, sprach ein Gebet. Das alles steckte schon so tief in mir drin ... Dann sprach eine Stimme zu mir", erklärte Lena.

Oh, dachte ich. Wenn man im Kämmerlein einer Sekte Stimmen hört, dann ... Lena sah meinen Gesichtsausdruck.

„Nicht was du gerade denkst. Es war die alte Frau. Außerhalb meines Blickfeldes musste sie zu mir gekommen sein. Sie stand direkt an der Wand, draußen, neben dem Fenster."

„Was hat sie gesagt?"

„Sitz, Basker."

„Mehr nicht?"

„Doch: Sitz, Willi."

Jetzt sprudelten die Worte nur so aus Lena heraus. Ich musste zugeben, dass sie sich als gute Erzählerin bewies. Farbenfroh konnte ich mir die anschließenden Ereignisse ausmalen.

„Du siehst nicht besonders glücklich aus", sagte die Alte. „Kann ich dir helfen?"

Das Haus der Gemeinde Gottes bekam nicht oft Besuch. Die schmale, jedoch sehr schwere Stahltür wirkte selbst auf den Briefträger abweisend. Trotzdem läutete schon am nächsten Tag die Türglocke. Das Schicksal zeigte seinen ungewöhnlichen Hang zum Humor, indem es den Guru höchstpersönlich öffnen ließ. Vor ihm standen eine alte Frau und ein etwas jüngerer, blasser Mann. Beide hielten sie kleine Broschüren in den Händen. ‚Erwachet!' stand auf der vordersten. Verdächtigerweise sah das Papier aus, als käme es frisch aus dem Container. Hätte der Guru genauer hingeschaut, hätte er die dahinterliegende Bibel als Ikea-Katalog entlarvt. So sah er nicht mal das mit einem Computerausdruck überklebte Deckblatt. Der fremde Mann, der hinter der Alten stand, wirkte, als würde er etwas tun, das sehr tief unter seiner Würde lag. Stocksteif und mit einer Miene, die Wasser zu Eis – oder einem noch härteren Aggregatzustand – gefrieren lassen konnte, summte er leise das *Ave Maria*.

Die Frau fragte lächelnd: „Möchten Sie mit mir ein wenig über Gott und die Welt reden?"

Eigentlich wollte der Guru sofort die Tür zuknallen, doch wie aus dem Nichts stand auf einmal ein Schuh im Rahmen. „Verzeihung", sagte der Mann in aller Höflichkeit. Man sah es ihm an, dass es ihm unendlich leid tat. Insbesondere um seine guten Lackschuhe. „Madame möchte mit Ihnen über Gott sprechen. Nehmen Sie sich die Zeit. Es wird Ihrem Seelenheil guttun."

„Was ist dann passiert?"

Lena zeigte zur Villa. „Mimi hat mit dem Guru, ganz wie es in ihrer Absicht lag, ein, zwei Worte über Gott gesprochen. Sie hat ihm mitgeteilt, was sie davon hält, wenn ein Mann ein Mädchen einsperrt, nur weil vor ein paar tausend Jahren ein anderes in einen Apfel gebissen hat. Sie würde nun Nächstenliebe praktizieren und er solle ihr nicht im Wege stehen."

„Einfach so?"

„Norbert hat Mimis Anliegen mit einer Pistole Nachdruck verliehen."

„Ich wusste gar nicht, dass Norbert mit Pistolen umgehen kann."

Lena räusperte sich. „Ähm." Sie überlegte, ob sie um eine Antwort herumkam. Nein, kam sie nicht. „Er hat einen Waffenschein." Sie beeilte sich weiterzusprechen. „Dann hat sie mich mit zu sich nach Hause genommen."

„Der Guru und deine Mama haben nichts dagegen unternommen? Ich meine: Du warst doch noch nicht mal volljährig."

„Bis ich volljährig war, hat mich Mimi versteckt. Offiziell hieß es, ich sei von meiner Mutter weggelaufen."

„Und dieser Guru und seine Leute haben dich nicht gefunden?"

„Erst als ich mich nicht mehr versteckte. Beim Einkaufen haben mich ein paar Gemeindemitglieder gesehen. Sie folgten mir bis zur Villa. Noch am gleichen Tag bekam Mimi die ersten anonymen Drohanrufe. Später fanden wir ein paar unschöne Graffitis an der Außenmauer, Giftköder für die Hunde. Briefe mit Beschimpfungen und Pakete mit toten Tieren kamen per Post." Lena setzte ein schiefes Grinsen auf. „Das war, als hätte man Mimi den Krieg erklärt. Sie nahm den Fehdehandschuh auf.

Zuerst beschränkte sie sich auf einige Telefonate. Sie ließ ihre Kontakte spielen. Und du kannst mir glauben: Sie kennt irgendwie irgendwo immer irgendjemanden.

Das Haus der Gemeinde Gottes bekam in diesen Tagen viel Besuch. Steuerprüfer, das Gesundheitsamt, die Polizei, einige Demonstranten, der Pfarrer ... sie alle gaben sich dort die Klinke in die Hand. Zu guter Letzt rief Mimi auch beim leitenden Branddirektor der hiesigen Feuerwehr an."

Etwas irritiert fragte ich: „Sollten die eine Übung bei der Gemeinde machen?"

„Nein", flötete Lena. „Aber als eines Tages aus unbekannten Gründen ein Feuer auf dem Gelände der Gemeinde ausbrach, funktionierten die Hydranten im Stadtgebiet nicht. Die Feuerwehrmänner konnten die Bewohner nur evakuieren. Der Gebäudekomplex brannte bis auf die Grundmauern ab."

„Na, so ein Zufall."

„Stimmt. Es war wohl auch ein Zufall, dass für einen Neubau keine Baugenehmigung erteilt wurde und dass nirgendwo eine gleichwertige Ersatzimmobilie verfügbar war. Mimi wusste das schon vor dem Guru. Immerhin hatte sie beim Bauamt und allen Maklern der Region vorher auf ihre charmante Art nachgefragt. Zum guten Schluss ist *Das Haus der Gemeinde Gottes* weggezogen."

Ich konnte mir ein Schmunzeln nun doch nicht verkneifen. „Mimi hat sie ins Ausland vertrieben?"

Lena lachte. Das hörte sich nach so einer Geschichte gut an. „Ja. Nach Bayern. Seither habe ich nichts mehr von denen gehört.

Malteser ohne Falken

Die Villa kam in Sicht. Etwas Abseits von der Straße, hinter einer alten, weiß gestrichenen Mauer und den Bäumen des Gartens, streckte sie sich in das Sonnenlicht. Es war kaum zu glauben, dass für dieses schöne Fleckchen Erde die Bagger schon so gut wie bereit standen. Meiner Meinung nach machte ein Einkaufszentrum hier nur wenig Sinn. Es sei denn, auch das Umland würde bebaut werden.

Ich versuchte, mir die Zukunft vorzustellen: Die Straße war breiter, eine Großtankstelle stand da, wo die Madonna noch über Autofahrer und Wanderer wachte. Die Wäldchen waren verschwunden. Stattdessen war ein Industriegebiet oder eine Reihenhaussiedlung aus dem Nichts entstanden. Und hier oben über der Satellitenstadt thronte das Einkaufszentrum als architektonischer Moloch, mit modernem Flachdach und Parkhaus. Ich konnte mir sogar ein Werbebanner zur Eröffnung vorstellen: ‚Einkaufen im Grünen'. Mit dieser Fantasie im Kopf konnte ich mir vorstellen, warum sich Mimi gegen das Angebot des Bürgermeisters sträubte. Und ich verstand, warum Herr Jensen unbedingt Mimis Villa haben wollte. Dieser Baugrund war das Filetstück einer sinnvollen Nutzung des umliegenden Geländes.

Lena las ganz offensichtlich in meinem Kopf wie Mimi in ihren Büchern. Denn sie fragte: „Würdest du das Grundstück verkaufen? Ich meine, wenn du mal erben solltest."

Ich dachte an all die Millionen, die hier drinstecken konnten. Meine eigene finanzielle Situation ließ eigentlich nur eine Antwort zu. Aber ich sagte aus tiefster Überzeugung: „Nein. Niemals. Das wäre nicht richtig."

„Was würdest du denn mit dem Anwesen anfangen?"

Ich machte „pffft" und stellte fest, dass ich keinen Schimmer hatte. „Da habe ich mir noch nie Gedanken drüber gemacht. Mimi war schon immer da. So blöd es sich anhört: Ich kann mir keine Welt vorstellen, in der sie nicht mehr da ist."

„Ich wüsste, was ich aus der Villa machen würde", erklärte Lena.

Ich zog die Augenbrauen hoch. „Ja?"

„Hab mir schon oft gewünscht, etwas von der Hilfe, die mir Mimi gegeben hat, weiterzugeben. Es gibt so viele Mädchen und Frauen, die keine Mimi haben. Sie alle hätten Platz hier."

Ich blieb stehen. Eine seltsame Idee fraß sich in mein Kleinhirn.

„Hast du mit Mimi darüber gesprochen?"

Lena tat harmlos. „Ein oder zwei Mal hab' ich davon gesprochen."

Tja, Herr Jensen, durchfuhr es mich, eventuell sind weder ich noch Ferdi der richtige Ansprechpartner in Bezug auf das Erbe. Vielleicht sollte ich an dieser Stelle mal weiterspinnen: Lena als mögliche Erbin. Das würde zu Mimi passen. Allerdings würde dies auch bedeuten, dass Lena ebenfalls ein Motiv hätte …

Ich schämte mich fast, aber ich fragte trotzdem: „Wenn ich mir den Benz anschaue … was meinst du? Werde ich an ihm Beulen sehen? Oder Blutflecken finden?"

„Denkst du, dass Hans mit dem Benz überfahren wurde?"

„Das wäre irgendwie logisch", vermutete ich.

„Nein. So wie die Bremsspuren aussehen, waren die bremsenden Reifen gleichzeitig auch die beim Beschleunigen durchdrehenden Reifen. Die Spuren waren ja V-förmig. Das bedeutet, dass der Wagen einen Frontantrieb hat. Der alte Benz hat aber einen Heckantrieb."

„Worauf du alles achtest", sagte ich nachdenklich.

„Mimi färbt ab." Hatte ich das nicht vorhin gesagt?

Basker und Willi nahmen uns nicht in Empfang. Norbert hatte sie offensichtlich schon früh am Morgen in ihren Zwinger gebracht, damit die Tiefkühltruhe und ihre Träger unbeschadet blieben. Der Lieferant war zwischenzeitlich wieder abgefahren und nur ein paar Spannbänder und leere Pappkartons, die bei den Mülltonnen neben der Garage standen, zeugten davon, dass nun ein weiterer eiskalter Sarg im Keller stand. Darin lag der Gärtner.

Moment mal … Garage?

„Haben wir noch ein paar Minuten Zeit?"

Lena blickte mich verwirrt an. „Wozu?"

„Ich würde wirklich gerne mal in die Garage schauen."

„Nach dem Benz?" Lena wirkte nicht so begeistert.

„Klar. Nach dem Benz. Oder stehen da noch andere Aut…?"

„Nein", beeilte Lena sich zu sagen. „Lass uns ins Haus gehen. Ich muss noch kochen."

Diese Reaktion trug nicht dazu bei, meinen Verdacht zu widerlegen. Trotzdem folgte ich Lena ins Foyer. Dort trennten wir uns. Sie ging durch die Tür zur Küche und ich ging ein paar Schritte die Treppe hinauf. Dann allerdings machte ich kehrt und schlich auf Zehenspitzen wieder hinaus in den Garten.

Die Garage war ein ziemlich großer Schuppen, fast schon eine Scheune, zwischen Tor und Wald. Eine hochgewachsene Koniferenhecke ließ in kosmetischer Weise das vernachlässigte Gebäude vor sämtlichen Blicken verschwinden.

Mit gehöriger Mühe drückte ich eine Seite des Tors auf. Ein dunkler Schlund, in dem große Staubflocken tanzten, wurde daraus. Irgendwo rechts musste der Lichtschalter sein. Ich tastete danach und fand ihn schließlich. Es war so ein altertümlicher Drehschalter. Mit einem lauten Klacken rastete er ein. Ein paar Neonröhren an den Dachbalken blinkten unstet an der Decke, kämpften widerstrebend mit ihrem elektrischen Schlaf. Schließlich waren sie alle endgültig richtig an und tauchten die Garage in gleißendes Weiß. Als heftigen Kontrast gab es aber auch tiefe, fast schwarze Schatten. Die Szenerie wurde dadurch zur Schwarz-Weiß-Aufnahme eines alten Fotoapparats.

Da waren eine alte Kutsche, etwas, das unter Planen versteckt war, und Spaten, Schaufeln, Hacken. An den Wänden entlang standen schmutzige Holzregale. Putzmittel, Farbtöpfe und Spraydosen, eine Kiste mit Polierwatte und Autowachs, eine Heckenschere, diverse Rosenscheren und allerhand Werkzeuge. Manches davon wirkte oft benutzt. Anderes vollkommen ungebraucht. Außerdem gab es Rost, Schmutz und Staub. Es war nicht schwer zu erkennen, dass dies der Backstagebereich in Mimis Krimitheater war. Hier schaute weder sie noch ihr Publikum hin. Das war der Teil, in dem nur das Personal agierte. Sauberkeit, Gewissenhaftigkeit oder Präzision waren hier nicht von Nöten.

Die Ausnahme bildete der Benz. Direkt vorne stand er. Sein schwarzer Lack, hochglänzend, reflektierte das Neon, während er gleichzeitig das Licht zu fressen schien. Das makellose Chrom rahmte silbern die

Fenster und die wichtigsten Konturen der Karosse ein, setzte Akzente, die den Konstrukteuren vor weit mehr als fünfzig Jahren wichtig gewesen waren.

Langsam, fast ehrfürchtig, näherte ich mich dem Fahrzeug, gerade so, als ob es jeden Moment zum Leben erwachen könnte. Ich hockte mich vor den Kühlergrill, strich sachte über den darüber aufragenden Stern. Meine Blicke tasteten allerdings über die Stoßstangen. Die untere trug mittig das Nummernschild, war breit und schlicht. Darüber war eine schmalere, die ihren parallelen Weg entlang ihrer Schwester in der Mitte verließ und den weiteren Weg um den Grill verlief. Erleichtert stellte ich fest, dass weder Beulen noch Blut in, auf, unter, am Metall zu finden waren. Aber vielleicht sollte ich meine Untersuchungen nicht zu oberflächlich gestalten, dachte ich mir. Deshalb legte ich mich auf den Rücken und schob mich vorsichtig unter den Wagen. Während ich das tat, knirschte leise der Dreck unter mir. Wie zu erwarten sah ich ... nichts.

„Zu dunkel", sagte ich zu mir. „Und Selbstgespräche führst du auch schon wieder." Noch während ich flüsterte, hörte ich leise ein anderes Geräusch. Oder hatte ich es mir nur eingebildet?

Ich packte nach der Stoßstange und zog mich an ihr wieder hervor. Misstrauisch schaute ich mich um. Niemand zu sehen. In einem der Regale stand eine Taschenlampe. Genau das, was ich brauchte. Ich nahm sie und ...

Hatte ich das Tor hinter mir geschlossen? Jetzt war es zu.

Unsicher versuchte ich es mit einem: „Hallo?"

Weder der Benz noch der fahrbare Rasenmäher in der rechten Ecke neben dem Tor ließen sich dazu herab, mir darauf zu antworten.

„Ist da jemand?"

Egal was unter der Plane war: Es blieb schweigsam. Nicht mal der Spaten oder die Rattenfalle gaben einen Mucks von sich. Schweigsam machte mir jeder Gegenstand in der Garage klar: „Du bist allein."

Ich stieß einen Seufzer aus und kroch nach kurzem Zögern wieder unter die Limousine. Der Lichtkegel der Taschenlampe strich über Schläuche, Kabel und den Motorblock. Mir wurde dabei bewusst, dass ich keine Ahnung hatte, wonach ich suchte. Von Motoren hatte ich nämlich nicht die leiseste Ahnung. Schließlich kam ich zu dem Schluss, dass augenscheinlich nichts herausgerissen oder defekt war. Weder Haare von Hans oder dessen abgerissene Finger hatten sich im unteren Bereich des Wagens verfangen. Aber eigentlich hatte ich auch nichts dergleichen erwartet. Der Benz hatte keinen Frontantrieb und schied somit als Mordinstrument aus. Jetzt konnte ich mir sicher sein. Ich krabbelte also wieder unter dem Wagen hervor, klopfte den Dreck von den Klamotten ab, die nun nicht mehr adrett, sondern nur noch nach Helen Richter aussahen.

Obwohl ich mir schon sicher sein konnte, dass Hans den Benz nicht geküsst hatte, entschied ich mich dazu, auch das Heck in Augenschein zu nehmen. Mich erwartete eine kleine Überraschung. Kaum sichtbar, gerade so, dass das gespiegelte Neonlicht eine unsymmetrische Wellenlinie beschrieb, war über der Raute des Blinkers ein Knick im Blech der Karosse. Ich versuchte, mir ein Szenario vorzustellen, wie das mit Hans Ableben in Verbindung zu bringen war. Bereits im Ansatz scheiterte ich. Trotzdem …

Ich schaltete die Taschenlampe wieder ein und nahm auch von hier aus die Unterseite des Wagens in Augenschein. Die Wanne des Kofferraums war zerkratzt und deformiert. Gleich mehrere harte Schläge mussten das Metall in seine jetzige Form gebracht haben. Mit der freien Hand tastete ich vorsichtig darüber. Die Stellen waren etwas ölig vom Straßenschmutz. An einigen kleinen Stellen nagte der Rost.

Mir kamen Mimis Worte über Hans in den Sinn: „Vielleicht hat er die Fotoalben durchstöbert. Vielleicht hat er sich auch in der Garage die Autos angeschaut. Vielleicht hat er auch meine kompletten Akten durchforstet. Irgendwo muss ich eine Spur hinterlassen haben."

Ja, das hier war eine der Spuren, die Hans gefunden haben könnte.

Auf dem Boden waren neben den Reifenabdrücken des Benz jetzt auch meine Schleifspuren im Staub. Einige Fußabdrücke, vermutlich die von Norbert und auch einige von Hans, führten kreuz und quer durch den Raum. Außerdem waren da noch ältere Spuren vom Rasenmäher … und rechts schlängelten sich vier Rillen am Benz vorbei. Mimi hatte von Autos gesprochen. Das war die Mehrzahl; nicht die Einzahl …

„Ich wusste gar nicht, dass Mimi noch ein Auto hat", sagte ich zu mir. Wortlos gab ich mir recht. Das, was da hinten unter der Plane wartete, hatte aber die entsprechende Form.

Langsam, irgendwie behutsam, ging ich zu der Plane. Grün war sie. Und was noch viel bemerkenswerter war: Sie war so ziemlich das Neueste, was hier zu finden war. Mein Arm hob sich, als hinge er an einem unsichtbaren Faden. Meine Finger packten nach dem Kunststoff. Die Plane fühlte sich glatt und kalt an. Ich hob sie ein paar Zentimeter an. Vor meinem Turnschuh kam ein Sportreifen zum Vorschein. Schwarze Alufelgen. Ich hatte solche schon mal gesehen. In der Mitte prahlte das VW-Logo. Der Kloß im Hals sagte laut „Hallöchen" zu mir, als ich die Plane weiter anhob. Die Beifahrerseite präsentierte ihr vorderes Viertel. Ich kannte den Anblick: Vor mir stand ein orangeroter 6er Golf GTI.

„Kann ich Ihnen behilflich sein, Fräulein Richter?" Norbert stand neben mir; so plötzlich, dass ich vor Schreck die Taschenlampe fallen ließ. Das Glas vor dem Birnchen zersplitterte in tausend winzige Scherben. Nach Luft schnappend, brachte ich nur eine Frage hervor: „Was macht Toms Auto in dieser Garage?"

Norbert blieb mir die Antwort schuldig. Stattdessen führte er mich zurück in den Garten. Das geschah so höflich, aber auch so unabänderlich, wie nur er das machen konnte. „Die Garage gehört nicht zu den Bereichen, die für Sie zur Besichtigung frei stehen", erklärte er, als wir draußen waren.

„Ich darf mich hier frei bewegen", protestierte ich.

„Sehr wohl." Die Antwort war in Seide verpackt. Ich versuchte, mich an Norbert vorbeizudrängen, doch er stellte sich einfach zwischen mich und das Garagentor. Ich hätte ihn anfassen und sogar schubsen müssen. Das wäre ein Sakrileg gewesen.

„Lassen Sie mich vorbei! Ich will da wieder rein."

Norbert stand wie eine Wand. Eine bewegliche Wand, die immer dann einen Schritt nach links oder rechts tat, wenn ich mich in die entsprechende Richtung bewegte. „Richten Sie Ihr Anliegen an Madame Mimi."

„Das ..." Ich schnaubte wütend. „Das werde ich!"

Ich stampfte kochend vor Wut zurück zum Haus. Was bildete sich dieser arrogante Fatzke eigentlich ein? „Mimi", rief ich. „Mimi!" Meine Füße trugen mich zum Wintergarten. Poirot erschrak, als ich in den Raum stürmte. Er schnatterte aufgeregt und seine Flügel flatterten so heftig, dass er einige seiner Federn ließ. „'tschuldigung, mein Freund", knurrte ich, machte kehrt. Der Papagei warf mir ein missgelauntes „Attentäta" hinterher.

Im Arbeitszimmer fand ich Mimi auch nicht. Also konnte sie nur noch in der Bibliothek sein. In vollem Tempo rauschte ich rein …

… und wurde von Mimis erhobener Hand gebremst. Sie saß in ihrem Lesesessel und las in einem Buch. Meinen Auftritt ignorierte sie komplett. Nur die Hand, die gebieterisch in der Pose eines Verkehrspolizisten verharrte, verriet, dass sie wusste, dass ich da war.

In aller Gemütsruhe las sie die Seite zu Ende, legte dann das Lesebändchen zwischen die Seiten und fragte: „Was darf ich für dich tun?"

„Norbert hat mich rausgeworfen." Ich wischte mir eine Haarsträhne aus dem Gesicht.

„Du bist doch noch hier", stellte Mimi vollkommen unaufgeregt fest.

Wie bei einem kinderhaften Heulkrampf sog ich stoßweise die Luft ein. Wie peinlich. Ich musste ruhiger werden. Hyperventilierend hinterließ ich bestimmt nur einen wirren Eindruck. „Er hat mich aus der Garage rausgeworfen."

Mimi legte das Buch auf den Beistelltisch. Flüchtig las ich den Titel: *Der Malteser Falke*. Mimi folgte meinem Blick und erklärte: „Hab ich schon mehrmals gelesen. Ich mag es besonders, weil die Guten nicht gut sind und die Bösen … auch nicht. Die Moral wird von allen Beteiligten missachtet. Ein Geniestreich, wenn du mich fragst."

„Ich möchte mit dir nicht über Krimis fachsimpeln", fauchte ich.

Mimi verdrehte undamenhaft die Augen. „Nun gut. Dann sag mir erst mal, was du in meiner Garage zu suchen hattest."

„Hans ist tot! Lena hat mir gezeigt, wo er überfahren wurde. Jetzt liegt dein Gärtner im Keller …"

„Ja, ja." Mimi stemmte sich hoch. „Im Keller. Hans liegt im Keller. Nicht in der Garage. Also noch einmal: Was hattest du in der Garage zu suchen?"

„Beweise", platzte es aus mir heraus.

„Indizien", korrigierte mich meine Oma lustvoll. „Hast du welche gefunden?" Interessiert blickte sie mich an. Ein diebisches Vergnügen hatte von ihr Besitz ergriffen.

„Der Benz hat eine Beule am Heck und der Unterboden ist ..."

Mimi unterbrach mich. „Die Beule ist alt: Sie stammt von Ferdis Opa. Hans wird sich das bestimmt genauso intensiv angeschaut haben wie du." War das jetzt zynisch gemeint?

„Du hast Hans überfahren?", fragte ich.

„Schätzchen, ich fahre seit Jahren nicht mehr. Die Schlüssel stecken immer im Schloss. Jeder meiner Mitarbeiter könnte meinen Wagen fahren."

„Norbert?"

„Der war doch die ganze Zeit hier im Haus." Mimi nahm den Stock und spazierte zur Tür. „Außerdem meinte ich nicht, dass Hans *gestern* auf seinem Nachhauseweg die Beule am Wagen gesehen hat. Ich kann dir versichern: Der Benz stand hier in der Garage und Norbert hat ihn bestimmt nicht gefahren. Ich gebe dir mein Wort darauf. Mit dem Benz wurde weder gestern noch heute jemand überfahren."

Eigentlich erzählte mir Mimi nichts Neues. Ich musste einen weiteren Anlauf wagen. „Was macht Toms Auto in der Garage?"

„Warum sollte Toms Auto in meiner Garage stehen?" Mimi tat erstaunt. Aber dafür kannte ich sie zu gut. Sie schauspielerte mir gerade etwas vor.

„Du weißt genau, was ich meine. Unter der Plane steht sein GTI. Und Norbert hat verhindert, dass ich ihn mir genauer ansehe."

„Du musst dich geirrt haben", erklärte mir Mimi. „Tom kommt ja gleich. Du wirst sehen, dass er mit *seinem* Wagen vorfahren wird. Bestimmt wirst du auch mit Erleichterung feststellen, dass sein Golf unbeschadet ist und nicht das Mordinstrument war, das Hans umgebracht hat." Mimi musterte mich und kicherte dann. Sie hatte in ihrem Gehabe gerade auf den Hexen-Modus geschaltet. „Was hältst du davon, wenn du dich restaurierst? Du siehst etwas desolat aus. Wenn Tom dich so sieht, wird er denken, dass du hier misshandelt wirst." Dieser Spaß ging deutlich unter die Gürtellinie. Mimi hatte es auch bemerkt. Aber sie entschuldigte sich nicht. Stattdessen sprach sie schnell weiter, um ihren

Fauxpas zu überspielen. „Soll ich dir erzählen, wie Ferdis Opa meinen Wagen verbeult hat?"

Ich entlarvte diese Wendung im Gespräch als plattes, durchschaubares Ablenkungsmanöver. Nichtsdestotrotz fiel ich darauf herein. „Wie?"

„Zuerst ziehst du dich um. Mach dich frisch! Ich möchte Tom zeigen, wie wunderbar du ohne ihn auskommst. Du hast dein Leben im Griff und keine Angst mehr vor ihm. Das muss er sehen."

Was sollte das denn jetzt? War ich hier beim ‚Chakra – aktiviere dein neues Ich'-Selbsthilfekurs gelandet? Ich klappte den Mund auf, den Protest schon auf den Lippen. Doch Mimi war schneller. Ihre Hand war bereits unter meiner Kinnlade, drückte sie hoch und sagte vergnügt: „Husch, husch."

Der Kleiderbügel an meiner Zimmertür war nicht mehr leer, als ich hoch kam. Da war während meines Abstechers in die Garage wohl wieder ein dienstbarer Geist bei mir gewesen: Lena.

Eine schwarze Stoffhose, ein zartrosafarbenes Top und für darüber ein sportlicher Blazer. Alles in allem machte das Outfit einen eher strengen Eindruck. Als Lenas Anziehpuppe musste ich ein starkes Kontrastprogramm durchleben. Aber sie hatte Geschmack, den sie jedoch leider nicht an sich selbst ausprobierte. Ihre private Kleidung war wie die Dienstmädchenkleidung: Grau und schwarz, schlicht und unauffällig. Anders hatte ich sie hier noch nie wahrgenommen. Jetzt, wo ich ihre Vergangenheit kannte, war es für mich nachvollziehbar, warum sie anscheinend am liebsten mit Mimis Inventar verschmelzen wollte, wenn Besuch da war.

Gewaschen, gekämmt und fertig angekleidet begutachtete ich mich mal wieder im Spiegel. Mir fiel auf, dass ich im ganzen letzten Jahr nicht so oft auf mein Äußeres geachtet hatte wie hier in Mimis Obhut. Mir ging es hier im Haus besser, musste ich mir eingestehen. Keine Panik im Dunkeln und keine Angst vor Tom. So hätte mein Leben immer aussehen können, wenn es ihn nicht gegeben hätte. Ohne Tom hätte sich der Blazer nicht wie eine Verkleidung angefühlt. Ich könnte jetzt eine erfolgreiche Geschäftsfrau sein. Oder ich wäre unter Umständen auch die Weltverbesserin geworden. Gerade so, wie ich es als Teenie geplant hatte. ... Mein Leben hätte anders verlaufen sollen. „Ich hätte es verdient." Hätte. Wäre.

Wo war auf einmal die taffe Frau im Spiegel hin? Ich sah nur noch mich. Ich ließ Kopf und Schultern hängen, während ich mir aus unendlich traurigen Augen ins eigene Gesicht blickte. Meine Hände zitterten.

Mimi wollte mich nicht so sehen. Verdammt, ich wollte mich nicht so sehen.

„Tom soll mich nicht so sehen!"

Es war alles nur eine Frage der Haltung. Äußerlich und innerlich musste ich mich wieder aufrichten. Heute würde Tom kommen. „Dieses verdammte Arschloch", fauchte ich. Mein Rückgrat richtete sich auf, meine Schultern strafften sich und mein Kopf hob sich, legte sich ein wenig schief. Das erinnerte mich irgendwie an Mimi. Das war gut, befand ich.

Mimi erwartete mich im Esszimmer. Auf ihrem Schoß lag eine aufgeschlagene Tageszeitung, die sie allerdings nur halbherzig durchblätterte, während sie mich musterte. Es folgte keine Kritik, keine Spitze, also konnte an meinem Äußeren nichts zu bemängeln sein. Das kam fast einem Kompliment gleich.

„Steht was Wichtiges drin?", fragte ich ohne tatsächliches Interesse.

Mimi faltete das Tagesblatt sorgsam zusammen und reichte es mir über den Tisch. „Sag du es mir", forderte sie mich auf. „Der politische Teil ist wieder sehr aufschlussreich."

„Ich hab davon keine Ahnung. Politik ist nur was für Schlipsträger. Mir machen solche Typen Angst. Die reden in ihrer eigenen Sprache ..." Meine Ehrlichkeit wurde mit einem verächtlichen Schnauben quittiert.

„Du hast Angst vor Politikern in Schlips und Anzug? Weil du sie nicht verstehst? Ich sag' dir was. Schlimmer sind die Herren, die dem Volk aufs Maul schauen und Stammtischparolen schwingen, nur um das zu sagen, was die Leute gerne hören möchten." Sie lächelte freudlos, als sie sagte: „Am Ende ist sowieso immer die falsche Partei an der Macht. Das weiß die Opposition ganz genau."

„Du hast eine merkwürdige Art, mich für Politik zu begeistern", sagte ich ratlos.

Mimis Lächeln bekam nun doch ein Echtheitszertifikat. „Liebchen! Hier ist eine Zeitung. Lies sie. Sortiere dabei nicht nach richtig oder falsch. Das gibt es nicht, denn Politik funktioniert nicht auf diese Weise. Vergiss Gut und Böse. Politik ist wie alles im Leben: Weder gut noch böse."

„Und Herr Jensen?", konterte ich.

„Ach, der Bürgermeister. Der ist nicht böse. Er hat nur andere Interessen als ich." Diese gelassene Art passte so gar nicht zu ihrer wütenden Reaktion von vorhin.

„Er ist bereit, dafür zu morden", sagte ich vorwurfsvoll.

„Ja", Mimi lachte, „da ist er mir wohl ziemlich ähnlich, nicht wahr?" Da ich Mimi die Zeitung nicht aus der Hand nahm, warf sie sie achtlos beiseite. Norbert trat aus einer Ecke heraus – hatte er eben auch schon da gestanden? – und hob sie auf. Kommentarlos steckte er sie in einen Zeitschriftenständer neben Mimi.

„Herr Jensen hält sich nicht mit moralischen Aspekten auf", erklärte Mimi. Vor ihr stand ein Glas Sherry, das sie nun ergriff und mir damit zuprostete. „Aber was ist schon Moral? Sie wurde vom Menschen gemacht. Ich habe in meinem Leben sehr schnell gelernt, dass Begriffe wie Gut und Böse keine richtigen Grenzen haben. Dazwischen findest du eine riesige Grauzone, die du jeden Tag aufs Neue für dich ausloten musst."

„Es gibt nur richtig oder falsch, wenn es um Menschenleben geht."

„Bist du dir da so sicher?"

„Natürlich! Man kann nicht morden, nur weil einem die Nase des anderen nicht passt."

„Da hast du recht", stimmte mir Mimi zu. An jeder Silbe klebte faustdick die Ironie. „So einfach ist es aber nicht. Schade, dass du das den Kreuzrittern von damals nicht sagen kannst. Oder Rambo, dem man beim Russenabmurksen im Kino begeistert Applaus spendet. Wenn ich ehrlich bin, Liebes, hatte ich schon öfters den Verdacht, dass gerade weil jemandem die Nase des anderen nicht passt, viele Menschen ihr Leben lassen müssen."

„Reden wir jetzt wieder über Hemmschwellen?" Warum war ich auf einmal so gereizt?

„Nein, lieber nicht. Wir wollten über Ferdis Opa reden."

Ich schaute mich nervös um, ob Norbert noch im Raum war. Aber er war nicht zu sehen. Ob er diese Mordsgeschichten mitanhören durfte? Wusste er über Mimis Vergangenheit Bescheid? Eine interessante Frage, beschied ich mir. Bei Gelegenheit sollte ich Mimi mal fragen, was Norbert so alles über sie wusste.

„Weißt du … Wenn ich über Ferdis Opa nachdenke, wundert es mich nicht, dass Ferdi weder mit Geld umgehen konnte noch, dass er sich nicht davor scheute, mit Gift in mein Haus zu kommen. Ferdi hat einfach zu viele Gene von seinem Opa abbekommen", sinnierte Mimi.

„Ich dachte, dass die Sache mit dem Rattengift mehr auf deine Gene zurückzuführen sei", wandte ich ein.

Mimi verzog das Gesicht, als hätte sie in eine Zitrone gebissen. „Helen, du solltest mir mehr Stil zutrauen."

Zeugte ein fallendes Klavier von Stil? Aus Mimis Sicht wahrscheinlich schon.

„Aus heutiger Sicht ist es mir schleierhaft, wie ich mich in einen Mann wie Detlef verlieben konnte. Ich muss zugeben, dass ich damals ziemlich schnell auf ihn hereingefallen bin. Er war ein Blender. Charmant und humorvoll, gewiss. Aber er war ein Blender. Das ist mir leider erst nach der Hochzeit aufgefallen. Dabei hatte alles so vielversprechend angefangen. Immerhin galt er als ziemlich vermögender Lebemann. Das hat mich schon beeindruckt. Dieser Gentleman, so sagte ich mir damals, ist eine gute Partie. Es schmeichelte mir schon sehr, dass er mich so stürmisch umgarnte. Er zog gekonnt alle Register, die ein Mann ziehen kann. Romantisch und kreativ war das erste halbe Jahr unserer Beziehung. Candlelight-Dinner, Mondscheinspaziergänge und so was alles. Casinobesuche und Pferderennen standen auch häufig auf dem Tagesplan. Großes Kino, sage ich dir. Und dann, eines Nachts, zückte er einen Ring und fragte, ob ich ihn heiraten wolle."

„Nach einem halben Jahr?", fragte ich ungläubig.

„Ja, dieser Mann wollte Nägel mit Köpfen machen. Mit ihm war es, als würde man auf der Überholspur leben. Nur ein paar Wochen nachdem wir uns das Jawort gegeben hatten, wurde ich schwanger."

„Wollte er das?" Norbert erschien neben mir und legte Messer, Gabel und Stoffserviette bereit. Irgendwann würde sein urplötzliches Auftauchen bestimmt von einem „Plop!" begleitet, durchfuhr es mich.

„Ein Verkehrsunfall", erläuterte Mimi, während sie ein Stück zurück rückte, damit Norbert auch bei ihr den Tisch eindecken konnte. „Ein Baby ist auf der Überholspur wie ein Bremsklotz. Er wollte es nicht. Zeter und Mordio schrie er, als ich sagte, dass ich das Baby behalten wollte. Wäre es nach ihm gegangen, hätte ich es wegmachen lassen. Er hatte nämlich andere Pläne mit mir."

„Andere Pläne? Wie meinst du das?"

„Nun ... es war nicht die pure Liebe, die uns zueinander getrieben hat. Weißt du, ich dachte, ein Mann, der sich so einen schicken Benz leisten kann ..."

„Der Benz gehörte ihm?"

Mimi nickte. Es hatte etwas Selbstzufriedenes an sich. „... und außerdem in einer ansehnlichen Villa vorm Ort wohnt ..."

„Die Villa gehörte auch ihm?"

„... müsste das sein, was ich suche. Leider habe ich nicht mit seiner Spielsucht gerechnet. Auf der Pferderennbahn hat er nach unserer Hochzeit nicht mehr sein Geld verspielt, sondern das, was auf meinem Konto lag. Kannst du dir vorstellen, dass ein Mann eine Frau heiratet, um an ihr Geld zu kommen?"

Es lag mir auf der Zunge zu antworten: „Ich kann mir vorstellen, dass eine Frau einen Mann heiratet, um an sein Auto und seine Villa zu kommen." Ich verkniff es mir im letzten Augenblick. Aber auch nur, weil Norbert das Essen servierte. Wiener Schnitzel, Bratkartoffeln, Salat. Gutbürgerlich. So mochte es Mimi.

„Unsere Ehe sollte nicht ewig dauern. Ich bin sicher, Detlef hatte es so geplant. Auf meine Kosten leben, feiern, spielen und mich dann abservieren. Mit einem Kind sah das dann aber schon ganz anders aus. Aus einem Kind ergaben sich Verpflichtungen. Deshalb musste er mich loswerden. Mich und das Kind. Mir wurde rasch klar, dass er, wo ich das Kind doch behalten wollte, auch zu härteren Maßnahmen greifen würde. Ich traute ihm einen Mord zu."

„Mit Gift?", fragte ich.

„Ich zog es in Betracht. In der Zeit trank ich nur noch aus original-verschlossenen Flaschen und aß nur noch Sachen, die ich selbst gekauft hatte. Eine abstruse Situation, die sich kaum durchhalten ließ. Wir teilten Tisch und Bett und ich lebte im Ausnahmezustand, weil ich ihm bei jeder Bewegung, die er tat, misstraute."

Ich versuchte, mir Mimi damals vorzustellen. Eine Frau in den besten Jahren, mit einem Faible für Krimis, leidet unter Verfolgungswahn. Wer weiß? Unter Umständen hatte Detlef nie vorgehabt, sie zu ermorden ... Aber Mimi hätte es bestimmt nicht darauf ankommen lassen. „Deshalb hast du beschlossen, ihn um die Ecke zu bringen?"

„Mit dem Benz." Mimi strahlte. Sie fand diese Episode tatsächlich amüsant. „Er schraubte ständig daran herum, und es war nur eine Frage der Zeit, dass er mal darunter liegen würde."

„Darunter liegen?", wiederholte ich langsam. Ich vermutete eine Doppeldeutigkeit.

„Er und seine große Werkzeugkiste lagen eines Tages mal wieder unter dem Wagen. Alle vier Reifen waren demontiert. Eine glückliche Fügung, auf die ich bereits gewartet hatte.

Und ich war bei Frank, meinem Frisör. Er und fünf Kundinnen, die sich ebenfalls frisieren ließen, gaben mir später ein perfektes Alibi für die Tatzeit."

„Wie ...?"

„Das Ticken einer Uhr kann sehr entspannend sein. Bis man feststellt, dass man vor dem Frühstück keine Uhr angezogen hat."

„Eine Bombe?"

„Ein kleiner Sprengsatz neben den Holzklötzen, hinten rechts. Wagenheber waren meinem Mann fremd, musst du wissen. Er bockte den Benz immer auf Klötzen auf. Eine stabile Konstruktion, solange die Belastung nur von oben kommt ...

Detlef lag unter dem Wagen, während ich die Bombe installierte. Er hat nichts bemerkt. Eigentlich bemerkte er nie etwas, wenn er unter seinem geliebten Wagen lag. Den Zeitzünder stellte ich auf eine halbe Stunde ein. Das reichte für mich zum Verschwinden."

„Du kannst Bomben mit Zeitzünder bauen?" Mich wunderte inzwischen fast nichts mehr.

„Nö", gab Mimi in einem Anflug von Bescheidenheit zurück, „aber du weißt doch, dass ich viele Menschen kenne. Und schon damals schuldeten mir viele Leute einen Gefallen. Oder zwei." Sie ging nicht näher darauf ein.

Während ich mir ein paar an Sprengsätzen herumbastelnde Studenten vorstellte, fragte ich: „Aber eine Bombe hinterlässt doch Spuren."

„Ja, ein Holzklotz gab den Polizisten etwas zu denken auf. Leicht zersplittert und angerußt lag er am Tor. Die Überreste der kleinen Bombe waren glücklicherweise unter das Regal geschleudert worden. Da dem Beamten ein Unfall plausibel erschien, gab er sich mit seinen Nachforschungen nicht allzu viel Mühe."

„Für einen Mimi-Mord hast du hier aber sehr viel auf Zufälle vertraut", merkte ich an.

Mimi klimperte unschuldig mit den Augen. Vielleicht war es aber auch nur ein heimtückisches Zwinkern. „Ach, Liebes! Ich bin doch nur eine Laiin." Da fragte ich mich, ab wann sie sich als Profi bezeichnen würde.

Sie jedoch setzte plötzlich ihr vergnügtestes Lächeln auf. „Mimi-Mord? Der Ausdruck gefällt mir ..."

Wir waren beim Nachtisch, Vanilleeis mit heißer Himbeersoße, als ich das Thema nochmals aufgriff: „Wie hat Hans denn Wind davon bekommen? Er deutete doch an, dass er über den Mord Bescheid wusste."

Mimi betupfte sich die Lippen mit der Serviette, bevor sie sprach. „Eine gute Frage. Ich nehme an, dass er die Beulen unter dem Wagen gefunden hat. Der Werkzeugkasten hat sich dort verewigt. Im Büro habe ich außerdem noch die Kopien der Protokolle, die die Polizei damals aufgenommen hat. Und meinen Briefwechsel mit Hershel, der mir die explosive Apparatur gebaut hat, habe ich auch in irgendeinem Ordner abgeheftet. Es hat mich einige Briefmarken gekostet, bis er mir das Teil zusammengesetzt hat. Er wollte mir zunächst nicht glauben, dass ich mein Bömbchen nur für einen Scherz brauchte."

„Verständlich."

„Von damals gibt es noch einige andere Unterlagen. Werkstattrechnungen für den Benz, die Bestattungsrechnung und so weiter. Ein paar Zeitungsberichte über den bedauerlichen Unfall habe ich mir auch ausgeschnitten. Alles zusammengenommen, hat das für Hans in den letzten Tagen bestimmt ein eindeutiges Bild ergeben. Er hat schon immer seine Nase überall reingesteckt. Doch seitdem er von Helge bezahlt wurde, ist er zu tüchtig geworden."

„Warum hast du ihm nicht einfach beizeiten gekündigt?"

Mimi seufzte tief, während sie das Eis unter die Himbeersoße rührte.

„Das ist nicht meine Art. Ich kann allerhand dulden. Du musst zugeben, dass ich ihn lange geduldet habe. Er hatte seine Chance, sich zu bessern. Stattdessen hat er mir den Krieg erklärt. Wer gegen mich in die Schlacht zieht, muss damit rechnen, dass ich in aller Härte zurückschlage." Ja, das passte zu Mimi. Jemand schmiss mit Steinen und sie warf mit einer Atombombe zurück.

„Hast du gar keine Angst, dafür in die Hölle zu kommen?"

Mimi ließ den Löffel, der auf halbem Weg zum Mund gewesen war, wieder sinken. Sie dachte tatsächlich darüber nach. Oder sie suchte nach einer passenden Antwort: „Ich halte es da wie Oscar Wilde. Er sagte mal: Die klimatischen Bedingungen in der Hölle seien bestimmt unerquicklich, aber die Gesellschaft dort wäre von Interesse."

Tja, ich konnte mir in diesem Augenblick Mimi tatsächlich eher mit einem Dreizack als mit einer Harfe vorstellen. Ich malte mir Mimi im Gespräch mit Petrus aus. Er versuchte, ihr ein paar Flügel aufzuschwatzen, während sie mit einem Bleistiftspitzer geduldig ihre Hörnchen anspitzte. Wenn der Heilige nicht bald die Klappe halten würde, läge ein erster Mord am Himmelstor im Bereich des Möglichen. Anschließend würde sie ihn auf dem höllischen Grill rösten ...

„Hat es geschmeckt?", fragte Norbert und riss mich aus meinen irren Fantasien. Argwöhnisch schaute ich den Butler an und kniff dabei grimmig die Augen zusammen. Ich hatte ihm den Vorfall in der Scheune noch nicht verziehen. Norbert machte dies freilich überhaupt nichts aus. Steif und starr stand er neben mir, leicht vorgebeugt, mit einer Hand auf dem Rücken. Die andere verharrte an seiner Seite und wartete, der Etikette folgend, auf meine Antwort.

„Danke, gut", sagte ich. Schon bewegte sich seine Hand wie automatisiert nach vorne. In einer fließenden Bewegung wurden Kuchengabel und Teelöffel in die Zwanzig-Nach-Vier-Stellung gebracht. Das wäre eigentlich mein Part des Procedere gewesen. Erst jetzt nahm er den Dessertteller. Wollte Norbert mich vorführen? Es könnte seine Art sein, mir zu zeigen, was er von mir hielt. Andererseits konnte es natürlich einfach sein Job sein, die Gäste seiner Arbeitgeberin unauffällig zu korrigieren. Was sollte oder wollte ich glauben?

„Er ist ein Schatz", stellte Mimi fest, während ich ihm nachschaute, als er das Zimmer verließ. „Was würde ich nur ohne ihn machen?"

„Einen anderen Butler einstellen?", schlug ich vor.

„So einen wie Norbert bekommt man nur einmal. Dieser Menschenschlag ist selten", erklärte Mimi. „Außerdem ist der Berufszweig vom Aussterben bedroht."

„Das kann ich mir vorstellen", knurrte ich leise.

„Was ist los mir dir? Bist du immer noch sauer auf ihn?"

„Würdest du dich gerne irgendwo rauswerfen lassen?"

Mimi kratzte sich beiläufig am Kinn. „Ist mir noch nie im Leben passiert."

Hatte ich eine andere Antwort erwartet? Nicht wirklich. „Das kann natürlich sein, Oma."

„Nenn mich nicht Oma. Norbert hat nur zu deinem Besten gehandelt. Die Garage ist im Moment kein guter Ort für dich."

„Warum?" Ich dachte an die Überreste der kleinen Bombe. Unter den Regalen lag eventuell noch ein lädiertes Zifferblatt. „Hast du Angst, ich könnte noch das ein oder andere Mordinstrument dort finden?"

„Vielleicht", sagte Mimi auf eine Art, die mir Unbehagen bereitete. „Vielleicht. Auf jeden Fall möchte ich dich dort nicht herumlungern sehen. Behalte deine Fingerabdrücke mal schön für dich."

„Wie meinst du das denn schon wieder?"

Mimi tat ahnungslos: „Was?"

„Fingerabdrücke."

„Hab ich nichts von gesagt."

Gegen zwei sah ich, wie Norbert zum Tor ging. Er öffnete beide Flügel weit und einladend. Normalerweise mussten alle Gäste vor dem Gelände parken. Für Tom hatte Mimi offenbar eine Ausnahme vorgesehen. Wenn er gleich kam, konnte er bis zur Tür der Villa fahren und durfte vor der Treppe aussteigen. Ein seltsames Privileg. Ich verstand nicht, warum Mimi es ausgerechnet ihm einräumte.

Die Vorstellung, dass Tom nun einfach so auf das Gelände kommen konnte, bereitete mir gehöriges Unbehagen. Zwar würde mich der Anblick seines Wagens vermutlich beruhigen; immerhin konnte ich dann sicher sein, dass ich in der Garage ein anderes Auto unter der Plane gesehen hatte. Aber das Gitter des Tores als Hürde war mir eine psychologische Stütze gewesen, denn so wusste ich genau, wann er kam. Sicher: Der Zaun wäre kein Hindernis für ihn. Basker und Willi aber schon. Er hatte Respekt vor den Hunden. Tom hätte erst klingeln und auf Einlass warten müssen. So wie die Dinge nun lagen, wurde ihm der Zugang auf dem roten Teppich ermöglicht. Und die Hunde darbten hungrig im Zwinger.

Norbert kam zurück ins Haus. Er schaffte es mühelos, mich zu ignorieren, und stolzierte mit versteinertem Gesicht durch das Foyer. Wenn ich ehrlich war, musste ich zugeben, dass er sich eigentlich wie immer benahm. Aber ich wollte es aus tiefstem Herzen anders interpretieren. Selbstgefälliger Blödmann, durchfuhr es mich. Ob sich Norbert aus der Reserve locken ließ? Es kam auf einen Versuch an. „Was ist das für ein Auto in der Garage?"

Norbert war schon fast an mir vorbei. Er verharrte kurz, die Augen starr geradeaus gerichtet. „Es ist ein Benz, Mercedes 220. Eine schwarze Limousine, Baujahr 1959." Schon schickte er sich an zu gehen.

So kommst du mir nicht davon. „Halt!", befahl ich. Mit Höflichkeit kam ich hier nicht weiter. Deshalb stellte ich mich ihm in den Weg. „Ich habe nicht nach dem Benz gefragt. Was ist mit dem Wagen unter der Plane?"

Norbert ragte vor mir auf, gerade und steif wie eine Straßenlaterne, die man in einen Anzug gesteckt hatte. Frei von jeglicher Betonung fragte er: „Was hat Madame darüber erzählt?"

„Mimi hat mir gesagt, dass es nicht Toms Auto ist."

Ohne jegliche Betonung sagte Norbert: „Der Wagen unter der Plane ist nicht Herr Malos Eigentum. Das ist korrekt."

Ich stemmte die Hände in die Hüften. „Gut. Soweit wären wir also schon mal. Und wem gehört der Wagen?"

„Madame."

„Was fängt Mimi mit einem Kleinwagen an?"

„Das ist eine Frage, die an Madame gerichtet werden müsste."

„Ja, verdammt. Aber Mimi ..." ... hat mich abgelenkt. Stimmt. Ich hatte sie fragen wollen, was es mit dem GTI auf sich hat und ... Ich versuchte, zu rekapitulieren, wann ich vom Thema fortgelockt worden war. War ich überhaupt zum Thema gekommen?

Norbert räusperte sich. „Dürfte ich nun bitte meiner Arbeit nachkommen?"

Unbeholfen wich ich zur Seite. Als Detektivin hatte ich wohl keine Zukunft vor mir, musste ich mir eingestehen. Miss Marple verlor in ihren Filmen nie den Faden. Vermutlich stellte sich ein Ermittler aus Mimis Bibliothek nicht so konzeptlos an wie ich. Mir ging bei jedem Gesprächspartner unmittelbar nach der ersten Gelegenheit der Dampf aus. Krimis und das wahre Leben haben entweder nichts miteinander zu tun oder ich bin einfach zu blöd für Krimis und das wahre Leben.

Ich schlurfte deprimiert zur Treppe. Bis zu Toms Erscheinen wollte ich mich lieber in meinem Zimmer einigeln. Wenn es irgendwie im Bereich des Möglichen lag, würde ich sogar in meinem Zimmer bleiben. Aber da machte ich mir wenig Hoffnung. Mimi würde es nicht erlauben. Was auch immer ihr Plan war, ich blieb ein fester Teil davon. Kneifen war nicht drin.

Ich hatte beinahe die oberste Stufe erreicht, als ich mir mit dem Mutlos-durch-die-Gegend-Schlurfen besonders viel Mühe gab und deshalb stolperte. Mit der Linken versuchte ich mich noch am Geländer abzustützen. Blöderweise griff ich daneben. Stattdessen bekam ich in die entsprechende Richtung erst so richtig Schwung. Wer außer mir schafft es, aus einem Vorwärtsstraucheln ein Rückwärtsfallen zu machen? Ich schlug hart auf, schlitterte auf der Seite liegend ein paar Stufen abwärts. Dann …

… stand da Norbert, so plötzlich, als hätte er mit Scotty wieder einen Deal gemacht. Schon waren seine Arme unter mir und halfen mir wieder auf die Beine. Seine nächsten Worte entpuppten sich als große Überraschung: „Es tut mir leid."

Der Schreck saß noch zu tief, außerdem tat mir gerade so ziemlich alles weh. Deshalb brachte ich nur ein konfuses „Was?" zustande.

Norbert zupfte vorsichtig an meinen Klamotten, richtete sie und entfernte beiläufig unsichtbare Stäubchen. „Es tut mir leid, ich war nicht schnell genug."

Wie hätte er denn wissen sollen, dass ich mir spontan vornehmen würde, die Treppe zu küssen? „Sie hätten niemals …"

„Ich habe es Madame versprochen." Norbert war kurz davor, seine Contenance zu verlieren. So hatte ich ihn noch nie erlebt!

„Was haben Sie Mimi versprochen?", hakte ich nach.

„Ihnen wird nichts passieren", sagte Norbert. Ich brauchte einen Augenblick, um zu verstehen, dass das seine Antwort war. Dann fiel es mir wie Schuppen aus den Haaren. Norbert sollte auf mich aufpassen. Nicht nur hier im Haus. Norbert hatte tatsächlich vor meiner Wohnung die ganze Nacht Wache gestanden, nachdem Tom mich besucht hatte. Und als ich in den Wald gegangen war, hatte er mich vom Garten aus im Auge behalten. Als Ferdi mit mir in der Bibliothek war, war Norbert auch nicht fern. Ich schätzte, dass da noch mehr Gelegenheiten waren, in denen ich seine Obhut genossen hatte, ohne es zu wissen.

„Haben Sie sich nichts getan?" Der Gute war tatsächlich besorgt.

Ich schob meinen Groll gegen ihn zur Seite und bemühte mich um ein Lächeln. „Kein Problem, Norbert. Es ist noch alles dran." Ich schwenkte probehalber meinen Arm. Er schmerzte, ließ sich aber ohne Weiteres bewegen. „Sehen Sie. Nix gebrochen. Es wird ein paar blaue Flecken geben. Die bin ich gewohnt." Ich hatte es gerade ausgesprochen, da dachte ich auch schon wieder an Tom. Blaue Flecken waren wirklich nichts Besonderes mehr. Nicht in meinem Leben.

„Ich weiß", erwiderte Norbert. Die Art, wie er es sagte, verriet, dass er es tatsächlich wusste. Seine Fassade zeigte Risse. Zum ersten Mal betrachtete ich ihn nicht als Inventar des Hauses.

„Würden Sie mir einen Gefallen tun?", fragte ich.

„Es gehört zu meinen Aufgaben, den Wünschen der Gäste von Madame zu entsprechen." Ein Satz, den nur Norbert so sagen konnte. Ich reihte die Worte nochmals aneinander, suchte nach dem Sinn in diesem umständlichen Gebilde und entschied mich dann, dies als ein Ja zu verstehen. Ich nahm auf der obersten Stufe Platz und deutete neben mich. „Würden Sie sich bitte hinsetzen?" Norbert schaute sich kurz um. Wir waren allein. Das machte seinen Entschluss offenbar etwas leichter. Er setzte sich mit durchgedrücktem Rücken und gehüllt in eine Aura aus Unsicherheit und Unbehagen neben mich. Wir beide, nebeneinander; das war für ihn tatsächlich ein großer Gefallen, den er mir tat.

„Ich beiße nicht." Ich versuchte tatsächlich, ihn zu beruhigen. Da er gut dreißig Zentimeter von mir entfernt war, rückte ich etwas näher. Das brachte ihn noch mehr in die Defensive. Abrücken konnte er aber nicht. In seinen Augen wäre so etwas unhöflich.

„Sie passen auf mich auf", stellte ich fest. „Gehört das zu den Aufgaben eines Butlers?"

Norbert fixierte einen Punkt an der gegenüberliegenden Wand. „Ich denke, alles gehört zu den Aufgaben eines Butlers, wenn es als seine Aufgabe definiert wird."

„Wow", machte ich. Ich fragte mich, wie viel Norbert gegen Tom ausrichten konnte, wenn es hart auf hart käme. Nichts vermutlich. „Das kann in meinem Fall ziemlich gefährlich werden."

„Für Mim... für Madame mache ich dies gerne", erklärte Norbert. Seinen aufschlussreichen Versprecher versuchte er zu überspielen, indem er den Blick von der Wand löste und sich mir zuwandte. Trotzdem hatte ich es gehört und wusste es zu deuten. Ich fragte mich insgeheim, wie alt Norbert sein mochte. Er war der Typ Mann, der schwer zu schätzen ist. In jedem Fall jünger als Mimi. Zwanzig Jahre Unterschied vielleicht. Aber fiel das bei einem Charakter wie Norbert ins Gewicht? „Sie lieben Mimi?"

Norberts Züge blieben beinahe unbewegt. „Ich bin durch meine Konventionen gebunden."

„Beantworten wir diese Frage also mit Ja", schlussfolgerte ich. „Aber warum haben Sie nie ..."

„Ich bin durch meine Konventionen gebunden", wiederholte Norbert betonungslos.

„Dafür verzichten Sie auf Ihr Glück?"

„Glück? Was verstehen Sie denn von Glück?" Norberts Mimik wurde tatsächlich etwas lebhafter. Aber seine Stimme blieb vollkommen ruhig. „Sie, Helen, haben alle Konventionen hinter sich gelassen. Sie haben Ihre Stellung in der Gesellschaft vergessen, nachdem Sie sich für dieses *Subjekt*, diesen Tom, entschieden haben. Dann sind Sie gefallen und haben vergessen, wieder aufzustehen. Sie haben Ihre Stellung in der Gesellschaft vergessen, um in einer kleinen Bude unterm Dach im Dreck zu hausen. Denken Sie, Helen, dass Sie ohne Konventionen glücklicher geworden sind als ich?"

Das tat weh. Vor allem, weil Norbert irgendwie recht hatte. In Sachen Glück sollte ich mich nicht als Profi ausgeben. Norbert legte die

Hände auf die Knie. Es erinnerte an einen Liegestuhl. Gleich würde er sich kurz zusammenklappen, um sich danach in eine stehende Position zu entfalten. „Aber bevor wir dieses Gespräch beenden, möchte ich klarstellen: Ich liebe Mimi nicht in dem Sinne, wie Sie es verstehen." Er holte tief Luft. „Ich verehre Madame, bedingungslos."

Schießübungen

Der Nachmittag kam zu schnell. Dasselbe konnte ich auch von Tom behaupten. Mit durchdrehenden Reifen fuhr sein Wagen den Kiesweg herauf. Die kleinen Steinchen wirbelten hinter dem Golf durch die Luft und prasselten so lautstark wie ein Hagelschauer wieder herunter. Erst kurz vor der Treppe legte er eine Vollbremsung hing, zog offensichtlich gleichzeitig die Handbremse und schleuderte so bis dicht an den Aufgang. Dann spielte er noch ein paar Mal mit dem Gaspedal, dass die Scheiben im Hause vibrierten und die Luft mit dem Gestank des Benzins verpestet wurde.

„Was für ein Auftritt", sagte Mimi, die neben mir in der Tür stand. Mir kamen die Bilder in den Sinn, wo die junge Mimi auf den Motorhauben posiert hatte. PS-Monster müssten ihr eigentlich gefallen. Uneigentlich betrachtete sie Toms Schauspiel mit mürrischer Abneigung. „Da versucht wohl einer, etwas zu kompensieren. Wie ist er ausgestattet?"

„Mimi!"

„Ich frag' ja nur. Bei wirklich schnellen Autos zeigt der Fahrer nicht, wie schnell es ist. Er zeigt, dass es schnell sein könnte. Das Gehabe hier", sie deutete auf den GTI, dessen Motor gerade gurgelnd erstarb, „hat keinen Stil."

Tom schälte sich aus den Sportgurten und stieg aus. Im Gesicht klebte sein widerlichstes Grinsen. „Ich hab' deinem Gärtner ein bisschen Arbeit gemacht." Tiefe Furchen zeigten den Weg, den das Fahrzeug genommen hatte. Ohne Zweifel war das Toms Art, Mimi seinen unrühmlichen Abgang vom letzten Besuch heimzuzahlen.

„Hans kann so etwas bestimmt nicht mehr schocken", sagte Mimi gut gelaunt. „Guten Tag, Tom", fügte sie hinzu.

Toms Grinsen verbreitete sich um zwei Zentimeter. Die Erinnerung an die allgemein übliche Begrüßung tat seiner guten Laune keinen Abbruch. Haifische konnten nicht mehr Zähne zeigen. „Guten Tag, Mimi. Hallo Helen."

Ich kratzte alle Höflichkeit zusammen, zu der ich fähig war. „Hallo Arschloch."

Mimi griff beschwichtigend nach meiner Hand. Ihre Berührung hatte etwas Stärkendes an sich. Neben dieser alten Frau fühlte ich mich vor Tom sicher.

„Wir sollten ins Haus gehen. Norbert hat im Wintergarten für uns eingedeckt. Ich hoffe, Tom, du hast Hunger mitgebracht. Lena hat uns eine dieser schweren Sahnetorten gemacht."

In mir ging unweigerlich das Kopfkino los. Torte hatte einen starken Geschmack und es wäre bestimmt nicht schwer, etwas Gift einzuspritzen. Die Vorstellung, dass auch Tom in Mimis Haus etwas zustoßen könnte, lag für mich im Bereich des Möglichen. Wer auch immer der Mörder von Ferdi, Helge und Hans war, arbeitete sich quer durch Mimis Gästeliste. Tom könnte also der Nächste sein. Ich erschrak über mich selbst, als ich ein Lächeln an mir feststellte.

„Torte?" Tom wirkte nicht allzu begeistert.

Mimi lächelte in aller Gastfreundlichkeit. „Ein paar Kohlenhydrate können so einem kräftigen Bodybuilder sicher nicht schaden." Dabei zwinkerte sie ihm verstohlen zu.

„Also gut", sagte Tom. Sein Teller war bis auf den letzten Krümel leergeputzt. Er stützte die Ellenbogen auf den Tisch und faltete seine Hände zusammen. „Warum bin ich hier?" Er wirkte munter, röchelte nicht und sein Gesicht zeigte keine Verfärbungen. Das Kuchenstück auf meinem Teller war noch unberührt. Mein Entschluss, erst mal abzuwarten, kam mir albern vor. Insbesondere weil Mimi sich von Norbert schon das zweite Mal nachlegen ließ. Ich sezierte kurz die einzelnen Schichten Teig, Sahne und Obstcreme. Alles wirkte unverdächtig.

„Ist was mit der Torte?", fragte Tom unsicher.

„Sie ist ganz frisch." Mimi deutete mit der Gabel auf mich. „Iss, meine Liebe. Iss! Sonst denkt dein Mann … dein *Ex*-Mann vermutlich noch, dass ich ihn vergiften will." Ganz offensichtlich war sie meinen Gedankengängen mal wieder auf flinken Füßen gefolgt. Todesmutig machte ich meine Kuchengabel mit einem Happen voll, führte sie zum Mund, hielt kurz inne, wechselte mit Mimi einen kurzen Blick, öffnete die Lippen, schloss sie wieder und schluckte trocken. Dann, beim zweiten Anlauf, schaffte ich es, den Bissen Torte in den Mund zu bekommen.

Während ich kaute, konnte ich mich mit „hm, lecker" aus dem Zentrum der Aufmerksamkeit flüchten.

Mimi ging wieder auf Tom ein. „Ich habe dich wegen eines fallenden Flügels eingeladen. Und ich habe dich eingeladen, weil du Helen nicht in Ruhe lässt. Norbert hat mir erzählt, dass du meiner Enkeltochter aufgelauert hast ..."

Tom kniff misstrauisch die Augen zusammen. „Das war am Sonntag."

Mimi wirkte verwirrt. „Ja?"

„Deine Einladung hierher kam schon am Samstag. Du kannst mich nicht eingeladen haben, weil ich bei meiner Frau war."

Da musste ich Tom insgeheim recht geben. Die Briefe hatte Mimi schon am Donnerstag vorher auf den Weg geschickt. Am selben Tag wie das vermeintliche Klavierattentat. Am selben Tag? Erst jetzt fiel mir auf, was mir schon längst hätte auffallen müssen: Die Briefe lagen schon fertig in der Schublade. Das hieß, sie waren schon vor dem Klavier-Attentat geschrieben worden. Gleich am ersten Tag hätte ich Mimi zur Rede stellen können, wenn ich als Detektivin was getaugt hätte.

„Ach ja", säuselte Mimi, „da liegst du vollkommen richtig. Hast mich erwischt! Ich muss zugeben, dass ich deine Einladung schon länger geplant habe. Im Gegenzug kannst du zugeben, dass du aber schon seit Wochen in Helens Gegend umherschleichst."

„Woher weißt du das?", fragte Tom.

Norbert räusperte sich. Dann schenkte er Kaffee nach.

„Spanna, Spion", murmelte Poirot. Sein Kopf steckte geschäftig zwischen den Federn und hin und wieder fiel eine kleine Feder von dort herunter.

„Du hast mich beobachtet?" Ich fischte meine Gabel, die ich gerade fallengelassen hatte, aus dem Sahnehäubchen.

„Und wenn schon", knurrte Tom in meine Richtung. „Du bist meine Frau."

„Tja, das ist die Krux an der Sache", erklärte Mimi. „Helen ist eben nicht mehr deine Frau und streng genommen hast du in ihrer Nähe nichts mehr zu suchen."

Eine subtile Änderung geschah mit Tom. Eben noch sah er kultiviert und einfach nur gut aus. Doch nun wirkte alles an ihm nur noch bedrohlich. „Was willst du dagegen tun? Ich lasse mir nichts verbieten."

Ich versuchte nicht länger, das Essbesteck zu nehmen. Toms Anblick versetzte mich in alte Zeiten zurück. Instinktiv rückte ich vom Tisch ab, bemüht, möglichst viel Distanz zwischen ihn und mich zu bringen.

Mimi hob beschwichtigend die Hände. „Tom! Ich bitte dich. Es liegt mir fern, dir etwas zu verbieten. Mir ist vollkommen bewusst, dass du dir von mir nichts sagen lassen würdest. Mit einem kräftigen Mann, wie du es bist, würde ich mich nicht anlegen. Ich bin nur eine alte, arme, harmlose Frau."

„Du bist *was?*", entfuhr es mir. Für einen Augenblick war ich so verblüfft, dass ich sogar meine aufkommende Panik vergaß. Mit welcher Selbstverständlichkeit meine Oma hier schauspielerte … Dick aufgetragen wie Nutella aufs Butterbrot. Aber Tom wusste nichts von den Ereignissen der letzten Tage. Er ging ihr auf den Leim, erkannte nicht die Ironie in ihren Worten. Sein Gesicht entspannte sich etwas, denn er fühlte sich von Mimi ernst genommen. Ein Ausdruck der Zufriedenheit trat in sein Gesicht, als Mimi weitersprach: „Ich habe dich herbestellt, weil wir alle drei, du, Helen und ich, wissen, dass es so nicht weitergehen kann. Wir müssen einen Konsens finden, mir dem wir alle leben können."

„Wie soll der aussehen?"

„Zuerst mal sollten wir Frieden schließen", erklärte Mimi. „Es bringt doch nichts, wenn wir uns ständig bedrohen, beobachten und misstrauen." Sie stand mühsam von ihrem Platz auf. Aufrecht war sie zwar nicht nennenswert größer, aber es ging ihr offensichtlich mehr um die feierliche Geste. Sie streckte Tom über den Tisch hinweg die offene Hand entgegen. Mit Entsetzen sah ich, wie auch Tom sich erhob und seine Pranke hinhielt. Es war widerlich mitanzusehen, wie sich meine engste Verbündete mit meinem ärgsten Feind versöhnte. Ich verstand rein gar nichts mehr.

„Siehst du, Helen? So einfach ist das." Dann fügte sie noch hinzu: „Ich kann dir bis zum Gaumenzäpfchen sehen." Routiniert drückte sie wieder mal meine Kinnlade nach oben. „Jetzt können wir uns sicher sein, dass weder Flügel noch Ex-Männer uns auf der Straße auflauern."

Wer Tom kannte, wusste, dass seine Friedensversprechungen eine sehr kurze Halbwertzeit hatten. Im Grunde war ich keinen Deut sicherer als vor dem Shakehands, da machte ich mir keine Illusionen. Mimi und Tom auch nicht. Sie starrten sich nämlich gerade wie zwei Schachspieler an; Schachspieler, die beide daran dachten, den Gegner innerhalb weniger Züge ins Matt zu befördern.

„Was hat es mit dem Flügel auf sich, den du da die ganze Zeit erwähnst?" Tom schlürfte geräuschvoll aus seiner Tasse. Das Porzellan in seinen Händen wirkte äußerst zerbrechlich, stellte ich fest.

„Och, du weißt schon. Musikinstrument. Schwarze und weiße Tasten. Hat schlechte Flugeigenschaften." Mimi humpelte um den Tisch herum. Norbert reichte ihr ihren Gehstock. „Helen und ich haben das kleine Mysterium darum schon längst gelöst. Sie ist eine gute Ermittlerin, musst du wissen. Sie hat dem Verantwortlichen die Pistole auf die Brust gesetzt. Natürlich nur im übertragenen Sinn. Und dann, da bin ich besonders stolz drauf, die Wahrheit herausgepresst wie Bud Spencer den Saft aus einer Kokosnuss." Noch mehr Nutella auf das Butterbrot, dachte ich.

Mein Ex musterte mich. Zum ersten Mal seit einer Ewigkeit schaute er mich anders an. Da war nichts Herablassendes. In seinen Zügen lag Verblüffung. Oder ein Hauch Bewunderung. Er konnte Mimi diese hanebüchene Story doch nicht abnehmen! Vor ihm saß doch nur ich. So wie ich immer war. Nein, verbesserte ich mich. Vor ihm saß eine gepflegte Frau, gut gekleidet, dezent geschminkt. Mit dem grauen Häuflein, das ihn verlassen hatte, gab es keine äußerlichen Gemeinsamkeiten mehr.

„Lust auf einen kleinen Spaziergang?", flötete Mimi.

Tom erinnerte sich an seinen letzten Besuch. „Zu den Hunden?"

„Aber nein." Mimi tätschelte Toms Schulter. „Die sind in ihrem Zwinger und bleiben auch dort. Sie bekommen zur Zeit etwas weniger zu fressen. Eine Diät, die sich Willi und Basker selbst zuzuschreiben haben."

„Zu fett?", fragte Tom.

„Nein." Huch! Ich konnte ja auch sprechen. „Nicht hungrig genug." Jetzt wusste Tom, dass Mimis Viecher mehr als scharf gemacht waren.

Das konnte bestimmt nicht schaden, dachte ich mir. Mimi dachte offenbar genauso. Sie nickte mir nämlich lobend zu.

Also gingen wir nach draußen. Mimi stolzierte vorne weg. Hinter ihr folgten Tom und Norbert. Ich blieb ein paar Schritte zurück. Dabei warf ich unauffällig einen Blick auf Toms Auto. Der Golf GTI hat Frontantrieb. Mein Kleinhirn meldete diese Tatsache als wichtig. Mit bunten Fähnchen wedelte es vor meinem Bewusstsein herum. Trotzdem wusste ich diese Tatsache noch nicht richtig einzusortieren. Tom als Hans' Mörder? Es gab Hunderte Wagen mit Frontantrieb. Tausende. Zehntausende. Wie kam ich auf die Idee, dass ausgerechnet Tom etwas mit Hans' Tod zu tun haben könnte? Außerdem waren die Motorhaube und der Kühlergrill nicht verbeult. Kein Kratzer war am Wagen zu sehen. Nein, dieser Wagen war kein Mordinstrument.

„Helen, kommst du?" Mimi und ihr männliches Gefolge waren schon ein gutes Stück entfernt.

Wir gingen an der Schaukel vorbei zum Waldrand. Eine Nische zwischen den Bäumen beherbergte einige alte Gartenmöbel. Das Holz hatte seine letzte Lasur wohl vor mehreren Jahren bekommen und auf den Armlehnen wuchs in dekorativer Weise etwas Moos. Unter dem zartgrünen Blätterdach des Frühlings hatte dieser Teil des Grundstücks etwas Anheimelndes und Urtümliches an sich. Hätte nicht Tom in unserer Mitte gestanden, hätte ich mich hier wirklich wohlfühlen können.

„Hier war ich ewig nicht mehr", flüsterte ich.

Mimi deutete missbilligend auf die Stühle. „Hans offenbar auch nicht."

„Der Gärtner scheint nicht viel zu taugen", fügte Tom amüsiert hinzu. „Ich würde ihm mal mit Nachdruck klarmachen, was sein Job ist."

Mein Magen krampfte sich zusammen. Tom hatte mir oft Dinge mit Nachdruck klargemacht, wie er es nannte. Jetzt erntete ich von ihm einen vielsagenden Blick. Auch er hatte sich gerade an unsere gemeinsame Vergangenheit erinnert. *Und sobald ich dich wieder in die Finger kriege, muss ich dir wieder mal was klarmachen. Wir sind noch lange nicht fertig, denn du kannst dich nicht ewig bei deiner Oma verkriechen.* Diese Worte musste er nicht aussprechen. Ich wusste, dass er sie gerade dachte.

„Ich glaube nicht", sagte Mimi. Ich brauchte einen Moment, um an das reale Gespräch anzuknüpfen. „Hans lässt sich von mir nichts mehr sagen. Er ist ziemlich eigen geworden."

„Dann solltest du ihn loswerden", stellte Tom fest.

Norbert zog aus seinem Ärmel einen Lappen. Mit routinierten Schlägen klopfte er den gröbsten Schmutz von den Sitzflächen herunter.

„Früher hat mein Mann hier seine Schießübungen gemacht", erzählte Mimi. Es war nicht unbedingt eine rhetorische Meisterleistung, dass sie nun vom Schießen sprach. Der Bezug zum „Leute loswerden" bereitete mir Unbehagen. Es war nie gut, Tom auf Ideen zu bringen. Andererseits konnte ich mir auch nicht vorstellen, dass Mimi zufällig auf dieses neue Thema kam. „Er war ein guter Sportschütze."

„Soll ich rückwirkend vor ihm Angst haben?" Toms Sarkasmus hatte noch nie viel getaugt.

„Vor Helens Opa? Vielleicht." Mimis Augen funkelten verträumt und waren plötzlich voller Liebe. „Er war ein Abenteurer. Hätte es keine Abenteuer für ihn gegeben, dann hätte er sich welche gemacht."

„Gemacht? Wie macht man sich denn Abenteuer?", fragte ich verdutzt.

„Er wäre vielleicht nur wegen des Nervenkitzels nachts ohne Licht auf die Autobahn gefahren …"

„Das ist doch kein Nervenkitzel."

„… mit dem Fahrrad", ergänzte Mimi. „Eine Schande, dass er so früh sterben musste."

„Mein Opa auch?" Mein Mund war schneller als mein Kopf. Ich biss mir auf die Lippen, aber es war zu spät. Die Worte hingen bereits in einer Sprechblase über uns. Und Plop! Weg war sie wieder. Eine kurze Pause folgte, in der sich jeder seine Gedanken machen konnte.

„Ich meine …", versuchte ich zu retten, was zu retten war, „Opa hat auch geschossen? Was der alles konnte!" Ich versuchte, ein Lachen anzufügen, stellte aber rasch fest, dass ich es mir hätte sparen sollen. Verdrehte Norbert gerade tatsächlich die Augen? Ich musste mich verguckt haben.

„Auch?", griff Mimi meine Worte auf. „Tom, meint Helen etwa, dass *du* mit Pistole und Gewehr umgehen kannst?" Mimi war mit der Entschärfung meiner explosiven Worte definitiv erfolgreicher.

„Ich war beim Bund", sagte Tom. „Wehrdienst. Eigentlich wollte ich Soldat werden. Aber die haben mich nicht genommen." Kein Wunder. Mit seinem Jähzorn hätte er sich bestimmt nicht in eine Befehlsstruktur einfügen können. „Aber seither habe ich keine Waffe mehr in den Händen gehalten."

Mimi deutete nach rechts. In etwa dreißig Meter Entfernung war ein Brett waagerecht in eine Baumgabelung genagelt worden. Darauf standen ein paar alte Flaschen. „Das ist unser Schießstand gewesen. Möchtest du mal dein Glück versuchen?"

Argwöhnisch zog Tom die Augenbrauen zusammen. „Schießen?"

Mimi nickte mit dem harmlosesten Gesichtsausdruck, den sie fertigbrachte. „Klar. Wir haben einen gut bestückten Waffenschrank. Gewehr, Schrotflinte und Pistole – Norbert hat einen Waffenschein. Deshalb durfte ich die Waffen von Helens Opa im Haus behalten. Ich hätte es nicht übers Herz gebracht, seine Schießeisen abgeben zu müssen."

Das konnte doch nicht Mimis Ernst sein. Wollte sie tatsächlich diesem Psychopathen eine Pistole in die Hand geben?

„Norbert", sagte Mimi in geschäftlichem Tonfall, „wären Sie so freundlich?"

Norbert schlug die Hacken zusammen und nickte ergeben. „Sehr wohl, Madame."

„Oma ..."

„Nenn mich nicht Oma."

„... denkst du, dass das ..."

„Stotterst du schon wieder?"

„... das Richtige ist?"

Tom lachte. Er lachte mich aus! Nicht lauthals, nein. Aber er lachte mich aus. „Helen, deine Oma, du und ich, wir versöhnen uns doch heute. So ein Vertrauensbeweis seitens deiner Oma ist doch toll. Oder hast du Angst vor mir?" Wie sehr er diese Frage doch genoss. Er kostete es richtig aus, denn er sah die alte Furcht wieder in meinen Augen. Mein neu erworbenes Selbstbewusstsein floss aus mir heraus und versickerte irgendwo zwischen den Grashalmen unter meinen Füßen.

„Niemand braucht Angst zu haben." Mimi trat vor und schob sich auf diese Weise halb zwischen uns. Auf meiner anderen Seite stand urplötzlich Norbert. Dabei hatte ich gedacht, er wäre schon weg, um die

Waffen zu holen. Ich war nicht allein! Mit vorgerecktem Kinn und allem Trotz, den ich zusammenklauben konnte, zischte ich: „ Warum auch?"

„Möchten Sie mich begleiten? Ich könnte Ihnen den Waffenschrank zeigen. Es sind noch ein paar ausgewählte Exponate darin, die aber nicht zum Sportschießen geeignet sind. Wir holen das Gewehr und zehn Schuss Munition. Das dürfte für heute reichen", sagte Norbert. Tom, der es verpasst hatte, mir eine passende Antwort zu geben, nickte.

Die beiden gingen zum Haus und ließen Mimi und mich zurück. In mir köchelte auf kleiner Flamme die Wut, während meine Oma eingehend ein paar wilde Narzissen in einem verwilderten Beet betrachtete. So schwiegen wir uns einige Zeit an.

„Findest du es nötig", platzte es irgendwann aus mir heraus, „diesem gewalttätigen Arschloch auch noch das Schießen beizubringen?"

Mimi vertrieb eine Biene, die es sich in einem Blütenkelch gemütlich gemacht hatte, mit ihrem Stock. Sie bemühte sich um eine demonstrative Gelassenheit, die meine Gefühle umso mehr aufpushte. „Er kann es schon", stellte sie nüchtern fest.

„Trotzdem musst du ihm nicht auch noch einen Schießprügel in die Hand drücken."

Mimi wandte sich mir nun doch zu. „Denkst du, er würde uns etwas antun?"

„Er hat mir schon viel angetan."

„Das ändern wir." Wie ruhig und doch nachdrücklich ihr das über die Lippen kam. Erkannte sie denn nicht, wie gefährlich dieser Mann war?

„Verdammt …", entfuhr es mir.

„Du sollst nicht fluchen!" Eines von Mimis Neun Geboten. Ein anderes von den ehemals zehn war ihr offensichtlich entfallen. Aber ich ging nicht darauf ein. Ich wollte mich nicht schon wieder von dem abbringen lassen, was ich sagen wollte. „… ich habe immer noch Schiss vor diesem Arschloch."

„Du wirst keine Angst mehr vor ihm haben müssen." Sie hatte von der Zukunft gesprochen. Und das war auch gut so, denn aktuell machte ich mir bei der Vorstellung eines bewaffneten Toms fast in die Hose.

Mimi schaute mir tief in die Augen. Ich sollte endlich begreifen. „Du wirst keine Angst mehr vor ihm haben müssen." Ich begriff nicht.

Die Männer kamen zurück. Tom trug in der Hand eine Schachtel Patronen und im Gesicht das selbstzufriedenste Honigkuchenpferdgrinsen der Welt. Norbert hielt ein Gewehr. Im Sonnenlicht blitzten seine Hände auf. Ich schaute genauer hin und erkannte, dass er weiße Handschuhe trug.

Weiße Handschuhe ... Für einen Butler gehörten sie sicher zur normalen Arbeitskleidung. Allerdings war ich mir nicht sicher, ob Norbert sie schon die ganze Zeit getragen hatte, oder ob er sie nur für die Schießübungen übergezogen hatte. Vielleicht betrachtete er sich selbst als Sekundant. Weiße Handschuhe wären für ihn in diesem Fall bestimmt standesgemäß.

Die Patronen wurden auf dem Tisch abgestellt, die Schachtel geöffnet. Norbert knickte das Gewehr und steckte eine Patrone ins Lager.

Tom hatte sich unauffällig neben mich geschoben. Er flüsterte: „Wie mit uns. Erinnerst du dich? In der Mitte knicken und was reinschieben." Dieser blöde, platte, sexistische Spruch erreichte genau das, was er sollte. Vergangene Bilder stiegen wieder in mir hoch. Mir wurde schlecht.

Mimi kam zu uns und griff nach Toms Arm. „Husch, husch. In die erste Reihe. Norbert wird dich kurz einweisen." Dann schob sie ihn vor, während sie mich in die entgegengesetzte Richtung zog. „Wir halten etwas Abstand", befahl sie mir.

Ich zögerte. Irgendwie fand ich es seltsam, dass Tom hier eine exklusive Bespaßung bekam. „Darf ich gleich auch mal schießen?"

Mimi erschrak. „NEIN! Auf gar keinen Fall." Was für eine heftige Reaktion! „Das ist Männersache", fügte sie rasch hinzu, als sie alle Blicke auf sich ruhen sah. Jetzt schmollte ich ein wenig. So ein veraltetes Weltbild hatte ich Mimi nicht zugetraut.

„Waffe geladen und gesichert", hörte ich Norbert sagen. Aus dem Augenwinkel sah ich, wie Tom das Gewehr entgegennahm. Ich bildete mir ein, zu hören wie es leise klickte. Jetzt war die Waffe entsichert. Meine Fantasie zeigte mir meinen Ex. Er legte an, zielte aber nicht auf die entfernten Flaschen, sondern auf Mimi und mich. Unsicher warf ich einen intensiveren Blick in seine Richtung: Tom zielte natürlich nicht auf uns.

„Tu mir den Gefallen", sagte Mimi leise, „und stelle deine Nervosität nicht so zur Schau. Es ist alles unter Kontrolle."

„Tom …", antwortete ich, ohne so recht zu wissen, wie der Satz weitergehen sollte.

„Norbert ist bei ihm. Es wird jetzt ein paar kontrollierte Schüsse geben und dann wird Norbert das Gewehr wieder an sich nehmen und sorgsam wegschließen. Das hat dann alles seine Richtigkeit." Der Knall des Gewehrs war vergleichsweise leise. Trotzdem zuckte ich zusammen. Das Geräusch ging mir schlicht durch Mark und Bein. Mimi plauderte unbeeindruckt weiter. „Soll ich dich ablenken? Zum Beispiel könnte ich dir von deinem Opa erzählen. Ihm gehörte nämlich früher mal dieses Gewehr. Nach seinem Tod hätte ich es eigentlich abgeben müssen. Aber Norbert hat auf mein Bitten hin einen Waffenschein gemacht. Offiziell gehören die Gewehre und Pistolen jetzt ihm."

„Warum hatte Opa denn so viele Waffen?"

„Er hat sie gesammelt. Oben in Norberts Zimmer sind eine Büchse, eine Pistole und noch etwas anderer Kleinkram. Nichts was erwähnenswert wäre." Mimi lächelte. „Aber in einer Krimivilla gehören ein paar Utensilien einfach mit dazu. Wenn ich abends manchmal allein in meinem Sessel sitze und lese, bilde ich mir ein, dass ich die Nähe der Waffen spüren kann. Das gibt so einen komischen Nervenkitzel." Sie suchte nach einem Wort. Ich half ihr aus: „Flair?"

„Stil", sagte Mimi. „Stil ist das treffendere Wort."

Ja, dachte ich mir. Stil ist dir wichtig. Deshalb fallen ja auch Klaviere vom Himmel.

„Dein Opa hatte auch Stil. Er war ein feiner Kerl. Ein adrenalinsüchtiger Kerl. Aber ein feiner Kerl."

„Adrenalinsüchtig?"

„Oh ja. Er war schon Extremsportler, bevor man einen Begriff dafür gefunden hatte. Er ist Ski gefahren auf besseren Holzbrettern, ist mit Wäscheleinen in die Eiger Nordwand geklettert und ist mit dem Segelboot raus auf die See, wenn die anderen rein kamen. Bei unseren Nordseeurlauben behauptete er immer, dass Fähren was für Weicheier wären. Dann sprang er ins Wasser und schwamm. Er liebte das Leben. Er liebte auch mich. Genauso wie ich ihn. Aber noch mehr liebte er die Gefahr." Ein Funkeln lag in ihren Augen. „Er war so faszinierend. Nicht mal im Ansatz konnte ich mit ihm mithalten. Ich war nur sein ganz persönliches Publikum, wenn er mal wieder was ganz Verrücktes anstellte."

„Hört sich nach einem teuren Lebenswandel an", warf ich ein.

„Er konnte es sich leisten. Aus einer gut betuchten Familie stammend, hatte er mit allerhand stillen Teilhaberschaften immer gutes Geld verdient. Er hat vielen Unternehmern hier in der Region auf die Sprünge geholfen. Nicht nur mit Geld. Firmen, bei denen er seine Finger mit drin hatte, waren miteinander gut vernetzt. Im Städtchen war er deshalb sehr angesehen."

„Auf der Sonnenseite des Lebens", kommentierte ich.

Mimi strahlte. Mit wie viel Warmherzigkeit sie von ihm erzählte. „Ja. Mit ihm machte einfach alles Spaß. Für ihn ist der Begriff Traummann neu erfunden worden."

Sie blieb stehen und hob ihren Stock in die Höhe, fasste ihn am unteren Ende, damit sie mit dem Griff bis hoch in die Zweige eines Baumes kam. Sie zog einen Ast langsam zu uns herunter. Sie schnupperte. „Ah! Goldregen. Was für ein wundervoller, süßer Geruch. Ziemlich giftig, aber ein wundervoller Anblick, wenn er erst mal so richtig blüht. Nur ein vollkommener Idiot würde hier alles abholzen wollen, um ein Einkaufszentrum zu bauen."

Der Bürgermeister interessierte mich reichlich wenig. Ich wollte mehr über meinen Opa erfahren. „Warum hast du mir nie von Opa erzählt?"

„Du hast mich nie nach ihm gefragt. Wir waren vielleicht bisher zu sehr mit deinem Leben beschäftigt. Vielleicht brauchte es aber auch nur die richtige Gelegenheit dazu."

„Die richtige Gelegenheit?", wiederholte ich.

„Ja. Mir ist wichtig, dass du noch Einiges über mich erfährst, bevor ich mal nicht mehr bin." Ich wollte angesichts dieser melancholischen Äußerung einen leisen Einspruch wagen. Etwas wie: „Du wirst noch lange unter uns weilen." Oder so. Was man halt in so einer Situation sagt. Mimi sah, wie ich Luft holte und hob schon die Hand. „Lass gut sein, Kindchen."

Irgendwo hinter uns ertönte das Geräusch des zweiten Schusses. Es war kein Peng wie in den Filmen. Mehr so ein lautes „Klapp!", wenn eine Büchse von kräftigen Händen zerdrückt wird.

In aller Selbstzufriedenheit legte Mimi den Kopf zurück. „Ich liebe es, wenn ein Plan funktioniert ..." Sie entließ den Ast in seine alte Position.

„Was für ein Plan?", fragte ich.

„Habe ich laut gedacht? Schätzchen, ich glaube, du färbst auf mich ab." Sie klemmte den Stock unter den linken Arm und hakte sich auf der anderen Seite bei mir unter. „Dein Opa hat in ähnlicher Weise auf mich abgefärbt. Ich wäre nicht die, die ich heute bin, wenn es ihn nicht gegeben hätte. Er war mir in seinem Wesen immer ein Vorbild. Schade, dass er sterben musste."

Ich schluckte trocken. Mir war auf Anhieb klar, was die tiefere Bedeutung des letzten Satzes war. „Du hast ihn doch nicht auch noch über den Jordan gebracht?"

„Wenn du es so ausdrücken möchtest. Mir ist diese Formulierung in diesem Fall zu pietätlos. Aber ja: Ich habe ihm den Fährmann gerufen. Aus Gefälligkeit."

„Wie kann man jemanden aus Gefälligkeit umbringen?"

„Neumodisch nennt man das wohl Sterbehilfe. Aber vor Gericht bezeichnet man es immer noch als Mord." Mimi machte eine rhetorische Pause, dann sagte sie: „Tot sein ist einfach. Das Sterben fällt nur manchem schwer. Das waren seine Worte. Das Altwerden war nie sein Plan, musst du wissen."

„Er hatte Angst vor dem Sterben?" Bei einem Adrenalinjunkie kam mir das seltsam vor.

„Paradox, nicht wahr?", sagte Mimi.

„Was ist paradox?" Manchmal reichte mein Sprachschatz nicht für Mimis Art zu sprechen.

„Paradox ist, wenn ein Schaf sich einen Wolf läuft", erklärte Mimi grienend. Das half mir zwar nicht unbedingt aus meiner Ahnungslosigkeit, aber ich wollte es lieber dabei belassen. Mimi wurde wieder ernst. „Dein Opa ist eines Tages zum Arzt gegangen. Er hat mir nicht verraten wieso. Und als er wiederkam, war er viel schweigsamer als sonst. In den darauffolgenden Tagen und Wochen ging er immer wieder zu Untersuchungen. Mit jedem Arztbesuch wurde er schweigsamer. Er grübelte viel und sprach wenig."

„Was für eine Krankheit hatte man ihm denn diagnostiziert?"

Mimi zuckte mit den Schultern. „Ich habe es ihn oft gefragt. Nie hat er mir geantwortet. Er spielte es herunter, sagte, er habe eine unerschütterliche Gesundheit. Ich solle mir keine Sorgen machen. Aber ich machte mir Sorgen, denn er konnte die Symptome nicht lange vor mir verbergen. Er zitterte oft. Manchmal verselbstständigten sich seine Muskeln … Ich habe später mal recherchiert. Vielleicht hatte er ALS."

„ALS?"

„Eine Nervenkrankheit. Unheilbar und tödlich. Bei der Hälfte aller Erkrankten ist die Lebenserwartung nach der Diagnose nicht länger als drei Jahre." Irgendwo hinter uns löste sich der nächste Schuss. Ich nahm ihn kaum wahr. Mimi redete leise weiter. Im Sonnenlicht glitzerte eine Träne. „Eines Tages kam er zu mir. Keine Arztbesuche mehr, sagte er. Dann ging er zur Tür heraus und meldete sich zu einem Fallschirmkurs an. Und zu einem Tauchkurs in der Tiefsee. Rennfahren auf dem Nürburgring. Sogar Bungeejumping stand plötzlich auf seinem Plan. Er bekämpfte seine Angst mit der Angst. Vielleicht hoffte er auch einfach, dem Sensenmann in aller Würde entgegenzukommen. Am Abend vor seinem ersten Sprung aus dem Flugzeug redeten wir endlich miteinander. Wir redeten über Gott. Und wir redeten über das Sterben. Weißt du, dass man sagt, dass Selbstmörder nicht ins Paradies kommen? Dein Opa glaubte fest daran. Es war das Einzige, was in abhielt …"

„Wovon abhielt?", fragte ich dumm.

„Am nächsten Morgen habe ich ihn zum Flughafen begleitet. Sein Fallschirm lag schon fertig im Hangar. Überprüft und bereit zum Springen. Ich half ihm beim Anziehen."

„Du hast seinen Fallschirm manipuliert?"

„Nein, von so etwas habe ich keine Ahnung. Um einen Fallschirm so zu präparieren, dass er nicht aufgeht und der Notfallschirm gleich mit versagt … Wenn man nicht erwischt werden möchte, ist das ein Ding der Unmöglichkeit.

Aber wir stießen kurz vor dem Abflug miteinander an. Er trank aus seinem Flachmann, ich aus einem Plastikbecher. Er trank seinen Brandy. Ich meinen Sherry. Wir küssten uns. Wir umarmten uns. Er sah mir in die Augen, fragte, ohne etwas zu sagen. Er kannte mich zu gut … Ich nickte. Er nickte. Wir waren uns in diesem Augenblick so nah wie nie zuvor."

Ich stellte mir einen Mann vor, der sich von seiner Frau abwandte. Gekleidet in Springerkluft. Auf dem Rücken einen Fallschirm, im Herzen eine Gewissheit. Dennoch ist er in den Flieger gestiegen. „Was ist dann passiert?"

„Auf dem Weg nach unten ist er eingeschlafen", sagte Mimi heiser.

Das irritierte mich dann doch. „Einfach so?"

„Eine gehörige Portion Schlafmittel und ein paar Sachen aus meinem Garten waren im Brandy. Ich habe genug Krimis gelesen, um zu wissen, was man mit Goldregen, Eisenhut, Stechapfel und Wunderbaum anstellen kann."

Für ein paar Schritte lang schwiegen wir.

„Ich könnte das nicht. Menschen töten. Ich meine …" Wo waren die richtigen Worte für das, was ich sagen wollte? Es sollte nicht vorwurfsvoll klingen. „Ich hab viel zu viel Respekt vor dem Leben."

„So viel Weisheit hätte ich dir gar nicht zugetraut." Mimi legte ihre Trauer ab wie einen zu warm gewordenen Wintermantel. Sie tätschelte mir die Schulter. „Das ist genau der richtige Grund, niemanden zu töten! Ich denke da genauso."

„Du hast schon Menschen getötet", wandte ich vorwurfsvoll ein.

Mimi erlaubte sich ein Schmunzeln. „Aus demselben Grund, aus dem du keine Menschen tötest: Ich habe sehr viel Respekt vor dem Leben. Ich habe in erster Linie Respekt vor meinem eigenen Leben. Es ist mir sehr kostbar und da es aus meiner Perspektive einzigartig ist, bin ich bereit, es zu verteidigen. Außerdem respektiere ich das Leben meiner Nächsten. Deines zum Beispiel liegt mir im Augenblick besonders am Herzen. Ich erwarte den gleichen Respekt auch von meinen Mitmenschen. Typen wie Tom …" Mimi deutete vage in dessen Richtung. „… haben keinen Respekt vor dem Leben. Warum also sollte ich Respekt vor deren Leben haben?"

Nachdem der letzte Schuss verklungen war, führte Mimi mich wieder zurück zum Ort des Geschehens. Das Adrenalin kam Tom fast zu den Ohren heraus. Es war für mich fast unerträglich, ihn so glücklich zu sehen. Das Abfeuern einer Waffe war für ihn offensichtlich ein ähnliches Männlichkeitssymbol, wie seine tiefergelegte Nobel-Proletenkarre. Er bestätigte meine Einschätzung mit einem von Herzen kommenden „Geil!".

Um seine Zufriedenheit mit einer Geste zu unterstreichen, stemmte er das Gewehr wie Rambo in die Hüfte und zielte auf mich.

Schon griff Norbert nach dem Lauf und drückte ihn sachte, aber bestimmt runter. „Das tut man nicht."

„He", protestierte Tom, „ist doch nur Spaß. Die Gun ist ja noch nicht mal mehr geladen."

„Darf ich?" Norbert nahm das Gewehr, legte es vorsichtig bei Seite. Mir fiel auf, dass er es anfasste wie ein rohes Ei. Tom griff nach seiner Jacke, die er irgendwann während des Schießens wohl ausgezogen und ins Gras neben sich gelegt hatte. Schon war Norbert wieder neben ihm und nahm ihm das Kleidungsstück aus den Händen. „Wenn Sie gestatten. Dies gehört zu meinen Aufgaben." Dann stand er hinter Tom, der bereitwillig zuerst in den einen und dann in den anderen Ärmel schlüpfte. Zu sehen, wie mein Ex so hofiert wurde, widerte mich schlichtweg an. Ich wollte mich gerade von diesem Schauspiel abwenden, da sah ich, wie Norbert in einer routinierten Bewegung in Toms Tasche griff. Metall blitzte kurz im Sonnenlicht. Es dauerte keine Sekunde. Ich war mir nicht mal sicher, ob Norbert etwas in die Tasche hineingesteckt oder herausgenommen hatte. Der Butler als Taschendieb … Mimis Personal überraschte mich immer wieder.

Mimi war gut gelaunt. Tom war gut gelaunt. Und ich hatte viel zu viel zum Nachdenken in meinem Kopf. Ich schlich grübelnd hinter ihnen her, während Norbert mit dem Gewehr in eine andere Ecke des Gartens verschwand. Mit dem neuen Frieden zwischen meiner Oma und meinem Ex kam ich gar nicht klar. Meinen Protest schluckte ich trotzdem runter. Er schmeckte bitter wie Galle. „Mach gute Miene zum bösen Bleistift", sagte ich mir immer wieder. Ausnahmsweise tat ich dies so leise, dass niemand davon etwas mitbekam.

Die beiden sprachen ein wenig miteinander. Ich wurde den Verdacht nicht los, dass es nur ein Alibi-Pseudo-Gerede war, in dem es Mimi nicht so recht auf den Inhalt ankam. Sie lullte ihn ein, damit er nicht merkte, dass sie ihren Willen längst bekommen hatte. Was auch immer ihr Wille gewesen war.

Dann kamen wir wieder bei Toms Wagen an und Mimi lenkte die Plaudereien zu einer gewissen Aufbruchsstimmung. Ohne es direkt auszusprechen, so schicklich wie ihr eigener Butler, machte sie Tom klar, dass es nun Zeit war zu gehen. „... das müssen wir unbedingt nochmal machen. Jetzt, wo wir wissen, dass du so viel Spaß beim Schießen hast. Ruf doch an, wenn es dir wieder in den Fingern kribbelt."

Tom schlenderte tatsächlich zu seinem Wagen, gehorchte der indirekten Aufforderung. „Es wird mir bestimmt wieder in den Fingern kribbeln", sagte er, bedachte mich dabei ein weiteres Mal mit einem überdeutlichen Blick. Ich drehte mich angeekelt weg. Just erschien Norbert auf der Bildfläche, stand von einem Moment zum nächsten hinter Tom. Etwas klimperte leise. „Was ...?" Tom drehte sich erschrocken zu Norbert um und hob die Fäuste. Als er ihn erkannte, entspannte er sich. „Ach, Sie sind's."

„Verzeihung", sagte Norbert und ging auf Distanz.

„Wie schön es ist, wenn wir kultiviert bleiben", säuselte Mimi. „Wenn wir uns an einfache Regeln halten, brauchen wir weder unsere Fäuste noch Basker und Willi."

Tom kniff die Augen zusammen. Misstrauisch versuchte er einzuordnen, ob Mimi ihre Worte so freundlich gemeint hatte, wie sie geklungen hatten. Sie lächelte ihn in aller Unschuld an. Ich verstand ausnahmsweise, was sie meinte. Tom beschloss, es nicht zu verstehen und ließ eine Antwort ausfallen. Er griff in seine Jackentasche und zog seinen Schlüssel hervor. Den Schlüsselanhänger, eine kleine schwarze Billardkugel, erkannte ich sofort. Mit der 8 voran hatte er mir diese mal ins Gesicht geschlagen. Ein blaues Auge hatte mir das eingebracht.

„Dann will ich mal aufbrechen", sagte er. Norbert stellte sich hinter Mimi; beide standen in einer Pose, als würden sie noch auf ein besonderes Ereignis harren. Ihre Gesichter spiegelten gespannte Erwartung wider. Tom bemerkte es auch, deutete es aber falsch. „Auf Wiedersehen", sagte er, weil er sich zur Höflichkeit genötigt sah. Mimi winkte, als würde sie einen Schuljungen auf den Weg schicken. Es fehlte nur noch, dass Norbert mit einem Taschentuch zum Abschied herumwedelte. Aber der hatte seine Hände tief in den Hosentaschen vergraben. Wie untypisch für ihn!

Tom nahm den Wagenschlüssel und drückte auf den Knopf für die Entriegelung. „Klick!" Tom öffnete die Tür und warf sich hinter das Steuer. Schlüssel ins Zündschloss. Und …

„Ist was?", fragte Mimi.

Tom zog den Schlüssel heraus, warf einen Blick darauf. Dann rieb er über das Metall, als ob er befürchtete, dass es schmutzig sei. Nächster Versuch. Der Motor blieb stumm.

Mimi trat neben den Wagen und beugte sich zum Fenster runter. Da sie ziemlich klein war, hätte sie eigentlich auch aufrecht stehen bleiben können. „Stimmt etwas nicht?"

Tom kratzte sich die Stirn. „Das Zündschloss klemmt."

„Oh", machte Mimi. „Wie passiert denn so was? Ist es auch der richtige Schlüssel?"

„Ja, klar. Ich hab nur den einen. Außerdem wäre ja sonst der Wagen nicht aufgegangen."

„Stimmt", sagte Mimi. „Ich Dummerchen."

Norbert schaute vollkommen unverbindlich drein, wirkte nur mäßig interessiert. Er zog die Hände aus den Taschen und mir fiel sofort auf, dass die weißen Handschuhe inzwischen weg waren.

„Norbert", sagte Mimi, „ich denke, Sie sollten Tom mit dem Benz heimbringen. In der Zwischenzeit rufe ich mal bei unserem Mechaniker an. Der schuldet uns bestimmt noch einen Gefallen." Sie drehte sich zu Tom. „Das kriegen wir wieder hin. Komm doch einfach morgen wieder. Ich verspreche dir, dass dein Wagen dann wieder läuft. Auf meinen Mechaniker kann man sich verlassen."

Als Tom zögernd ausstieg, war der Butler schon verschwunden. Und bevor Tom auch nur ein „Ja, aber …" stammeln konnte, stand der Benz schon da. „Ich kann doch nicht einfach …" Norbert kam um den Wagen herum und öffnete die Beifahrertür. „… da kann ich mich selbst …" Norbert drückte Tom mit sanftem Nachdruck auf den Sitz und schloss die Tür.

Schon sauste der Benz mit Norbert am Steuer davon. Ich war mir nicht sicher, ob ich ihn einsteigen gesehen hatte. Wie machte er das bloß immer?

„Toll", sagte Mimi zufrieden, „wie Norbert das immer macht."

Polizeibesuch

„Husch! Husch!", rief Mimi, gab mir einen Klaps auf den Hintern und scheuchte mich ins Haus. Im Foyer wartete Lena und nahm allerhand gewisperte Anweisungen von Mimi entgegen. „... der Garten muss auch kontrolliert werden. Weg mit den Scherben und dem Tisch! Das muss jetzt schnell gehen", waren die letzten Sätze. Ich konnte sie verstehen, weil Mimi mit jedem Wort lauter werden musste, da Lena schon losgestürmt war. In welchem Film war ich hier? Und warum bekam ich keine Regieanweisungen? „Was geht hier vor?"

„Liebes, wir müssen uns jetzt etwas beeilen. Für Erklärungen bleibt später noch genug Zeit. Aber ich fände es toll, wenn du mir einen kleinen Gefallen tun könntest."

„Einen Gefallen?"

„Du wolltest dir das Wiederholen abgewöhnen!"

„Wollte ich?"

Mimi verdrehte die Augen. „Schnapp dir mein Telefon. Wähle die 110. Und sag dem Beamten deinen Namen und meine Adresse. Und dann sagst du, dass hier auf dem Gelände geschossen wird. Du darfst ruhig ein bisschen schauspielern. Sei aufgeregt, oder so. Warte keine Antwort ab, sondern lege direkt auf."

„Du hattest dir doch Sorgen gemacht, dass mich die Polizei nach ihrem letzten Besuch hier im Hause nicht mehr ernst nimmt. Glaubst du das immer noch?" Mimi und ich standen wieder vor der Villa und beobachteten das rege Treiben im Garten. Die Szenerie erinnerte an einen Ameisenhaufen. Die komplette Auffahrt war voll mit Streifenwagen. Dazwischen parkte auch ein Krankenwagen, weil man meinem Anruf nicht entnehmen konnte, ob es Verletzte gegeben hatte. Aus einem Mannschaftswagen sprangen gerade zwei Spürhunde.

Toms Auto war verschwunden, bevor die Beamten eintrafen. Wenn ich es richtig mitbekommen hatte, war es Lena gewesen, die den Wagen außer Sicht gebracht hatte. Sie hatte offenbar einen passenden Schlüssel von Norbert bekommen. Mimi war die personifizierte Selbstgefälligkeit. Viermal hatten sie die Beamten bisher befragt. Sie genoss es sichtlich.

Die Arme hinter dem Rücken verschränkt, beobachtete sie nun die Leute, die Garten und Haus gewissenhaft durchsuchten. „Also ich denke, dass wir jetzt ernst genommen werden. Gleich drei Anrufer haben der Polizei Schüsse vom Gelände gemeldet."

„Ich … und wer noch?"

„Spaziergänger haben vom Handy aus angerufen", erklärte Mimi. „Netter Zufall. Ich habe zwar darauf gehofft, aber verlassen konnte ich mich nicht darauf. Deshalb habe ich dem *Bofrost*-Mann einen Hunni zugesteckt. Der hat es dann seiner Zentrale gemeldet."

„Wann war denn der *Bofrost*-Mann da?"

„Eben, als du auf deinem Zimmer warst. Weil Lena und Norbert unterwegs waren, habe ich seine Lieferung entgegengenommen."

Ich erinnerte mich schlagartig wieder an unseren zweckentfremdeten Keller. „Hast du keine Angst, dass die Polizisten auch den Keller durchsuchen?"

„Och, die waren da schon drin. Aber sie haben keinen Gewehrschützen dort rumlaufen sehen. Ich hab die Guten dorthin begleitet. Zu sechst sind die Beamten durch die Kellerräume gegangen. Als sie nicht fündig wurden, hab ich ihnen zum Trost ein Eis spendiert."

„Ein Eis?"

„Jap!"

„Aus der Truhe?"

„An einer Pizza lutschen wollten sie nicht."

Hauptkommissar Kressin trat zu uns. Am Ohr hielt er ein Handy, bellte ein paar Anweisungen hinein. Er war sichtlich erregt und um einiges aktiver als bei seinem letzten Besuch. Überaus mürrisch wirkte er trotzdem. „Wir haben niemanden finden können", meldete er uns im sachlichsten Tonfall. „Allerdings wurde Ihr Waffenschrank aufgebrochen und leer geräumt. Ich habe mir vom Ordnungsamt eine Liste schicken lassen. Sind das die Waffen, die in Ihrem Haus gemeldet sind?"

Mimi überflog flüchtig den Zettel, den ihr Kressin unter die Nase hielt. „Soweit ich das überblicken kann", sagte sie schließlich. „Für eine genaue Auskunft müssen Sie meinen Butler fragen. Er ist auf der Waffenbesitzkarte eingetragen."

Kressin reckte den Hals und schaute sich um. „Wo finde ich ihn?"

„Er ist vorhin in die Stadt gefahren", antwortete Mimi, ohne zu erwähnen, dass Tom auch im Auto gesessen hatte.

„Wann?"

Mimi antwortete ohne Zögern: „Vor den Schüssen."

„Hm-m", machte der Hauptkommissar. Freundlich klang er irgendwie immer noch nicht. „Schüsse. Kommen wir also zu den Schüssen. Haben Sie eine Ahnung, worauf geschossen wurde? Oder auf wen? Oder wissen Sie sogar, wer geschossen hat?"

Mimi legte einen Hauch mehr Zittern in ihre Stimme. „Ich?"

„Ja", sagte Kressin ungeduldig. „Ja, Sie. Auf. Ihrem. Grundstück. Wurden. Schüsse. Gemeldet." Er ging wieder dazu über, mit Mimi extra laut und langsam zu reden.

Mimi verlagerte ihr Gewicht auf den Stock, atmete tief ein und entließ die Luft mit einem schweren Seufzer. „Nach dem Attentat ..."

„Dem Unfall mit dem Klavier?"

„... dem Attentat mit *dem Flügel* bin ich etwas ..."

Kressin überraschte mich mit einem plötzlichen Anfall von Klugscheißerei: „Sie wissen schon, dass man zu einem Flügel auch Klavier sagen kann? Ein Flügel ist ein Klavier. Auch ein Pianino ist ein Klavier."

Mimi winkte ab. „Es ist aber nicht präzise. Ich sage ja auch nicht zu einer Rose einfach nur Pflanze." Mimi machte eine kurze Pause, um dann wieder im Alte-Frau-Modus zu sprechen. „Um den Satz von eben zu beenden: Nach dem Attentat mit dem Flügel bin ich etwas empfindlich, wenn Schüsse in meiner Umgebung abgegeben werden. Sie müssen also entschuldigen, wenn ich etwas zerstreut bin. Ich könnte mir vorstellen, dass mein nichtsnutziger Enkel ..."

„Der wurde von seiner Frau als vermisst gemeldet", sagte Kressin.

„Oh, wirklich?" Mimi tat überrascht. „Nun, ich könnte mir auch vorstellen, dass mein Ex-Gärtner ..."

„Wann haben Sie ihn denn zuletzt gesehen?"

„... oder ... oder dieser Tom – Sie wissen schon, Tom Malo ..."

„Der Ex-Mann Ihrer Enkelin?" Ich bekam einen mehr als kurzen, jedoch bedeutungsschwangeren Seitenblick.

„Ich sehe schon, dass Sie den Überblick haben." Mimi hakte sich bei ihm unter und stützte ihre paar Kilo bei ihm ab. „Sie haben Ihre Hausaufgaben gemacht. Vielleicht möchten Sie diesen Tom mal überprüfen? Er ist vorbestraft."

Etwas überrumpelt blickte Kressin zu ihr herab. „Weshalb?"

Oma legte nun noch etwas Drama in die Stimme: „Er ist ein Gewalttäter! Ich bin froh, dass ich Helen von diesem Scheusal weg habe. Es würde mich nicht wundern, wenn er Schmauchspuren an den Fingern hätte."

„Warum sollten wir nach Schmauchspuren an seinen Fingern suchen?"

Mimi betrachtete eine Wolke, die über uns stand. „Weil hier geschossen wurde."

„Ich weiß nicht, wie Sie sich das vorstellen. Solche Untersuchungen werden nur bei begründetem Tatverdacht bei Mordermittlungen durchgeführt." Der Beamte lächelte mitleidig. „Bringen Sie mir eine Leiche und ich ermittle wie bei einem Tötungsdelikt."

„Wo Rauch ist, ist auch Feuer. Früher oder später werden Sie Ihre Leiche schon finden, Herr *Inspector*."

„Sie können sich sicher sein, dass ich dann auf Sie zurückkommen werde."

Der Spuk endete so plötzlich, wie er begonnen hatte. Die Polizei zog geschlossen ab, nachdem Kressin, gemeinsam mit Stroever, der sich noch dazugesellte, auch Lena, mich und schließlich auch Norbert befragt hatten.

Wir alle taten ahnungslos, als wüssten wir nicht, wer geschossen hatte. Mit der Verkörperung meiner Rolle als unwissendes Dummerchen war ich alles in allem zufrieden. Immerhin improvisierte ich, ohne Mimis Drehbuch zu kennen. Naja. Außerdem war es der Sache dienlich, dass ich tatsächlich unwissend und …

… eben unwissend war.

Die weiteren Ergebnisse der Polizei waren für Kressin alles andere als befriedigend. Er wusste, dass mehrere Schüsse abgegeben wurden. Er wusste, dass sie im Garten abgefeuert worden waren. Aber nirgendwo gab es ein Einschussloch, kein zersplittertes Glas oder gar ein Opfer. Des weiteren gab es einen aufgebrochenen Waffenschrank. Und Mimis Aussage, dass sie zur Tatzeit im Garten war. Seine Vermutungen gingen daher in die Richtung, dass ein lausiger Schütze auf ‚die Alte' geschossen hatte. Mir war klar, dass ich von ihm in die Rubrik ‚lausiger Schütze' einsortiert wurde. Leider, so befand er, hatte er in meinem Zimmer keine Gewehre gefunden …

Nach all der Aufregung fühlte ich mich ausgelaugt und leer. In meinem Kopf summten unausgegorene, unformulierte und unkluge Fragen. Natürlich hätte ich Mimi einfach zur Rede stellen können. Aber sie … war Mimi. Sie würde mir nichts erzählen, was sie nicht erzählen wollte. Mit dieser Tatsache hatte ich mich inzwischen abgefunden. Auch bei Norbert würde ich mit jeder Bitte um Auskunft nur ausweichende Höflichkeitsfloskeln ernten. Und Lena? Tja, die war in den unergründlichen Tiefen des Hauses verschwunden.

Eine kurze Pause, ja. Ich brauchte einfach eine Pause, um die Gedanken zu sortieren. Vielleicht wäre ich dann zu irgendeiner halbwegs vernünftigen Tat fähig.

„Hallo Liebes." Ich hatte gerade die Türklinke zu meinem Zimmer in der Hand. Ich schaute nach links. Am Ende des Flurs stand meine Oma. „Hallo Mimi."

Sie humpelte mir entgegen. Den Stock hatte sie unter den Arm geklemmt. „Kannst du für mich nochmal ein bisschen schauspielern?" Als sie mich erreicht hatte, nahm sie den Stock in die Hand und klopfte rhythmisch an die Wand. „Ein paar Morsezeichen in die Welt setzen."

„Morsezeichen?"

„Na ja. Ich möchte, dass du nochmal telefonierst."

„Mit der Polizei?" Mich wunderte rein gar nichts mehr. Und im Augenblick hätte ich beinahe zu allem, ohne groß zu überlegen, Ja und Amen gesagt.

„Nein, nicht bei der Polizei. Die wissen gerade genau so viel, wie sie für den Moment wissen sollen. Die werden jetzt ein paar Nachforschungen machen, und ich möchte, dass sie demnächst auch was zum Finden haben. Unser guter Hauptkommissar soll doch seine Erfolgserlebnisse bekommen." Ein Mundwinkel hob sich spöttisch nach oben. Die Augenbrauen taten es nach. „Ruf doch bitte mal beim Bürgermeister an. Sag ihm, dass du ihm für 20.000 Euro ein Vorkaufsrecht auf die Villa geben könntest. Er wird ziemlich schnell einwilligen, schätze ich. Mach ihm klar, dass du knapp bei Kasse bist und er das Geld deshalb direkt zahlen soll. Lass dich auf kein Notargeschwätz ein. Mach ihm klar: Du willst bestochen werden. Ohne Quittung. Ohne Zeugen. Bis morgen soll er dir ein entsprechendes Kuvert zukommen lassen."

„Ich soll Geld von ihm annehmen?" Langsam kroch mir doch das Entsetzen in die Knochen.

„Ja. Aber du wirst es nicht behalten. Du wirst es morgen umgehend auf ein Konto einzahlen." Mimi reichte mir einen Zettel. In ihrer beinahe unleserlichen Handschrift stand dort: „Sparkasse, Konto Malo." Dahinter stand eine normale Kontonummer.

„Das ist nicht mein Konto ...“

„Natürlich nicht", tadelte Mimi, „das ist das Konto deines Ex-Mannes."

„Ich soll auf Toms Konto Geld überweisen?"

„Ja. Aber nicht in der Ortsfiliale, wo dich jeder kennt. Unterschreib unleserlich!"

Mein Kopf war wieder nur noch mit Watte gefüllt. „Warum willst du Tom das Geld geben?"

Mimi war sehr glücklich, dass ich ihr diese Frage stellte. Sie grinste über alle vier Backen. „Kressin und Stroever werden in Kürze ermitteln, dass Tom vom Bürgermeister geschmiert wurde. Für einen Mord."

„Wen sollte Tom umbringen wollen?"

Mimi legte gespielt tröstend eine Hand auf meine Schulter. Eine imaginäre Krokodilsträne wurde fortgeblinzelt. „Uns."

Das Telefonat mit dem Bürgermeister war Gott sei Dank kurz und verlief fast so, wie Mimi es geplant hatte. Mein Gestammel und Gebrabbel machte Herrn Jensen nicht misstrauisch. Eventuell wurde es dadurch für ihn nur authentischer. „Vierzig Fünfhunderter in einem Briefumschlag?" Ich hatte noch den ganzen restlichen Tag Jensens Lachen im Kopf. „Sie schauen wohl die gleichen Filme wie Ihre Oma? Unnummerierte Scheine, was?" Bester Laune war er. Man konnte ihm die Erleichterung anhören. Die Summe wurde seinerseits weder verhandelt noch diskutiert. Ich hatte sogar den Eindruck, dass ihm solche Aktionen nicht fremd waren und der genannte Betrag nicht die Obergrenze des Möglichen war. Ich fragte mich insgeheim, wie verzweifelt dieser Mann wohl war. Wie hoch lag seine Schmerzgrenze, um dieses Grundstück zu bekommen?

„Schön, dass ich Sie für mich gewinnen konnte. Ihren Bruder …"

„Ferdi war – äh – ist mein Cousin!", stellte ich richtig.

„Ferdi? Ja. Ihr Cousin hat mir bereits seine volle Unterstützung", mir war sofort klar, an was dieser schmierige Typ dabei insgeheim dachte, „zugesagt. Ich habe ihm im Gegenzug bereits eine Kaufsumme über 20% des Schätzwertes zugebilligt. Ihr Anteil am Verkauf der Villa, liebe Frau Malo, wird genauso hoch sein." Er verstummte kurz, damit seine kommenden Worte besonders viel Nachdruck bekamen. „*Wenn* Sie erben und dann direkt an mich verkaufen." Er wollte tatsächlich, dass ich meine Oma über den Jordan brachte! Der Mann ging auf Nummer sicher. Immerhin hatte er Ferdi offenbar einen entsprechenden Auftrag erteilt. Er konnte nicht wissen, dass dieser Plan auf endgültige Art vereitelt war. Jetzt wartete er noch auf Mimis Balkonbesuch und spannte mich als zusätzliche Reservemörderin ein. „Mein Angebot ist zeitlich begrenzt", sagte er in vollkommen geschäftsmäßigem Ton.

„Ich werde sehen, was ich tun kann", sagte ich mit zittriger Stimme. Mir wurde schlecht und jedes meiner Worte musste ich beinahe herausspucken.

Das Gespräch führte ich von Mimis Arbeitszimmer aus. Ich saß in ihrem Lederstuhl und kam mir darin ungeheuer klein vor. Sie selbst stand vor dem Fenster und betrachtete im Dämmerlicht des Abends die Leere dahinter. Der Garten präsentierte sich als dunkle Wand, die hinter dem Fenster nur mit Schwärze aufwartete. Vielleicht schaute Mimi aber auch nur ihr Spiegelbild an, das sich auf dem Fensterglas reflektierte.

Herr Jensen sagte: „Wir sehen uns morgen. Bis 11.00 Uhr müsste ich das Geld besorgt haben. Wir treffen uns am Tor, wenn es Ihnen recht ist."

„Wir sehen uns morgen", antwortete ich mechanisch und legte auf. Danach rieb ich mir die Hände, als hätte ich etwas besonders Ekelhaftes angefasst. Mimis Atem rasselte. Sie wirkte ruhig, entspannt, aber auch genauso müde, wie ich mich fühlte. Mit Daumen und Zeigefinger massierte sie sich den Nasenrücken. „Morgen flitzt er als Allererstes zu seiner Bank und hebt sein Geld ab. Notfalls wird er sogar überziehen, nur um dich zu bezahlen. Er kann es sich nicht erlauben, seine Gönner um noch mehr Zaster anzuhauen."

Einer inneren Eingebung folgend, fragte ich: „Weißt du das? Oder rätst du nur?"

Mimi schnaubte. „Herrn Jensen steht das Wasser bis zum Halse. Ich war in den letzten Stunden, seit er sich am Balkon zu schaffen gemacht hatte, nicht untätig. Ich habe einiges herausgefunden."

„Herausgefunden? Was?"

„Die Männer hinter unserem macht- und geldgierigen Bürgermeister sind für ihn eine Nummer zu groß. Die Leute aus der Stadt sind nur ein unbedeutender Teil seiner Sponsoren. Das Einkaufszentrum ... Mit dem Bau möchten ein paar sehr gefährliche Leute Geld waschen."

Ich schloss die Augen und versuchte, den Kloß in meinem Hals herunterzuschlucken. „Die Mafia?"

„Vielleicht. Aber etwas in der Größenordnung. Auf jeden Fall geht es für unseren Bürgermeister nicht nur um seine politische Karriere."

„Aber müssen wir dann keine Angst haben? Ich meine, die brauchen doch keinen Bürgermeister, um uns aus dem Weg zu räumen."

„Jensen ist in dieser Angelegenheit die Schlüsselperson. Ohne ihn wird es kein Einkaufszentrum geben. Wir sind nur so lange in Gefahr, wie es den Bürgermeister gibt. Wenn es den Bürgermeister nicht mehr gibt, können seine Hintermänner hier nichts mehr erreichen. Und wir sind erst in Gefahr, wenn der Bürgermeister auf die Idee kommt, seine Geldgeber um entsprechende Hilfe zu bitten, was sich dieser elende Feigling nicht traut."

„Bist du dir da sicher?"

„Sicher? Natürlich bin ich das. Dies hier ist mein persönlicher Krimi! In meiner Story kenn' ich mich aus. Das Skript ist von mir und alles folgt meiner Regie. Hier geht es nicht um Logik. Hier musst du die Psychologie miteinbeziehen. Ich weiß genau, wie Jensen agieren wird!"

Ich verkniff es mir zu widersprechen. Aber ich erinnerte mich noch zu gut daran, wie erschrocken Mimi war, als sie von Lena und mir den manipulierten Balkon gezeigt bekommen hatte. Das stand ganz gewiss nicht in ihrem Drehbuch.

„Wenn alles nach deinem Skript läuft", sagte ich etwas zögerlich, „wie wird es dann weitergehen?"

Mimi zuckte unschuldig mit den Schultern. „So wie ich es geplant habe."

Damit wollte ich mich dieses Mal nicht abspeisen lassen: „Und alles was bisher passiert ist, war geplant?"

Mimi hinkte zu ihrem Sessel und wedelte mit der Hand, um mich daraus zu verscheuchen. Wenigstens, dachte ich, verzichtete sie auf ein …

„Husch, husch", sagte sie.

Ich platzierte mich also am Fenster. Mimi in ihrem Sessel. Jede hatte wieder den ihr gebührenden Platz. Das befand Mimi offensichtlich auch so, denn ein zufriedenes Nicken führte ihre nächsten Worte an. „Du spielst natürlich auf Ferdi, Helge und Hans an. Ja. Sie sind tot und das steht so in meinem Manuskript."

Meine Zunge war plötzlich wie ein trockener, staubiger Lappen in meinem Mund. Das Sprechen fiel mir entsprechend schwer: „*Du* hast sie doch umgebracht."

„Ich habe dir schon einmal gesagt, dass ich dazu nicht mehr in der Lage bin. Es ist schade, dass du in den Jahren mit Tom so sehr das selbstständige Denken verlernt hast. Ich habe niemanden umgebracht. Trotzdem läuft alles nach Plan."

„Du hast geplant, dass Ferdi stirbt?"

„Liebes, ich bin alt. In meinem Leben ist einiges durcheinandergeraten. Es wird Zeit aufzuräumen."

„Du kannst doch nicht einfach Leute umbringen! Das ist …" Ich wusste nicht, wie ich es sagen sollte.

Mimi half mir mit dem gesuchten Wort aus: „Böse? Ich glaube, das habe ich dir schon mal erklärt. Das Böse liegt immer im Auge des Betrachters. Oder anders gesagt: Unser Verständnis der Begriffe *Gut* und *Böse* trennt die Terroristen von den Freiheitskämpfern."

Großhirn und Kleinhirn legten einen Spurt ein, übersprangen einige Gedanken wie Hürden. Einige wichtige, selbstverständliche Fragen ließ ich aus und mein Mund bewegte sich, um die Konsequenz aus all dem auszusprechen: „Tom? Du willst, dass Tom stirbt?"

„Wir sollten schlafen gehen", sagte Mimi. „Morgen wird ein anstrengender Tag." Dann stand sie einfach auf, ließ mich ohne ein weiteres Wort im Arbeitszimmer zurück.

Falsche Fährten

Der kleine Reisewecker auf meinem Nachttisch schnitt tickend die Zeit in kleine Scheiben. Es war schon spät in der Nacht und mir geisterten zu viele Fragen durch den Kopf. An Einschlafen war trotz der niederknüppelnden Müdigkeit nicht zu denken. Dabei waren besagte Fragen inzwischen nicht mehr das Problem. Vielmehr fürchtete ich mich vor den Antworten. Es waren Antworten, die sich inzwischen ohne mein Zutun ganz von selbst ergaben.

Mimi sagte, dass sie keinen der Morde begangen hatte. Mit ihrer Argumentation, dass sie dazu physisch gar nicht in der Lage sei, nahm sie tatsächlich solchen Verdächtigungen allen Wind aus den Segeln.

Andererseits wusste ich nun mit aller Sicherheit, dass es im Haus jemanden gab, der Gelegenheiten, Fähigkeiten und wohl auch Motive hatte. „Norbert", flüsterte ich. Hatte er nicht vorhin noch seine bedingungslose Loyalität beteuert? Er war der perfekte Mörder. Mimi musste nur mit dem Finger schnippen. Auf ihr Geheiß würde er in gewohnter Höflichkeit jedem ihrer Widersacher etwas Strychnin in die Pralinen spritzen und nach dem Verzehr beiläufig nach der allgemeinen Befindlichkeit fragen.

Das Kreuz im Parkett, damit das Bügeleisen auch ganz bestimmt Ferdis Kopf traf, entsprach Norberts Gründlichkeit. Untröstlich wäre er gewesen, wenn er hätte nachbessern müssen.

Der Schuss auf Helge musste auch durch seine Hand ausgeführt worden sein. Die Aufsicht der Waffen oblag ihm. Er besaß die Schlüssel für den Waffenschrank. Außerdem war er, wie ich nun wusste, ausgebildeter Schütze. Einen Waffenschein besaß er nicht von ungefähr.

Blieb einzig der Mord an Hans, der nicht so recht ins Bild passte. Mimi hatte gesagt, dass Norbert zur Tatzeit bei ihr gewesen sei. Aus irgendeinem Grund wollte ich ihr das glauben, auch wenn sie objektiv betrachtet als Serienmörderin nicht unbedingt das beste Alibi gab.

Ich hörte Schritte im Flur. Sie kamen näher. Wer mochte mitten in der Nacht hier durch die Villa streunen? Wieder eine Antwort, die sich selbst gab, denn es klopfte leise, zaghaft. „Helen?", erklang Lenas Stimme durch die Tür. „Bist du noch wach?"

Ich stellte fest, dass ich mir gerade erschrocken die Bettdecke bis zum Hals hochgezogen hatte. Mein Unterbewusstsein hatte wohl mit Tom als Überraschungsgast gerechnet. Wie albern!

„Komm rein", sagte ich.

Im Lichtschein, der durch den Türspalt in mein Zimmer drang, zeichnete sich Lenas Silhouette ab. Den Kopf leicht eingezogen, die Arme vor dem bisschen Brust verschränkt, stand sie da.

„Raus oder rein." Ich bemühte mich um einen freundlichen Ton. Dabei war ich mir allerdings selbst nicht ganz im Klaren, ob ich mich über nächtlichen Besuch freuen wollte. Als sie unsicher einen Schritt nach vorne tat und sich die Lichtverhältnisse dadurch veränderten, nahm ich eine Wandlung an ihr wahr, ohne gleich zu wissen, was es war. Aber dann …

Ihre unscheinbaren Dienstmädchenklamotten hatte sie für die Nachtruhe selbstverständlich abgelegt. Ein dünnes, cremefarbenes Nachthemd kleidete sie nun. Irgendwie erinnerte sie mich an diese japanischen Zeichentrickfiguren. Großer Kopf, riesige unschuldige Augen und ansonsten nur ein Hauch von einem Körper.

Sie flüsterte. „Kannst du auch nicht schlafen?"

„Nein", antwortete ich wahrheitsgemäß, „ich kann auch nicht schlafen. Mimis Krimi hält mich wach."

Lena kam langsam näher. Sie deutete auf die leere Betthälfte. „Darf ich?"

„Klar!" Warum auch sollte sie sich nicht zu mir setzen dürfen?

Doch zu meiner Überraschung schlüpfte sie hastig unter die Bettdecke und legte sich steif und starr hin, zog ebenfalls die Decke hoch, fast bis zur Spitze ihrer Stupsnase.

„Mimis Krimi?", fragte sie.

„Ja", dachte ich laut, „so kann man das ganze Spiel der letzten Tage nennen, oder?"

„Und was beschäftigt dich daran so?" Ihre Frage sollte unschuldig klingen. Doch ich spürte, dass mehr dahinter verborgen lag.

„Eigentlich alles", erklärte ich, „*uneigentlich* habe ich Angst davor, wie es weitergehen wird. Ich habe eben mit Mimi gesprochen …" Sollte ich dem Dienstmädchen meiner Oma tatsächlich davon erzählen? Ich zögerte kurz. Doch dann musste ich für mich feststellen, dass ich bei

Lena längst die Schwelle zur Freundschaft überschritten hatte. Also konnte ich ihr ruhig mehr erzählen, entschied ich. „Mimi wird Tom umbringen. Ooooder zumindest will sie Tom umbringen lassen."

Lena überraschte *mich* damit, dass *sie* nicht überrascht war. Sie gab nur ein leises „Hm-m" von sich.

„Wie viel weiß du von all dem?", fragte ich misstrauisch.

„Ich?" Lena holte ihre Hände unter der Bettdecke hervor und strich den Stoff über sich glatt. So glatt, als läge niemand neben mir. Auf diese Weise konnte sie sich nicht vor mir unsichtbar machen.

„Nein", sagte ich sarkastisch, „nicht du. Ich meine die andere Frau in meinem Bett. Natürlich du. Was weißt du über Mimis Pläne?"

„Mimi will Tom aus deinem Leben ausradieren", sagte sie schlicht.

„Nett von ihr, oder?"

„Nett? Hast du gerade wirklich ‚nett' gesagt? Ich will nicht, dass sie Tom tötet. Ich will, dass sie überhaupt niemanden tötet!"

„Warum nicht?" Redete ich immer noch mit Lena oder hatte ich es hier mit einem Ableger meiner Oma zu tun?

„Weil man nicht einfach durch die Gegend läuft und jeden, dessen Nase nicht ins eigene Weltbild passt, abmurkst. Es gibt inflationär viele Leichen im Keller, falls dir das noch nicht aufgefallen ist."

„Nicht so laut", versuchte Lena mich zu beschwichtigen. „Norbert könnte uns hören."

Ich schniefte. „Norbert, pah!" Aber ich redete tatsächlich ruhiger weiter. Ich flüsterte sogar: „Norbert ... Er ist Mimis Scherge, nicht wahr?"

Keine Antwort. Stattdessen eine Gegenfrage. „Warum willst du Tom vor Mimi schützen?" Lena ließ ihren Kopf in das Kissen sinken. Dabei rutschte sie ein wenig näher an mich heran. Auch ich bettete meinen Kopf wieder in die Federn. Jetzt stierten wir gemeinsam in die Leere über uns. „Warum willst du Tom vor Mimi schützen?", wiederholte Lena sehr leise.

Die Antwort war nicht leicht. Schon gar nicht, wenn ich ehrlich sein wollte. „Ich habe ihn mal geliebt."

„Liebst du ihn immer noch?"

Schläge, Tritte, Demütigungen, Schikane und diese ständige, unterschwellige Angst vor seiner unbändigen Wut ... Meine Erinnerungen waren damit vollgestopft wie Mimis Fotoalben mit den alten Bildern. Doch irgendwo unter diesen Erinnerungen begraben, lagen die ersten Tage, in denen Tom anders gewesen war. Oder sich zumindest anders gegeben hatte. Da war der Mann, den ich für das geliebt hatte, was er mal war. Irgendwo in seinem Innern war er noch der gute Typ. Bestimmt. „Du kennst ihn nur als Arschloch. Er war mal anders. Für mich war er mal der perfekte Mann." Das war keine ausreichende Antwort. Aber wie sollte ich das in Worte fassen? Tief unter dem Schorf auf meiner Seele, verborgen von Krusten und Narben, war noch ein winziges Stück Gefühl. Es sagte mir, dass es falsch wäre, Tom meinetwegen umzubringen. „Liebst du ihn immer noch?" Solche Sätze sind in Nächten, in denen man keinen Schlaf findet, nicht fair.

Schließlich bediente ich mich aus Mimis Sprachschatz. Ich sagte: „Vielleicht."

Ein kurzes Schweigen folgte. „Dann könnte ich an deiner Stelle auch nicht einschlafen."

„Du kannst auch nicht einschlafen", merkte ich an.

Lena grinste mich kurz an. „Stümmpt. Ich kann auch nicht schlafen."

„Ok, dann sag mir warum."

Lena schien sich unschlüssig zu sein, ob sie antworten wollte. „Ich … habe Mimi einen Gefallen geschuldet."

„Einen Gefallen?" Was hatte das denn nun schon wieder zu bedeuten?

„Ja. Einen Gefallen. Für all die Jahre, seit meiner Befreiung."

„Du meinst die Sache mit der Sekte?"

„Jap."

„Und deshalb kannst du nicht schlafen?" Ich ließ mir das kurz durch den Kopf gehen. Aber ja, natürlich! Lena war ein Mitwisser. Während Mimi ihren Plänen nachging, hatte Lena den Mund gehalten und ihren Job gemacht. Sie hatte sogar dabei geholfen, die Spuren zu verwischen.

„Der Spuk wird morgen ein Ende haben", sagte ich. „Es ist dringend an der Zeit, dass mal jemand meiner Oma für fünf Pfennig Bescheid sagt. Keine Toten mehr."

„Das würdest du für mich tun?" Diese Aussage verwirrte mich nun wieder.

Warme Sonnenstrahlen weckten mich. Ein paar Staubkörner tanzten ihren ewigen Tanz im Licht. Auf meinem Bauch lag Lenas Kopf. Der Rest von ihr schmiegte sich fest an meinen Körper. Sie schlief tief und fest.

Wir mussten gestern also doch irgendwann eingeschlafen sein. Dabei hatten wir noch so viel erzählt. Nun eigentlich hatte sie erzählt. Von ihrer Zeit im Gemeindehaus und von ihrem Leben hier bei Mimi. Ich muss zugeben, dass mich ihre leise Stimme langsam aber sicher in Morpheus' Arme geführt hatte. Ich konnte mich kaum daran erinnern, was sie mir alles erzählt hatte.

Vorsichtig rückte ich von ihr ab. Ich wollte sie nicht aufwecken. Auf halbem Weg zum Bad hörte ich, wie sie hinter mir schlaftrunken stöhnte. Ich drehte mich zu ihr um und konnte ihr zusehen, wie sie sich reckte und streckte. Dabei gähnte sie herzhaft. Süß. Wie ein Katzenbaby. Der Vergleich ließ mich schmunzeln.

„Wie spät ist es?"

„Gleich sieben", stellte ich nach einem kurzen Blick auf meine Armbanduhr fest. Untypisch für mich, so früh schon fit zu sein. Das lag wohl daran, dass ich ausnahmsweise tief und traumlos geschlafen hatte.

„Puh." Lena beeilte sich aufzustehen. „In einer halben Stunde muss ich Frühstück machen." Sie flitzte zur Tür, riss sie auf und rannte im nächsten Moment beinahe Mimi über den Haufen, die gerade den Flur entlang ging.

„Oh, Entschuldigung", rief Lena, die sich gerade noch rechtzeitig im Türrahmen festhalten konnte, um zu bremsen. Dann glitt sie an meiner Oma vorbei und verschwand mit wehendem Nachthemd. Mimi verharrte vor meiner Tür und ich verharrte mitten im Zimmer. Sie blickte mich an. Ich blickte sie an. Sie fragte es nicht. Nicht mit dem Mund. Aber ihre Augen fragten es. „Lena?"

Ohne Worte antwortete ich: „Es ist nicht so, wie es aussieht."

Mimi zog die Augenbrauen hoch. Sie fragten: „Wie sieht es denn aus?"

Aber wie gesagt: Dies geschah alles lautlos. Schon erntete ich ein süffisantes Lächeln. Und Mimi ging zur Treppe.

Das Frühstück nahmen wir im Wintergarten zu uns. Poirot hatte mich freudig mit „Na, du Ve'b'echea!" begrüßt und dafür eine Nuss von mir bekommen. Er knurpselte sie zufrieden, während Norbert uns Kaffee einschenkte. Mimi schwieg. Sie wirkte beinahe so nachdenklich und in sich gekehrt, wie wenn sie einen Krimi las. Aber vor ihr lag kein Buch. Deshalb wurde ich das Gefühl nicht los, dass sie höchst konzentriert nachdachte.

„Einen Pfennig für deine Gedanken", sagte ich schließlich, da mir ein Frühstück ohne Palaver tatsächlich inzwischen unangenehm war, obwohl ich in meiner Wohnung normalerweise immer alleine aß.

„Oh, entschuldige." Mimi kam ins Hier und Jetzt zurück. „Ich war wohl etwas abwesend. Ich bin den heutigen Plan – äh – Tagesplan nochmals im Geiste durchgegangen. Außerdem musste ich gerade über deinen nächtlichen Besuch sinnieren."

„Da gibt es nichts zu sinnieren", erklärte ich gereizt. Es war mir unangenehm, dass jemand gesehen hatte, wie Lena aus meinem Zimmer gekommen war.

„Ich hab kein Problem damit", flötete Mimi. „Erlaubt ist, was glücklich macht. Ich möchte dich nur bitten, dass du ihr nicht wehtust."

„Wieso sollte ich Lena wehtun?" Der Groschen fiel bei mir nur pfennigweise.

„Spiele nicht mit Lena."

„Spielen?"

„Sie ist genauso verletzlich, wie du es bist. Es wäre falsch, ihr Hoffnungen zu machen, wenn du es nicht ehrlich mit ihr meinst."

„Hoffnungen machen?"

„Kindchen, ... Sie ist in dich verliebt."

Der körpereigene Bote notierte die letzten Worte hastig auf einen Zettel und flitzte los, um die Botschaft schnellstmöglich beim Hirn abzugeben. Unterwegs stolperte er leider und kam dadurch erst mit erheblicher Verspätung an. Die vom Hirn formulierte Antwort brauchte ähnlich lange, um bis zum Mund transportiert zu werden. Mimi war längst aufgestanden. Als ich zu einem ersten „Aber ..." ansetzen wollte, war ich schon allein am Tisch. Vor mir lag das Brötchen, auf das ich gerade mal die Butter geschmiert hatte.

„Soll ich einen frischen Kaffee eingießen?" Norbert hatte sich an meine Seite teleportiert. „Der in der Tasse dürfte inzwischen kalt sein."

„Manchmal denke ich, das Leben rauscht an mir vorbei", sagte ich an mich selbst gewandt.

Norbert erlaubte sich ein schwaches Grinsen und nickte. Für einen Sekundenbruchteil dachte ich, er würde antworten: „Das geht mir manchmal auch so." Tatsächlich sagte er etwas Ähnliches. Man konnte es wenigstens, wenn man es wollte, mit einigem Wohlwollen auf diese Weise interpretieren. „Den Eindruck habe ich auch manchmal."

Der Bürgermeister erschien pünktlich am vereinbarten Treffpunkt. Überpünktlich, um genau zu sein. Er hatte sich für diese Aktion tatsächlich mit einem Trenchcoat, einer dunklen Sonnenbrille und Hut gekleidet. Auf den ersten Blick hätte ich ihn für eine schlechte Humphrey-Bogart-Kopie gehalten. Dieser lächerliche Aufzug machte es mir leichter. Ich fühlte mich ihm überlegen und konnte deshalb die eigene Nervosität besser im Griff behalten. Mit aller Verächtlichkeit fragte ich: „Was soll dieser Aufzug?"

Jensen lachte nervös. „He, he. Nur für den Fall, dass uns hier jemand beobachtet. Ich kann Fotos, die mich bei der Übergabe eines braunen Umschlags zeigen, nicht gebrauchen."

„Ein bisschen Paranoia?"

„… kann auf der Bühne der Politik nicht schaden, Frau Malo."

Ich blickte zu seinem Wagen, der mit laufendem Motor etwa zehn Meter entfernt stand. Es war ein alter Fiat Panda. Fuhr er nicht sonst mit einem noblen Audi durch die Gegend?

„Mietwagen", sagte Jensen. „Es muss wirklich nicht jeder wissen, ob, wann und warum ich bei Mimi zu Besuch bin."

Unwillkürlich musste ich an die nächtliche Aktion am Balkon denken. „Sie verstehen es, sich zu verbergen." Da präsentierte sich Mimis Ironie auf meinen Lippen. Fühlte sich gut an, denn sie machte mich mental noch stärker.

Er schob mir das Kuvert in die Hand. „Wollen Sie nachzählen?"

Ich tat so, als würde ich den Umschlag in meiner Hand wiegen. Dabei wusste ich bis zum heutigen Tage nicht mal ansatzweise, wie viel

20.000 Euro wiegen. Meine Handfläche begann zu schwitzen, als mir bewusst wurde, was ich da gerade hielt.

Trotzdem gab ich mich weiter cool. „Nachzählen? Herr Bürgermeister. Käme mir nicht in den Sinn. Sie sind doch ein Ehrenmann." Ja, das war die Sprache, die er gewohnt war. Man log ihn freundlich an. Er log freundlich zurück. Er wusste, dass er belogen wurde. Und er durfte sich sicher sein, dass er als Lügner wahrgenommen wurde.

„Ehrenmann", wiederholte er zerstreut, „ja."

„Außerdem", fügte ich immer noch freundlich hinzu, „möchten Sie ja etwas von mir, nicht wahr? Wenn Sie mich betrügen würden, wäre es Ihr Schaden, nicht meiner."

„So sehe ich das auch", gab Jensen zu.

Nachdem der Bürgermeister sich hinter das Lenkrad seines Mietwagens gequetscht hatte und so schnell es der kleine Motor erlaubte die Straße hinunter zum Ort gerauscht war, ging ich zurück zum Haus. Norbert stand vor der Außentreppe. Nein, eigentlich hockte er auf dem Boden.

Er hockte auf dem Boden vor einem Auto.

Er hockte auf dem Boden vor einem zerbeulten Auto.

Er hockte auf dem Boden vor einem zerbeulten Golf GTI und schraubte an einem Nummernschild herum.

„Das ist Toms Auto", sagte ich perplex.

Norbert hielt kurz inne, blieb aber unten und drehte mir weiterhin den Rücken zu. „Wenn Sie es sagen."

„Warum machen Sie das Nummernschild ab?"

Norberts Hand machte wieder eilige Drehbewegungen. „Ich mache das Nummernschild nicht ab. Ich mache es fest."

„Fest?"

„Ja", sagte Norbert. Er stützte sich an der Motorhaube ab und drückte sich hoch. Den Schraubendreher ließ er in die Brusttasche seiner Weste gleiten. Das kleine Metallkreuz lugte nun keck neben dem weißen Einstecktuch hervor. „Wie Sie sehen." Aus der Hosentasche kramte er einen Schlüssel. Er drückte auf den Knopf für die Verriegelung. Nichts geschah. „Oh, der Falsche." Mit einem dünnlippigen Grinsen griff er nochmals in die Hosentasche und holte einen identisch aussehenden Schlüssel hervor. Auch dort drückte er auf den Knopf. „Klack!"

Zwei gleiche Schlüssel ... Tom hatte Norbert doch nur einen Schlüssel gegeben. Woher kam der zweite Schlüssel?

Meine Füße dachten schneller als der Kopf. Sie trugen mich zum Schuppen, so schnell sie konnten. Mit aller Kraft stemmte ich das Tor auf, drehte den Lichtschalter und sah im Flackern der aufblitzenden Neonröhren den Benz und ...

... daneben einen unversehrten Golf GTI ohne Nummernschilder.

„Madame sagt, dass Sie noch zur Bank müssen. Da Sie schon mal hier sind, wäre es meinerseits nicht unangemessen, Sie zu bitten, im Benz Platz zu nehmen", sagte Norbert in aller Nüchternheit, während ich noch nach Luft rang. „Ich fahre Sie dann gerne."

Ich machte auf den Absätzen kehrt und rannte wieder zurück zum Haus. Gleiche Farbe, gleiche Ausstattung. Und Toms Nummernschilder. Ich spähte in den Innenbereich. Die gleichen Sportgurte. Am Spiegel baumelte eine kleine Discokugel. In der Mittelkonsole lagen einige Techno-CDs. Raubkopien, die Tom mit seiner eckigen Handschrift bekritzelt hatte. Auf der Rückbank lag seine Sporttasche, halb offen. Darin war eine schmutzige Tennissocke im Halbdunkel zu erkennen.

Ich ging um den Wagen herum. Die vordere Schürze war total verbeult. Auch die Motorhaube hatte offensichtlich einige schwere Stöße abbekommen. Es war nicht schwer zu erkennen, dass der Wagen gleich mehrmals mit etwas zusammengestoßen war.

Der Heckbereich sah nicht besser aus. In der Kofferraumklappe war eine gut dreißig Zentimeter breite Delle, der Heckspoiler war geknickt, der Lack wies tiefe Kratzer auf. Als mein Blick auf das verbogene Auspuffrohr fiel, drehte sich mir fast der Magen um: Eine dunkelrote, fast schwarze Masse klebte dort, verrußt von Hitze und den Abgasen. Ich konnte auch Haare erkennen.

Hinter mir hielt der Benz. Norbert stieg aus, ging gemessenen Schritts um Mimis Auto herum und öffnete mir die Beifahrertür. „Ich habe heute wirklich eine exorbitante Menge zu tun. Deshalb muss ich nun darauf bestehen, dass es keine weiteren Verzögerungen Ihrerseits gibt. Madames Anweisungen dulden keinen Aufschub."

Auf dem Beifahrersitz lagen ein Mantel und ein Damenstrohhut. „Was ist das?", fragte ich, da ich das unbestimmte Gefühl hatte, dass ich die Kleidungsstücke nicht einfach auf die Rückbank pfeffern durfte.

„Mimi bittet Sie, dies für die Dauer Ihres Aufenthalts in der Bank anzuziehen. Ein ähnlich unpassendes Outfit trägt die Geliebte des Bürgermeisters. Die dazugehörige Dior ist im Handschuhfach."

Die ‚Dior' war eine üppige Sonnenbrille mit schwarzen Gläsern. Na toll! Eben hatte ich mich noch über die Film-Noir-Selbstinszenierung des Bürgermeisters amüsiert und schon durfte ich selbst in eine billige Grace-Kelly-Rolle schlüpfen. „Herr Jensen hat eine Geliebte?"

„Das war nicht schwer zu ermitteln. Selbst Kressin und Stroever müssten dieses kleine Detail inzwischen wahrgenommen haben. Madame ist sich sicher, dass die Herren Kommissare zu einem späteren Zeitpunkt die Videoaufzeichnungen der Bank sichten werden."

Der Rest des Vormittags verlief weitestgehend so, wie Mimi es geplant hatte: Verkleidet und ganz Dame stolzierte ich im zehn Kilometer entfernten Nachbarort in die Bank hinein, während Norbert im Benz auf mich wartete. Ich schob dem milde erstaunten Kassierer das Briefkuvert in den Schalter. Meine Hände zitterten dabei fast gar nicht und als ich den Einzahlungsbeleg unterschrieb, machte es mir keine Mühe unleserlich zu schreiben. Allerdings hätte ich um ein Haar den Kugelschreiber eingesteckt. Überdreht lachte ich den Fauxpas weg. „Wer will schon wegen eines geklauten Kugelschreibers in einer Bank festgenommen werden?"

Der Kassierer gab sich freundlich. „Weit wären Sie nicht gekommen."

„Sicherheitsalarm?", fragte ich verzweifelt heiter.

„Nein, aber die Kette am Schreiber hat nur dreißig Zentimeter."

MacGuffin

Natürlich hatte ich Norbert gefragt. Und natürlich hatte er mir außerordentlich beredt *keinerlei* Auskünfte gegeben. Naja, die Heimfahrt, wie zuvor die Fahrt zur Bank, verlief eigentlich ziemlich schweigsam. Wenn Norbert nicht reden wollte, dann tat er es nicht. Also kamen wir gegen Mittag wieder zurück. Der Benz spuckte mich vor dem Haus aus und schaukelte dann weiter zum Schuppen. Der Golf stand noch immer da. In aller Unschuld riss er seinen Rachen auf wie ein Krokodil, das darauf wartete, von einem Vogel die Zähne gereinigt zu bekommen. Nun, eigentlich war nur der Kofferraum offen und Lena, ganz ohne Federkleid, stemmte einen blauen Plastikkanister hinein.

Ein Hauch von Benzin lag in der Luft, als ich sie erreichte.

„Mimi erwartet dich", sagte sie. „Du sollst noch schnell einen Happen essen und ihr dann im Keller helfen. Ich hab dir was im Esszimmer serviert. Unter der Warmhalteglocke ist ein Schnitzel. Wenn du dich beeilst, dann ist es noch warm. Bratkartoffeln sind …"

Ich unterbrach den Redefluss. „Mimi ist im Keller? Wen hat es dieses Mal erwischt?"

Lena war für einen kurzen Augenblick verwirrt. Als sie verstand, was ich meinte, winkte sie beruhigend ab. „Wo denkst du hin? Es hat niemanden erwischt. Aber du sollst Mimi helfen."

„Helfen?"

Das Essen blieb unberührt. Ich flitzte direkt in den Keller. Dabei stellte ich fest, dass ich in all den Jahren nun zum ersten Mal in die katakombenartigen Gewölbe des alten Hauses hinabging. Die Wände waren zwar trocken, aber die Backsteine zeichneten sich als sanft erhabene Struktur durch den Putz ab. An der Decke hingen Lampen hinter Sicherheitsdraht. Ihr Licht wirkte hart und kalt. Das Flair, das das Parterre und das Obergeschoss vermittelten, ging hier unten zugunsten einer leicht unheimlichen Stimmung verloren. Trotzdem leistete Mimis Personal unter Norberts Aufsicht hier unten hervorragende Arbeit. Es lag kein Stäubchen auf dem nur grob zementierten Boden. Auch Spinngewebe konnte ich nirgendwo entdecken. Entlang des Flurs gab es zahlreiche Abzweigungen. Auf den ersten Blick erinnerte es an ein Labyrinth. Auf den zweiten Blick erkannte ich den Grundriss des Hauses wieder. Jeder Abzweig führte in die Unterkellerung eines weiteren Anbaues. Und jeder Anbau war unterteilt in kleinere offene Räume.

„Oma?", rief ich etwas unsicher, weil ich nicht wusste, wo die Kühltruhen standen.

„Nenn mich nicht Oma", erscholl es direkt zu meiner Linken. Jetzt wusste ich, wo ich hin musste.

Ich fand meine Oma mit dem Kopf voran in einer von drei Kühltruhen. Es erinnerte mich an die Karikatur eines Vogel Strauß, der sich leidlich im Sand versteckte. Ihre Hände kramten in Pizzakartons und Tiefkühlbaguettes. „Suchst du was Bestimmtes?", fragte ich gereizt, als sie mich ein paar Augenblicke zu lange ignorierte.

„Ich suche meinen Gärtner", antwortete sie etwas außer Atem. „Du könntest mir ruhig helfen, diese vermaledeiten Kartons zur Seite zu schaffen.

„Was willst du denn von ihm?"

„Er muss da raus", erklärte Mimi, während sie an irgendetwas zerrte, dass ich aber von meiner Position auf der Türschwelle nicht sehen konnte. „Wie wäre es, wenn du mir mal helfen würdest?"

„Ich werde dir ganz bestimmt nicht bei deinem Mordsspielchen helfen. Ich häng' da schon tief genug mit drin."

„Genau deshalb wirst du mir helfen! Weil alles, was hier passiert, wegen dir passiert." Mimi stemmte sich in die Vertikale und funkelte mich böse an. „Du hängst mit drin. Ob du willst oder nicht."

„Wegen mir? Ich habe niemanden umgebracht."

„Ich auch nicht. Aber die Indizien sprechen dafür, dass du die Täterin sein könntest. Kressin weiß, dass du ein Motiv hast. Du willst an die Villa und schaltest alle aus, die dir im Wege stehen."

„Ich will nicht ..."

„Aber das denkt die Polizei", sagte Mimi unbeirrt. „Und jetzt wirst du mir, verdammt noch eins, helfen, diesen steifgefrorenen Mann aus meiner Kühltruhe zu ziehen, damit ich gleich ein Foto von der Truhe machen kann."

Und wieder verlor ich den Faden. „Warum willst du ein Foto von der Truhe machen?"

„Ebay." Mimi redete mit mir, als wäre ich schwer von Begriff. „Wenn ich sie nicht mehr brauche, kann ich sie ja wohl versteigern."

„In der Truhe lag eine Leiche", merkte ich an.

Mimi zuckte mit den Schultern. „Weiß ja keiner."

Ich stellte mir den künftigen Besitzer vor. Vermutlich ein Familienvater, der abends mit Frau und Kindern am Esstisch sitzen würde. Mir drängte sich unwillkürlich eine morbide Fantasie auf: „Schmeckt irgendwie anders." – „Ja, die Fischstäbchen haben so eine besondere Note. Es erinnert an …" – „Großvater." – „Der ist doch letztes Jahr gestorben." – „Eben."

Ich schüttelte mich. „Warum brauchst du die Kühltruhe nicht mehr? Hans wird sich doch nicht in Luft auflösen."

„Das Problem mit Namen Hans wird sich in Kürze lösen. Dazu muss er allerdings aufgetaut sein. Oder wenigstens angetaut. Helge und Ferdi müssen wir auch rausholen."

Da war wieder diese Übelkeit. Mimi konnte doch unmöglich von mir verlangen …

„Mein Einsatz ist nicht so hoch." Mimi lächelte diebisch. „Was ist für mich noch lebenslänglich? Ich würde vermutlich nicht mal mehr das Ende meiner Gerichtsverhandlung erleben. Wie steht's mit dir?"

Tja, wie stand es mit mir? Sagen wir mal so: Ich ging ohne weitere Zickereien hinüber zur Kühltruhe und räumte Tiefkühlkost zur Seite.

Kurz darauf kam Norbert uns zu Hilfe. Er schaffte es irgendwie, die Leichname herauszuheben. Während ich die Lebensmittel, die nun auf dem Boden verstreut herumlagen, in eine der drei Truhen einräumte, machte Mimi mit einer billigen Digitalkamera Fotos von den beiden anderen Tiefkühlgeräten. „Ach, ist das aufregend …", sagte sie.

Ich stimmte ihr innerlich zu. Eine Posse mit Mord und Todschlag war auch für mich unter die Rubrik *Aufregend* abzuheften.

„… ich habe noch nie was bei Ebay eingestellt", ergänzte Mimi.

Auf der Treppe ins Erdgeschoss scheppterte es leise. Da Norbert meinen Cousin an den Füßen gepackt hatte und nun hinter sich her schleifte, konnte ich mir leider nur zu gut vorstellen, welches steifgefrorene Körperteil da gerade Stufe für Stufe nach oben klapperte.

Mimi sah meinen gequälten Gesichtsausdruck. Sie steckte den Fotoapparat in die Tasche ihrer Strickjacke und kam dann zu mir. „Schätzchen, was ist los?"

„Was soll schon los sein?"

„Flattern die Nerven?"

Mist! Ich kämpfte tatsächlich mit den Tränen. „Ich habe gerade einen Tiefkühlverwandten, meinen frostierten Stiefvater und einen weiteren eiskalten toten Mann angefasst. Tut mir leid, dass ich nicht halb so abgebrüht bin wie du."

Mimi lächelte entschuldigend. „Liebes, das verlangt doch keiner von dir. Nur noch heute. Dann hat der Spuk wahrscheinlich ein Ende."

„Tom?", fragte ich mit erstickter Stimme.

„Tom", antwortete Mimi. Mehr sagte sie nicht. Es lag auch alles drin, was zu sagen war. Sie wollte ihm das Licht auspusten. Um meinetwillen.

„Er soll nicht sterben", flüsterte ich.

Mimi schaute mir in die Augen. Sie las in mir. Sie las meine Gefühle, meine Ängste, meine Zweifel. „Liebe ist etwas Seltsames, nicht wahr? Sie kann uns in die höchsten Höhen katapultieren und sie kann die tiefsten Abgründe in uns auftun." Mimi nahm meine Hände in ihre. „Ich möchte doch nur, dass du ihn loslässt und wieder dein eigenes Leben lebst. Dein Lachen – ich vermisse es so sehr. Deine Angst vor Tom macht es kaputt. Wenn ich wüsste, dass du es eines Tages wiederfinden würdest, dann …"

„… ich werde es wiederfinden", beeilte ich mich zu sagen. „Dazu muss Tom nicht sterben."

„Das Leben ist eine einmalige Gelegenheit. Du musst aufpassen, dass du diese Gelegenheit nicht verpasst. Die Welt wartet nicht ewig auf dich."

„Für mich ist mit Tom meine Welt untergegangen."

Mimi winkte ab. „Die Welt ist also untergegangen? Dann will ich dir mal was sagen: Für den Mann im Mond geht jeden Tag die Welt unter. Es kümmert ihn nicht. Weißt du … ich war nie ein depressiver Typ. Nein, wirklich nicht. Wenn mich was runterzieht, strample ich so lange, bis ich wieder oben bin und ich bemühe mich, alle anderen, die mit mir unten sind, hochzuziehen. Das mag nicht jeder. Es gibt Menschen, die sich in ihr Schicksal für immer ergeben. Man muss sie zu ihrem Glück zwingen."

„Du willst *mich* zu meinem Glück zwingen?"

Mimi ließ sich Zeit mit der Antwort. Wieder forschte sie tief in meinen Augen. Dann bereitete sie mir ein Déjà-vu. „Du liebst ihn immer noch."

Ich antwortete meiner Oma so, wie ich Lena geantwortet hatte. „Vielleicht."

Mimi verstand. „Nun gut. Dann muss ich den Plan geringfügig ändern."

„Den Plan ändern?"

„Ja, Helen. Das sagte ich."

Die Tür zum Arbeitszimmer war nur angelehnt. Ich saß zwar auf dem untersten Absatz der großen Treppe, konnte aber jedes Wort das Mimi in ihr Telefon bellte, verstehen. „Ja, Tom. Eine gute und eine schlechte Nachricht."

„Die gute Nachricht ist, dass dir keiner den Hals umdreht", durchfuhr es mich. Doch Mimi hatte einen anderen Text aufzusagen. „Zuerst die Gute: Dein Wagen läuft wieder. Mein Mechaniker hat dein Zündschloss wieder repariert. War wohl nur eine Kleinigkeit. Die Kosten übernehme selbstverständlich ich. Wenn du magst, kannst du den Wagen gleich abholen kommen." Eine kleine Pause fügte sich an. „Was die schlechte Nachricht ist? Oh. Ach ja. Der Mechaniker hat eine kleine Probefahrt mit deinem Wagen gemacht." Wieder eine Pause. Mimi hatte bestimmt das Gesicht der Grinsekatze aufgelegt. „Ja. Eine Probefahrt. Um zu testen, ob mit deinem Auto ansonsten auch alles in Ordnung ist. ... Es ist ihm ein kleines Malheur passiert." Ich stellte mir unwillkürlich Tom vor. Jetzt musste ihm doch alle Farbe aus dem Gesicht gerutscht sein. Sein Ein und Alles: Das Auto!

Mimis Stimme wurde plötzlich wieder ganz die Stimme einer alten, senilen Frau. Diese Verwandlung kannte ich ja schon von ihrer Komödie mit den Polizisten. „Ich glaube, dass man da noch was ausbeulen kann."

Oh, was für ein diebisches Vergnügen sie doch mit diesen Worten haben musste. Zugegebenermaßen konnte auch ich mir ein Schmunzeln nicht verkneifen. „Hast du Vollkasko? Tom? ... Tom? ... Tom?"

Der Hörer wurde auf die Gabel gelegt. Die Tür öffnete sich und Mimi trat frohen Mutes zu mir. „MacGuffins, wohin man sieht", stellte sie vergnügt fest. Was hatte denn jetzt amerikanisches Fastfood mit Tom zu tun? „Dein Ex wird wohl ziemlich bald hier sein."

„Was ist denn ein MacGuffin?"

„Das Auto ist ein MacGuffin."

„Es ist ein VW."

„Das auch. Aber in unserem Krimi ist es ein MacGuffin", sagte Mimi in einem Tonfall, der keine Widerworte mehr billigte. Wenigstens ließ sie sich noch zu einer leidlichen Erklärung herab. „Ein MacGuffin ist ein Gegenstand, der die Handlung vorantreibt, ohne wirklich wichtig zu sein. In unserem Fall treibt sie Tom zum gewünschten Zeitpunkt in unsere Falle."

Norbert räusperte sich neben mir, obwohl ich eigentlich gedacht hatte, mit Mimi allein zu sein.

Mimis schaute ihn freundlich an. „Norbert, geht es Ihrem Hals wieder schlechter?"

Der Butler drückte sein Kreuz etwas weiter durch und sagte: „Danke der Nachfrage, Madame. Ich wollte nur anmerken, dass die Ankunft des Herrn Malo zum gewünschten Zeitpunkt nun doch etwas ungünstig gelegen sein könnte."

Mit etwas Mühe zerlegte ich den Satz in seine Bestandteile und versuchte darin einen Sinn zu ´erkennen. Dann entfleuchte mir ein wenig damenhaftes: „Hä?"

Mimi sagte nichts. Sie wartete ab, ob Norbert noch etwas zu ergänzen hatte. Norbert enttäuschte sie nicht. „In der Auffahrt steht der Dienstwagen der Herren Kommissare Kressin und Stroever. Sie sind noch nicht ausgestiegen, weil sie offenbar heftig miteinander diskutieren. Aber in absehbarer Zeit werden sie wohl um Einlass bitten. Es könnte sich unter Umständen als suboptimal erweisen, wenn die Polizei zu einem verfrühten Zeitpunkt im Hause ist."

„Sie denken, dass es zu einem Problem wird?" Mimi rieb sich wieder den Nasenrücken.

„Die Tiefkühlklientel wurde noch nicht platziert, wie Sie wissen. Ich habe sie in der Kammer unter der Treppe zwischengelagert, damit sie noch etwas auftauen können. Die Heizungsrohre laufen dort entlang."

„Ja", sagte Mimi, „dass sie noch nicht an Ort und Stelle sind, ist in der Tat ein Problem. Wir müssen die Leichen ungesehen an den Beamten vorbei bekommen. Und das, bevor Tom uns in die Quere kommt. Ich würde sagen, dass Sie unsere unerwarteten Gäste in den Wintergarten führen. Helen und ich werden die Herren dort ein wenig unterhalten. Dann haben Sie die benötigte Zeit, sich um die zu erledigenden Arbeiten zu kümmern. Lena soll Ihnen, wenn nötig, zur Hand gehen."

„Sehr wohl."

Schon erklang die Türglocke mit ihrem gewohnten Westminster-Schlag. Norbert öffnete ohne zeitliche Verzögerung, grüßte die Ankömmlinge mit einer angedeuteten Verbeugung. „Den Herren Kommissaren einen guten Tag. Wie angenehm, Sie wieder in diesem Hause begrüßen zu dürfen."

Poirot schnalzte begeistert. Stroever hatte vorsichtig den Zeigefinger durch die Gitterstäbe gestreckt und kraulte dem Papagei den Flaum oberhalb des Schnabels. „Alta Ve'b'echa", sagte der Vogel zwischendurch und schnappte kräftig, aber durchaus liebevoll, nach seinem Wohltäter. Stroever zog immer rechtzeitig seinen Finger zurück, nur um kurz darauf erneut Poirot zu streicheln.

„Sag mal: Hände hoch."

Poirot legte den Kopf schief, drehte ihn ruckartig, bis er in einem ziemlich grotesken Winkel stand.

„Hände hoch", wiederholte Stroever.

„Ganove", versuchte Poirot. Dann krächzte er unzufrieden, da er merkte, dass er die Herausforderung nicht gemeistert hatte.

Stroever gab ihm noch eine Chance: „Hände hoch."

„Wie schön, dass du Spaß hast, Kollege. Buchst du den Tag als Urlaub?" Kressin baute sich hinter Stroever auf und stemmte theatralisch missbilligend die Hände in die Hüften. „Wenn du mit deinem Sprachkurs für fortgeschrittene Kriminalisten fertig bist, würde ich gerne zur Sache kommen."

„Aber ich bitte Sie", sagte Mimi. „Ihr Kollege möchte doch nur zu einer entspannten Atmosphäre beitragen. Vielleicht möchten Sie mir schon mal verraten, was uns die überraschende Ehre beschert."

Der Hauptkommissar zog die Mundwinkel herunter. „Tja, wir wollten Sie fragen, ob Ihnen inzwischen etwas über den Verbleib Ihres Enkels bekannt ist. Im Zuge unserer Ermittlungen haben wir festgestellt, dass zwei weitere Personen aus Ihrem Bekanntenkreis zurzeit nicht auffindbar sind."

„Tatsächlich? Wurde noch jemand als vermisst gemeldet?"

Kressin zögerte. Schließlich rang er sich zu einem „Nein" durch. „Allerdings wollten wir einige Leute aus Ihrem direkten Umfeld befragen. Wir stellten dabei fest, dass Ihr Gärtner Hans Kuhn und Ihr Schwiegersohn Helge Bionda nicht zu erreichen sind."

In Filmen war das der Moment, in dem sich die Tatverdächtigen um Kopf und Kragen redeten. Ich muss zugeben: Um ein Haar hätte ich erwartet, dass auch Mimi diesen Fehler begehen und den Ermittlern erklären würde, warum sie unverdächtig sei. Doch sie hatte das Spiel längst durchschaut. Sie schaltete auf senil. „Ja? Ist das ungewöhnlich?"

„Hände hoch!"

„Alta Ve'b'echa."

„Nein", gab Kressin widerwillig zu, „ungewöhnlich ist das nicht. Aber da für einen Mord beziehungsweise für einen Mordversuch an Ihnen nur eine begrenzte Anzahl an Personen in Frage kommt, ist es natürlich wichtig, herauszufinden, wer ein entsprechendes Motiv hat." Und schon schaute er mich wieder an.

„Hände hoch. Sag: Hän-de-ho-och."

„Würdest du bitte damit aufhören?"

„Alta Ve'b'echa!"

Mimi humpelte zum Tisch und ließ sich auf ihren Platz sinken. Sie klopfte auf den Platz neben sich und deutete mir auf diese Weise, dass ich mich auch hinsetzen sollte.

„Das bringt doch nichts", sagte Stroever. Er rieb sich den Finger. Poirot hatte ihn zu guter Letzt also doch erwischt. „Frau Richter wird wohl kaum ihren Gärtner im Keller verstecken."

Ich lachte nervös, verkniff es mir aber direkt wieder. Trotzdem befand ich mich auf unangenehme Weise plötzlich im Fokus des Geschehens. „Entschuldigung", raunte ich.

Im Foyer schepperte etwas. Vermutlich Norbert, der mit irgendwelcher Tiefkühllogistik beschäftigt war. Stroever überlegte kurz, ob er nachschauen sollte, doch Kressin duldete keine weitere Ablenkung. Das war seiner säuerlichen Miene deutlich anzusehen. „Frau Malo, können Sie uns was zum Verbleib der vermissten Personen sagen?"

Hilfesuchend griff ich nach Mimis Hand, die Gottlob durch den zwischen uns stehenden Tisch außerhalb des Sichtbereichs der Beamten war. Aber Mimi blieb still. Ich leider auch, wie mir auffiel. „Hans ... äh ... Ferdi ist mir nicht begegnet." Ja. Mimi hatte ausgesagt, dass Ferdi hier nicht aufgetaucht war. Folglich konnte ich ihn auch nicht gesehen haben. Eine plausible Aussage. „Hans ..." Wussten die Polizisten von der Entlassung des Gärtners? Oder hatte Mimi das mal erzählt? Ich sollte besser über ... „Helge ...", stammelte ich, „ist mein Vater. Äh. Also eigentlich nicht. Er ist der Mann meiner Frau. Äh, nein. Er ist der Mann meiner Mutter."

„Nervös?" Stroever stützte sich mit beiden Händen auf der Tischfläche ab und beugte sich zu mir vor. Das Holz knirschte unter seinem Gewicht. Sein Gesicht nahm plötzlich mein gesamtes Blickfeld ein. „Was können Sie mir über *den Mann Ihrer Mutter* sagen?"

Dieser Polizist war mir jetzt bei Weitem zu nah. Mein Mund japste zwei Mal nach Luft. Groß- und Kleinhirn schalteten auf Notbetrieb. Ich presste den ersten Satz hervor, der mir in den Sinn kam: „Er ist nicht im Keller."

Der Hauptkommissar drückte sich wieder hoch. „Kollege, wir sollten diese Aussage schriftlich festhalten." Das ließ sich als ironische Äußerung deuten, doch Kressin, dem die gereizte Verfassung Stroevers natürlich nicht entgangen war, sagte: „Im Auto. Der Schreibkram liegt im Auto."

Nun, die Rangordnung der beiden, dienstlich wie menschlich, war offensichtlich. Deshalb wäre es eigentlich Stroevers Aufgabe gewesen, zurück zum Dienstwagen zu gehen. Da sich dieser aber wieder dem Papagei zugewandt hatte, stampfte Kressin notgedrungen selbst hinaus.

Hoffentlich ist Norbert nicht gerade mit Helge im Foyer zugange, durchfuhr es mich. Mimi dachte bestimmt etwas Ähnliches. Jedoch ließ sie es sich nicht anmerken. Sie sprach mit Stroever. „Ist *Inspector* Kressin ... ist der immer so freundlich?"

Stroever lächelte entschuldigend. „Mein Kollege hat ein recht zynisches Bild von unserer Gesellschaft. Nehmen Sie es also nicht persönlich. Er ist eigentlich ein netter Typ. Weiches Herz und so."

„Merkt man ihm nicht an", stellte ich fest.

„Nur weil er so mürrisch und meistens wortkarg ist. Hat Probleme zu Hause, wissen Sie? Wenn er dann während der Dienstzeit einen seiner Ausbrüche hat, kommt es immer sehr heftig."

Ich nickte und rieb mir gleichzeitig die schwitzenden Handflächen. „Mürrisch, wortkarg und manchmal heftig. Ja, das trifft es."

Oberkommissar Stroever versuchte, seinen Kollegen in ein besseres Licht zu rücken: „Aber er führt bestimmt einen reichhaltigen inneren Monolog."

Anders hätten diese Kommissare in Mimis Krimi auch nicht sein dürfen, dachte ich insgeheim. Der Zyniker mit Herz und als Gegenpart der zurückhaltende Normalo. Das waren *Tatort*-Protagonisten wie aus dem ARD-Abziehbild-Katalog.

Mimi erhob sich. Vielmehr versuchte sie es. Doch schwach und gebrechlich, wie sie für die Kommissare sein wollte, ließ sie sich wieder zurückfallen. Oder ging es ihr gerade wirklich so schlecht?

Stroever eilte ihr zu Hilfe und reichte ihr seinen Arm. Sie griff dankbar danach, ließ sich von ihm hochziehen und alsdann zur Tür führen. Für den Augenblick wirkte sie tatsächlich nicht wie eine Frau, die sich mit sechzig entschieden hatte, nicht mehr älter zu werden. Im Gegenteil. Jetzt wirkte sie, als würde die Last des ganzen letzten Jahrhunderts allein auf ihren Schultern ruhen.

Im offenen Türrahmen blieb sie stehen und spähte ins Foyer. „Ich danke Ihnen, *Inspector*", sagte sie. Ihre Hand löste sich von ihm und stützte sich dann an den Rahmen. „Bis Ihr Kollege wieder da ist, dürfen Sie gerne Poirot weiter unterrichten. Er freut sich immer so, wenn sich jemand mit ihm befasst. Wenn Sie ihm eine Nuss aus dem Schüsselchen unter dem Käfig spendieren, wird er Ihnen auch bestimmt besser zuhören."

Stroever lächelte. Ob ihm auffiel, dass er gerade wie eine Schachfigur auf ein anderes Feld gesetzt wurde? Nein, vermutlich nicht. Er gehorchte und konzentrierte sich schon im nächsten Moment voll und ganz auf den Vogel, der ihn lauthals mit „die Bullen kommen" begrüßte.

Es folgte ein „Alta Ve'b'echa", ein „Aua" und ein liebevolles Schnalzen.

Mimi winkte mich zu sich und ich beeilte mich, ihrer Aufforderung nachzukommen.

Wir schauten gemeinsam ins Foyer. Auf den ersten Blick war es leer. Die Tür nach draußen stand weit offen. Wir konnten Kressin erkennen, der in seinem Dienstwagen saß und sich ein paar Notizen machte und dabei heftig gestikulierend mit sich selber sprach.

„Ich glaube, unser Herr Polizist hat deine missratene Aussage als konkreten Verdachtsfall abgeheftet. Wenn er seine Gedanken eingeordnet und notiert hat, wird er deine Aussagen schriftlich festhalten wollen", flüsterte Mimi. „Das wird Norbert die nötige Zeit verschaffen. Da hattest du eine gute Idee."

„Idee?", wiederholte ich.

„Oh", machte Mimi, „natürlich. Dein Gestammel war keine Absicht. Egal. Mach trotzdem so weiter. Wenn du dich zu sehr um Kopf und Kragen redest, greife ich ein."

Die Vorstellung, dass ich als dringend Tatverdächtige hier bei Mimi verhört werden sollte, behagte mir gar nicht. „Wie viel Zeit braucht Norbert denn noch? Vielleicht ist er ja auch schon fertig." Ich hätte mich so gerne dieser Hoffnung hingegeben.

„Wohl kaum", antwortete Mimi. Sie deutete auf die schweren Vorhänge, die die Fenster neben der Tür umspannten. Auf den ersten Blick erkannte ich nichts. Erst nachdem ich ein zweites und ein drittes Mal hingeschaut hatte, sah ich im Schatten der samtenen Stofffalten den Butler, dessen Körperhaltung sich wie ein S den Konturen des fallenden Gewebes anpasste. Sein dunkler Anzug, seine schwarzen, matten Schuhe dienten ihm als perfekte Tarnung. Sein Gesicht tauchte er in die Vorhänge. Dadurch wurde selbst sein Kopf beinahe unsichtbar.

Jetzt, wo ich wusste, wonach ich zu suchen hatte, sah ich noch mehr. Auf dem Boden, in seiner immer noch steifgefrorenen Position, saß Ferdi. Nur die Beine lugten seitwärts unter dem Gardinensaum heraus. Das Meiste vom Oberkörper verschwand hinter Norberts häuslicher Camouflage.

„Uns läuft die Zeit davon. Norbert muss fertig werden, bevor dein Ex kommt. Blöder Fehler von mir, dass ich ihn schon vor getaner Arbeit angerufen habe." Mimi schnaubte. „Der Fluch der guten Tat. Ich war mir meiner Sache leider schon zu sicher. Aber wer konnte ahnen, dass die Polizei zu früh kommt?"

„Was machen wir jetzt?"

„Wir sorgen dafür, dass unsere Herren Polizisten hier im Raum bleiben. Wenn Norbert fertig ist, müssen wir uns irgendwie etwas Zeit für Tom stehlen. Solange müssen die Kommissare beschäftigt sein. Das improvisieren wir. Wenn alle entsprechend eingenordet sind, schwebt mir ein richtiges Agatha-Christie-Ende vor. In großer Runde können wir dann ein Szenario von Schuld und Unschuld darlegen. Ein Höhepunkt im Sinne der alten Klassiker."

„Und Tom?"

„Ich muss deine Wünsche nicht gut finden", Mimi sprach jetzt ein kleines bisschen lauter, „aber ich kann sie akzeptieren."

Hauptkommissar Kressin schob unablässig seinen massigen Körper von einer Seite des Raumes zur anderen. Seine Arme hatte er hinter dem Rücken verschränkt, was den Eindruck eines auf vergleichsweise dünnen Beinen stolzierenden Medizinballs verstärkte. „Sie sind damit einverstanden, dass wir Ihre Aussage erst mal hier entgegennehmen? Oder möchten Sie lieber direkt in meinem Büro vernommen werden?"

Ich zuckte mit den Schultern. Das hatte zur Folge, dass Mimi mir in die Rippen stieß. „Hier ist es mir recht", sagte ich gequält.

Kressin lächelte selbstsicher. „Wie schön."

Stroever schrieb wieder gewissenhaft mit. Er saß auf einem zweistufigen Tritthocker, den er hinter Poirots Käfig gefunden hatte. Sein neu gewonnener Freund hing neben ihm in den Gitterstäben und rüttelte an der Klappe. Kressin nahm sich einen Stuhl, drehte ihn so, dass die Lehne zu mir zeigte und setzte sich rittlings darauf. „Ihr Mann Tom Malo ist also vorbestraft und als Gewalttäter bekannt?"

„Ja", sagte ich. Das war doch für den Einstieg mal eine Frage, die mich vermutlich entlastete.

„Sie haben noch Kontakt zu ihm?"

„Nein", sagte ich instinktiv.

„Er wurde aber oft in Ihrer Nähe gesehen", stellte Kressin fest. „Nachbarn sagen, dass sie ihm oft in Ihrer Straße begegnet sind."

Mein Blick flog zu Mimi. Etwas Wissendes lag in ihren Augen. Es sagte mir: „Hab ich es dir nicht gesagt? Er verfolgt dich immer noch und wird dich nie in Ruhe lassen."

Kressin legte nach: „Neulich hat man sogar gesehen, wie Sie mit ihm gesprochen haben. Vor Ihrer Haustür."

„Ach, das meinen Sie", sagte ich. Es hörte sich irgendwie dünn an.

„Sie geben also zu, dass Sie noch mit ihm Kontakt haben?"

„Kontakt würde ich das nicht nennen."

„Reden und sich regelmäßig besuchen nennen Sie nicht Kontakt? Nun, ich würde es so benennen. Nun gut." Das wäre wohl der Moment, in dem er die Schreibtischlampe auf mein Gesicht gerichtet hätte, wenn er eine zur Hand gehabt hätte. Es war mein Glück, dass wir nicht in Mimis Büro saßen. „Seit wann haben Sie sich hier bei Frau Richter …"

„*Inspector*, nennen Sie mich ruhig Mimi", warf Oma bester Laune ein, „das macht hier jeder."

„… bei Frau Richter einquartiert? Das war kurz nach dem Anschlag mit dem Klavier, nicht wahr?"

„Flügel", meldete sich Mimi.

Es wäre mir lieber gewesen, wenn sie die Sachlage mit der Unterbringung richtiggestellt hätte. Aus ihrem Munde wäre es glaubhafter gewesen. Sie tat es nicht. Also musste ich es sagen: „Mimi hat mich eingeladen."

Kressin schnaubte. Er machte keinen Hehl daraus, dass er mir nicht glaubte. „Im Falle eines Ablebens Ihrer Großmutter, sind Ihre einzigen Miterben Ferdi Johannson, den wir zurzeit nicht mehr auffinden können, und Ihre Mutter, Frau Bionda?"

„Oh", meldete sich Mimi wieder in aller Hilfsbereitschaft, „meine Tochter wurde schon vor Jahren enterbt. Das ist testamentarisch festgehalten. Ferdi und Helen sind meine einzigen Erben."

In mir krampfte sich alles zusammen. Was tat Mimi mir da an?

Mein Gegenüber schaute aus, wie ein Junge, der Weihnachten und Ostern an einem Tag erlebt. „Was Sie nicht sagen, Frau Richter."

Mir war klar, wohin dieses Gespräch führen sollte. Trotzdem musste ich es aussprechen: „Worauf wollen Sie hinaus?"

„Sie und Ihr Mann machen gemeinsame Sache", sagte Kressin mir auf den Kopf zu. „Und jetzt möchte ich von Ihnen wissen, was Sie hier die letzten Tage alles gemacht haben."

Der weitere Verlauf des Verhörs verlief in meinen Augen nicht sonderlich gut. Ich war mir nicht sicher, wie viel ich sagen durfte, ohne Mimis Pläne zu gefährden. Also gab ich die Ereignisse des Tages mit den größtmöglichen Lücken wieder. Ich berichtete noch recht ausführlich vom Besuch im Antiquariat. Aber danach kam ich schon ziemlich rasch ins Stocken. Von Ferdi durfte ich gar nichts erzählen. Helges Besuch wollte ich bewusst auslassen, obwohl ich mir nicht sicher war, ob Kressin davon vielleicht schon wusste. Und von Hans … tja, was hatte ich über ihn zu berichten? Nichts, was für Polizistenohren gedacht wäre. Sollte ich davon erzählen, dass Tom hier war? Lieber nicht. Aber wie sollte ich dann seinen Wagen in meinen Bericht einbauen? Der stand ja deutlich sichtbar vor der Villa. Dieser verdammte MacGuffin! Kressin hakte immer wieder nach und Mimi schwieg sich aus. Sie tat sogar so, als wäre sie im Sitzen eingeschlafen.

„Alta Ve'b'echa", rief Poirot mir zu. Er sprach aus, was Kressin dachte. Der aber formulierte es amtlicher: „Wollen wir zusammenfassend also festhalten: Sie haben keinen Kontakt zu Ihrem Mann, obwohl sein Wagen draußen vor der Türe steht. Sie können keine Angaben zum Verbleib Ihres Cousins machen und Herr Kuhn, der Gärtner, ist Ihnen mehr oder weniger unbekannt. Frau Malo, ich möchte Sie bitten, Ihre Aussage zu unterschreiben. Des Weiteren muss ich Sie nun darüber in Kenntnis setzen, dass Sie als Hauptverdächtige in diesem Fall betrachtet werden."

„In diesem Fall?", wiederholte ich träge.

„Mordversuch. Bislang haben wir noch kein Tötungsdelikt ermittelt."

Was nicht ist, kann ja noch werden, dachte ich. Und Kressin dachte sehr wahrscheinlich dasselbe.

Howcatchem

Es gibt sie, diese Momente, in denen sich alles unwirklich anfühlt. Wie im Traum nahm ich noch ein paar Sätze von dem Polizisten zur Kenntnis, ohne sie tatsächlich zu verstehen. Stroever reichte mir dann mit einem mitleidigen Seufzen und einem dokumentensicheren Kugelschreiber das Gesprächsprotokoll.

Bevor ich meine Unterschrift auf das Papier setzen konnte, meldete sich überraschend Mimi zu Wort. *„Inspector*, darf ich, bevor das Dokument endgültig amtlich wird, noch einige Anmerkungen machen?" Sie sagte es mit fester Stimme, als habe sie während ihres angeblichen Nickerchens eine Verjüngungskur durchlaufen. „Es wäre gewiss peinlich für Sie, wenn Sie bei Ihren Ermittlungen einen Roten Hering einsammeln würden."

„Hering?" Ausnahmsweise kam die Wiederholung mal nicht von mir. Stroever schaute seinen Kollegen an, als habe er gerade die abstruseste Äußerung der alten Dame gehört, die überhaut möglich war. „Haben Sie Hering gesagt?"

„Oh", sagte Mimi, „ich dachte, unter Kriminalisten wäre der Begriff gemeinhin bekannt. Ein Roter Hering ist die falsche Spur, die es in jedem Krimi gibt. In meinem Krimi ist für Sie wohl meine Enkeltochter Ihr Roter Hering. Alles deutet auf sie hin, aber ich darf Ihnen versichern: In ihr schlummert kein Mörder."

Kressin stöhnte entnervt. „Und warum teilen Sie uns das jetzt erst mit?"

Weil ihr Blödmänner den Raum nicht verlassen solltet, dachte ich. In mir keimte die Hoffnung auf, dass ich jetzt von Mimi entlastet werden würde.

„Inspector, wenn Sie sich etwas Zeit nehmen könnten, hätten wir die wunderbare Gelegenheit diese ganze Angelegenheit noch am heutigen Tage zu einem befriedigenden Ende zu führen. Ich und meine Enkeltochter sind gefangen in einem Netz aus Mord und Intrigen." Diesen Satz unterzubekommen, darauf musste sie schon die ganze Zeit gewartet haben. „Wir müssen seit Tagen um unser Leben fürchten. Aber es war mir möglich, die Fäden der Ereignisse zu rekapitulieren und zu einem

Punkt zusammenzuführen. Mit Ihrer Unterstützung wird es möglich sein, den wahren Übeltäter dingfest zu machen."

Kressin zögerte. Ich konnte ihm deutlich im Gesicht ablesen, dass er versuchte, Mimis Worte einzuordnen. War die Alte vielleicht doch nicht so senil, wie er dachte?

„Das ist …" Ja, was war es? Albern? Unangebracht? Nicht rechtens? Kressin ging alle möglichen Äußerungen durch, kam jedoch zu keinem brauchbaren Ende für seinen Satz. „Wie stellen Sie sich das vor? Ich habe hier eine sehr lückenhafte Aussage von Frau Malo. Alle meine Ermittlungen der letzten zwei Tage deuten darauf hin, dass sie und ihr Mann …"

„Ex-Mann", korrigierte Mimi beiläufig.

„… Tom Malo gemeinsam eine Sache eingefädelt haben. Ziel des Spiels ist es, Sie, liebe Frau Richter …"

„Nennen Sie mich Mimi."

„… um die Ecke zu bringen. Sie können doch nicht allen Ernstes von mir verlangen, dass ich das alles außer Acht lasse."

Mimi senkte leicht den Kopf, blickte Kressin aber weiterhin intensiv und wach an. „Ist es Ihnen lieber, wenn Ihnen Ihr Staatsanwalt die Ermittlungen zerpflückt? Denken Sie an die Blamage, die Sie erleben würden, wenn sich Ihre Beschuldigungen als haltlos erweisen. Ich sage Ihnen, dass Helen die Falsche ist, *Inspector*."

„Und warum sagen Sie mir nicht einfach, wer der Richtige ist?"

„Sie haben nur die widersprüchliche Aussage meiner Enkeltochter und ein paar Ermittlungen, die allenfalls Indizien liefern. Beweise haben Sie keine. Ich habe mindestens genauso viele Indizien wie Sie, die aber allesamt auf jemand anderen deuten. Im Gegensatz zu Ihnen habe ich aber auch die Möglichkeit, den Täter zu entlarven. Dazu brauche ich allerdings Ihre Mithilfe. Was halten Sie davon?"

Um ein Haar hätte Kressin automatisch „nichts" geantwortet. Er bremste sich und trat stattdessen zu seinem Kollegen. Die beiden steckten die Köpfe zusammen und berieten sich leise. Zwischendurch zwinkerte mir Stroever einmal zu. Ich wollte dies als gutes Zeichen werten. Und tatsächlich strahlte Stroever nach einer Weile recht belustigt in die Runde und sagte: „Mimi, wir lassen uns auf Ihr Miss-Marple-Spielchen ein." Er nahm das Protokoll, faltete es, ohne meine Signatur, sorgfältig zusammen und steckte es in die Innentasche seiner Jacke. Kressin zeigte sich weniger enthusiastisch. Dennoch reichte er meiner Oma die Hand. „Ich hoffe, dass Sie mich überraschen werden, Mimi."

Mimi ergriff die Hand. „Dann also an die Arbeit, *Inspector*. Als erstes sollte Ihr Dienstwagen vom Gelände verschwinden. Wir wollen ja niemanden verschrecken. Und dann wäre es der Sache recht dienlich, wenn Sie von der Bildfläche verschwinden würden. In der Bibliothek gibt es für Kriminalisten allerhand Kurzweil. Lesen Sie ein paar Seiten. Alternativ könnten Sie natürlich die Aktivitäten unseres Bürgermeisters unter die Lupe nehmen. Insbesondere seine Bankaktivitäten dürften für die Staatsanwaltschaft aufschlussreich sein. Das wird alles in allem bestimmt einige Tage in Anspruch nehmen. Aber je zeitiger Sie damit anfangen, umso besser. Mein Telefon steht Ihnen hierzu voll und ganz zur Verfügung. Ich lasse Ihnen von Norbert ein paar Getränke servieren. Lena wird Ihnen bestimmt auch Schnittchen bringen. Sie macht hervorragende Schnittchen! Oder Sie könnte Ihnen auch eine Pizza herrichten. Ist allerdings nur Tiefkühlware. Machen Sie es sich gemütlich. Wenn es soweit ist, lasse ich Sie rufen."

Stroever warf einen flüchtigen Blick auf die Uhr. „Zu lange darf das aber nicht dauern."

Mimi dachte kurz nach. Dann sagte sie: „Hätten Sie mehr Zeit, wenn Sie dem Kommissariat einen Mord melden würden?"

„Ähm, ja?"

„Wenn sich mein Verdacht bestätigt, werden Sie heute einen Mord melden können."

Für Mimi war die Welt in Ordnung. Sie hatte wieder zwei Figuren ihres persönlichen Krimis auf die richtige Stelle geschoben. „Gut, dass Tom sich verspätet. Alles läuft wieder wie geplant", sagte sie. Sie reckte ihr Gesicht in die wärmenden Sonnenstrahlen des Frühlings, während wir beide, auf meinen Ex wartend, im Garten auf und ab gingen. „Du bist dir sicher, dass Tom …"

„Ja", beeilte ich mich zu erwidern. „Ich möchte nicht, dass Tom stirbt."

„Nun gut. Es muss mir also genügen, dass er nur hinter Schloss und Riegel kommt."

„Wie willst du das anstellen?"

Mimi zog die Augenbrauen hoch. „Ich muss kaum noch was anstellen. Tom ist bereits der Hauptverdächtige."

„Ich bin die Hauptverdächtige", wandte ich kummervoll ein.

„Nein. Nicht mehr. Über Menschen musst du noch einiges lernen. Wenn Stroever und Kressin dich nach meinen Worten noch als Hauptverdächtige sehen würden, wären sie auf das Spielchen nicht eingegangen. Sie denken, was sie denken sollen, und Tom ist auf Platz eins ihrer persönlichen Hitliste gerückt. Das einzige, was ihnen jetzt noch fehlt, ist der Beweis. Oder eine Leiche, die man bei Tom finden wird." Mimi legte einen Arm über meine Schultern, zog mich zu sich heran. „Das Gute ist, dass wir gerade drei Leichen zur Verfügung haben."

„Du willst Tom die Leichen unterjubeln?"

„Natürlich, Dummerchen. Das war von Anfang an der Plan. Er ist der Polizei als Gewalttäter bekannt. Und er ist, wie die Polizei feststellen wird, auf des Bürgermeisters Gehaltsliste. Er hat also ein Motiv, mich und einige Leute aus meinem Umfeld auszuschalten. Helge und Hans sind ihm dabei in die Quere gekommen. Deshalb hat er sie auch ausgeschaltet. Zu diesem Schluss werden Kressin und Stroever kommen. Immerhin finden sie die Leichen bei ihm im Kofferraum. Obendrein gibt es Fingerabdrücke auf einem Gewehr, Schmauchspuren für die erschossene Leiche, ein demoliertes Auto für die zertrümmerte Leiche. Die Forensiker werden ihre Erfolgserlebnisse haben."

„Wie willst du erklären, dass die Leichen tiefgekühlt sind? Bei einer Obduktion kann man bestimmt feststellen, dass Ferdi kein ...", ich wunderte mich über meine eigene Wortwahl, „... Frischfleisch mehr ist."

„Das ist kein richtiges Problem. Die Toten warten auf Tom im Kofferraum. Er wird seinen Wagen nur äußerlich begutachten und aufgrund des desolaten Zustands dabei Zeter und Mordio schreien."

Mein Kopfkino sprang an: Tom würde sich bestimmt mit all seinem Jähzorn hinter das Steuer schmeißen und davonbrausen. Ich dachte an die Benzinkanister, die Lena im Kofferraum platziert hatte. „Du willst den Wagen während der Fahrt in die Luft jagen?"

„Ich nicht. Das hätte Lena getan."

„Lena???"

„Das war der ganz ursprüngliche Plan. Einen Fernzünder konnte ich mir beschaffen. Sie hätte mit dem Auslöser in der Nähe des Waldes auf ihn gewartet. Aber da du für Tom spezielle Wünsche hast, sind mir da nun die Hände gebunden. Außerdem wären dabei zu viele Spuren vernichtet worden." Mimi holte tief Luft. „Bevor Tom vollends ausflippt, werde ich ihm anbieten, den Wagen zu kaufen." Mimi machte eine bedeutungsvolle Pause und fügte dann hinzu: „Norbert wird bei den Verkaufsverhandlungen nicht allzu fest zuschlagen. Mit dem Gummiknüppel ist er sehr geschickt. Ein wohldosierter Schlag und dein ehemaliger Gatte schläft tief und fest in Morpheus' Armen. Das hat zwar wenig Stil, aber sei's drum."

„Lena?" Mein Hirn blendete den letzten Absatz des Kapitels aus. Konnte es wirklich sein, dass die ach so unschuldige Lena Teil dieses Krimis war? „Lena weiß Bescheid?"

„Ja", sagte Mimi beiläufig, nur um dann ihren Ausführungen weiter zu folgen. „Norbert fährt dann mit dem Benz vor. Lena nimmt Toms Wagen. Gemeinsam fahren sie zum Waldrand. Du weißt schon wo. Lena hat dir die Stelle gezeigt, wo sie Hans überfahren hat."

„Lena?"

„Der Golf kommt in den Graben, Tom bewusstlos neben den Wagen. Der ursprüngliche Plan war, dass er etwas toter dort liegen würde. Aber ganz wie du es willst, wird er nun dort auf seine Festnahme warten." Sie zog etwas beleidigt die Mundwinkel runter. „Mit dem Benz werden Lena und Norbert so schnell wie möglich hierher zurückkehren. Nachdem Lena das Feuer gelegt hat."

„Lena?" Ich musste irgendwie aus diesem Loch im Raumzeitkontinuum herauskommen. Helen, ermahnte ich mich, mach einen Satz draus! „Lena hat Hans überfahren?"

Mimi blieb bei ihrer Erzählung. „Norbert wird noch ein paar Schüsse in die Luft feuern, irgendwo hinterm Haus. Kressin und Stroever werden aufgescheucht und kommen raus in den Garten. Dann kommt mein Einsatz. Ich werde ihnen in gewohnt hoher schauspielerischer Höchstleistung klarmachen, dass Tom versucht hat, uns umzubringen, weil wir ihm auf die Schliche gekommen sind. Dann werde ich sagen, dass er flüchtig ist. Die Herren Kommissare werden alsdann losbrausen, um die Verfolgung aufzunehmen.

Sie werden Tom finden, neben einem brennenden Auto, in dessen Kofferraum die verkokelten, sterblichen Überreste von Hans, Ferdi und Helge liegen. Die Schmauchspuren von den gestrigen Schussübungen an Toms Händen werden später jeden Zweifel ausräumen. Obendrein ist für die Spurensicherung das Gewehr im Garten zu finden.

Dem Bürgermeister wird man im Zuge der weiteren Ermittlungen nachweisen, dass er sowohl Ferdi als auch Tom bezahlt hat. Für eine Gerichtsverhandlung wird es vielleicht nicht reichen. Aber für die Presse allemal. Beim Anzeiger und bei der Rundschau kenne ich genug Leute für eine kleine Schmutzkampagne." Mimi sog etwas außer Atem Luft ein. Ihr Enthusiasmus für das eigene Kriminalspiel wollte sich schneller Ausdruck verschaffen, als es ihre alten Lungen noch vermochten. „Seinen Hintermännern wird das ausreichen. Sie werden für das Einkaufszentrum die Notbremse und Jensen den Stöpsel ziehen."

Das war alles hochinteressant. Bestimmt. Deshalb sagte ich: „Lena?" Da Mimi immer noch nichts erwiderte, brüllte ich beinahe: „Würdest du mir verdammt nochmal eine Antwort geben? Lena hat Hans überfahren?" Ich dachte an die Streifen auf dem Asphalt. „Mehrmals?"

„Sie musste doch sicher gehen", erklärte Mimi ungerührt. „Stell dir mal vor, was wäre, wenn Hans ..."

„Lena?"

„Norbert musste mir ja im Haus helfen. Sonst hätte er das auch erledigt. Er hat da ja etwas mehr Routine, weißt du?"

Um ein Haar hätte ich ihre rudimentäre Frage tatsächlich mit einem resignierten „Ich weiß" beantwortet. Na ja, ich wusste es nicht. Aber ich ahnte es ja seit Längerem. Auf sein Konto gingen also Helge und Ferdi.

„Lena hat sich um Hans gekümmert. Es ist ihr nicht leicht gefallen. Doch sie hat es als ‚alte Schuld begleichen' angesehen. Das waren ihre Worte: ‚Alte Schuld'. Ich vermute, sie denkt nun endlich, dass sie mir nichts mehr schuldet. Dabei wollte ich nie etwas für meine Dienste haben. Aber sie ist so eine treue Seele. Sie hat sich immer so betrachtet, als wäre sie mein Eigentum."

Ich dachte darüber nach. Ja, stellte ich fest, Lena tickte so. Erst nachdem sie etwas Gleichwertiges für Mimi getan hatte, war sie frei. Mimi hatte ihr damals nach der Sekte ein neues Leben geschenkt. Dagegen konnte Lena nur ein anderes Menschenleben zurückgeben. In diesem Fall war es das Leben von Hans.

„Lena ging es aber vermutlich gar nicht so sehr um mich", fügte Mimi hinzu. „Sie hätte mir bestimmt auch so geholfen", sagte sie milde lächelnd, „weil es alles in allem immer nur um dich gegangen ist."

„Um mich?"

Mimi blieb stehen und baute sich in ihrer nicht vorhandenen Größe vor mir auf. „Das ganze Krimitheater war doch nur für dich inszeniert." Ich musste gerade ziemlich fassungslos dreinblicken, denn Mimi tätschelte tröstend meine Hand. „Ach, Helen. Entschuldige, wenn ich es dir so direkt sagen muss: Du bist nicht die Hellste. Man muss dir alles schonend und langsam beibringen. Die Jahre mit Tom haben deinen Kopf zu stumpf gemacht. Das haben wir in den letzten fünf Tagen ein wenig geändert."

„Kein Mensch ändert sich in fünf Tagen."

„Mit jeder Sekunde kann man ein neues Leben beginnen."

Sollte ich wütend sein? „Du hast mich für dein Theaterspiel missbraucht?"

„Missbraucht ist das falsche Wort. Aber in gewisser Weise hast du recht. Natürlich war dies alles eine schlechte Posse. Wie gesagt: Ich hab sie für dich und die Polizei spielen müssen."

„Für mich?" Ich wollte wirklich nicht schon wieder alles Gesagte wiederholen. Aber was blieb mir angesichts der gehörten Worte denn anderes übrig?

„Hättest du mein Vorhaben akzeptiert, wenn ich dir von Anfang an reinen Wein eingeschenkt hätte?"

„Bestimmt nicht."

„Eben."

„Aber warum das gefährliche Spiel mit der Polizei?"

„Ich brauchte Gelegenheit, Tom verdächtig zu machen. Du hast es doch gesehen: Selbst wenn mich die Beamten für verschroben und unglaubwürdig hielten, haben sie ihre Hausaufgaben gemacht. Sie haben Tom und alle, die ich als verdächtig bezeichnet habe, abgeklopft. Sie haben seine Vorstrafen gesehen, seine Motive gecheckt. Er wurde mehr als nur verdächtig. Sie müssen nur noch die Leichen bei ihm finden. Quod erit demonstrandum."

Wir waren den Waldrand entlanggegangen und hatten schließlich wieder meinen Baum mit der Schaukel erreicht. Mit meinen Gedanken beschäftigt, setzte ich mich zwischen die Seile. Mimi ging um mich herum. Sie legte sanft die Arme um meinen Hals, umarmte mich in aller Herzlichkeit. „Wir kriegen das hin. Wenn ich mal nicht mehr bin, musst du keine Angst mehr haben. Dafür sorge ich. Kein Ferdi. Kein Helge. Kein Bürgermeister. Und vor allem kein Tom. Niemand wird dich in Zukunft behelligen. Sei frei von Angst."

Frei von Angst sein. Was für ein Geschenk! Ich schloss meine Augen, damit mir die brennenden Tränen nicht entflohen. Man hatte gemordet, damit diese Unmöglichkeit für mich Realität werden konnte. Es waren Norberts Loyalität, Lenas Verbundenheit und vor allem Mimis Liebe, die mich aus meiner Lethargie befreien wollten.

Thriller

Ich öffnete die Augen. Die Sonne strahlte mit aller göttlichen Kraft des zur Verfügung stehenden Kitsches auf mich herab. Vögel zwitscherten. Es duftete nach Frühling. Und ich war mir sicherer als jemals zuvor, dass ich meine Oma Mimi aus tiefstem Herzen liebte. Ihre Umarmung machte mir Mut. Es war wirklich möglich auszubrechen, sich zu ändern. Oder zumindest war es für mich möglich, dass man *mich* änderte, wenn ich selbst dazu nicht in der Lage war. Heute sollte mein Leben auf „normal" geeicht werden. Ich fühlte mich bereit dazu.

„Madame Mimi?" Norbert stand plötzlich neben uns. Die Arme, in denen ich gerade noch geborgen angelehnt war, zogen sich zurück. „Was gibt es? Ist Tom endlich angekommen? Er müsste längst da sein."

„Nein, er ist noch nicht hier", sagte Norbert sehr leise. „Allerdings ist ein leeres Taxi vor einer Viertelstunde an der Einfahrt vorbeigefahren. Es hat auf der Landstraße gedreht und ist dann den Weg runter zurück zur Stadt gefahren."

Mimi schien mit dieser Feststellung mehr anfangen zu können, als ich es tat. „Hm, das gefällt mir nicht. Schon gar nicht, weil unser Zeitfenster immer enger wird. Ich weiß nicht, wie lange wir Kressin und Stroever hinhalten können."

„Soll ich den Golf schon mal platzieren?"

Mimis Hand strich über meine Schulter. „Liebes, es ist noch einiges zu erledigen, wie du siehst. Würdest du uns für einen Moment entschuldigen?"

Schritte entfernten sich. Ich schloss wieder die Augen. Ich wollte sie so lange zu lassen, bis endlich alles im Reinen war. Ich war zwar nicht nur Statist in diesem makabren Kriminalstück, aber jetzt durfte ich erst mal abwarten; mich sanft mit angewinkelten Beinen vom Wind und der Schaukel wiegen lassen.

Der Krimi war für mich zu Ende. Die Auflösung war durch. Miss Jane ‚Mimi' Marple hatte mit allem kriminalistischen Spürsinn vor der Protagonistin Helen Richter die Indizien und die Fakten dargelegt. Dass die Ermittlerin ausnahmsweise mal selbst die Strippenzieherin gewesen ist, gab der Story etwas Würze. Doch die große Überraschung war und blieb für mich natürlich Lena. Das Bild, was ich mir von ihr gemacht hatte, musste ich gründlich überdenken.

Als Buch wollte ich mir das Ganze nicht vorstellen. Aber als Film, ausgestrahlt von Mimis altem Fernseher in der Bibliothek, hätte es vermutlich was getaugt.

Irgendwo im Nichts hockte gerade ein Kameramann. Der Regisseur gab letzte Anweisungen. Mein Gesicht als Portraitaufnahme. Dann ein Zoom-Out. Fort von mir in die Totale. Dann ein langsamer Schwenk. Ja, so musste es sein. Als Schlussbild bliebe die Villa vor einem technicolor©-blauem Himmel. Oder nein: Farbe wäre zu viel. Schwarz-weiß müsste es sein, wie die Ereignisse der letzten Tage.

Die Leinwand würde dunkel. Jetzt käme der Abspann und das *Rosarote Panther*-Liedchen. Vielleicht ließe sich die Filmgesellschaft abschließend noch zu einem Sätzchen herab: „The names have been changed to protect the innocent". Tja, und das war es dann.

Ein paar Minuten verstrichen auf diese Weise. Meine Fantasie ließ mich fast eindösen. Dann legten sich wieder sanfte Arme um mich. Mimi. Ich lehnte mich zurück, kuschelte meinen Kopf an ihren Oberkörper. Hände strichen sacht über meinen Bauch, über meine Brüste, meinen Hals. Alles in mir schrie!

Etwas stimmte da nicht. Nein, alles stimmte nicht!

Nicht Mimis Altfrauengeruch stieg mir in die Nase. Es war der strengere Geruch eines Mannes. Und die eben noch so sanften Hände umfassten jäh meinen Hals und drückten fest zu, noch bevor ich entsetzt meine Augen aufgerissen hatte.

„Hallo Schatz", raunte Tom, dessen Gesicht über mich gebeugt mein gesamtes Blickfeld einnahm. „Hast dich nach meiner Zärtlichkeit richtig gesehnt, nicht wahr?"

Ich versuchte, zu schreien, doch das leise Krächzen, dass mir entfuhr, gab nur das letzte Bisschen Luft auf Nimmerwiedersehen aus meinen Lungen frei. Ein rettender Atemzug war nicht mehr möglich. Finger pressten mir gnadenlos die Kehle zu. Schon sah ich pulsierende, bunte Flecken und Sternchen. In meinen Ohren rauschte dröhnend das Blut.

„Ich lass' mich weder von dir noch von deiner Oma verscheißern. Schon gar nicht mit einem so plumpen Versuch, mir etwas unterzujubeln. Zwischen den Bäumen kann man dem selbstgefälligen Gerede der Alten gut zuhören. Es hat sich gelohnt, über den Zaun zu klettern." Ein irres Lachen quetschte sich zwischen die hasserfüllten Worte. „Ich bin eh nich' der Typ, der mit dem Taxi vorfährt."

Die bunten Flecken verblassten im Schwarz meiner Sinne. Doch bevor ich vollends das Bewusstsein verlor, löste sich der Griff. Ich wurde fallen gelassen, schlug hart auf dem Boden auf. Schon saß Tom wie ein Reiter auf meinem Bauch, beugte sich vor und bedeckte mein Gesicht mit groben Küssen. „Das hast du doch immer gewollt", knurrte er.

Und in meinem Kopf wurde die Frage ausgefochten, ob ich wirklich einen Atemzug nehmen wollte. Ob ich wirklich wollte, dass mein Herz weiterschlug. Es wäre so einfach, hier und jetzt für immer zu entfliehen, dem Mann zu entkommen, der mich ein Leben lang nicht loslassen würde. Er liebte mich nicht. Er besaß mich. Wäre ich doch wie Mimi. Sie hätte es nie soweit kommen lassen. Sie hätte ihr Leben bis aufs Blut verteidigt. Sie hätte dem Schicksal gehörig in die Eier getreten.

Wäre ich doch wie Mimi!

Doch … was hielt mich davon ab, wie Mimi zu sein?

Ich sog keuchend die Luft ein. In meiner Brust schmerzte der Atemzug. Aber ich schaffte auch einen zweiten und einen dritten.

Tom biss mir in den Hals. Nicht tief. Sanft. Fast einer Liebkosung gleich. „Du gehörst mir."

„Ich. Gehöre. Niemanden." Mimi hätte dem Schicksal gehörig in die Eier getreten. Ja! Tom würde nicht mein Schicksal sein. Trotzdem hob ich mit aller Kraft mein Knie und landete einen Volltreffer.

Er sackte zur Seite, als er sich stöhnend zwischen die Beine griff und deshalb das Gleichgewicht verlor. Ich verschwendete keine Sekunde, rappelte mich auf und stolperte und rannte so schnell ich konnte zur Villa. Ein Blick über die Schulter verriet mir, dass Tom bereits wieder auf den Beinen war. Aber noch konnte er nicht richtig laufen. Er wankte mir hinterher und schrie dabei mit hasserfüllter Stimme unverständliche Beschimpfungen. Mein Vorsprung wurde etwas größer und Hoffnung keimte in mir auf. Ich konnte Tom entkommen. Immerhin warteten im Haus zwei Gesetzeshüter, die mich beschützen konnten.

Als ich die Stufen zur Haustür erreichte, brannten meine Lungen und ich sah Sternchen vor den Augen. Toms Attacke hatte Spuren bei mir hinterlassen. Noch drei Stufen! Halte durch, Helen!

Hinter mir rauschten Schritte im Kies. Durchtrainiert wie er war, hatte Toms Körper meine unfeine Gegenwehr doch sehr rasch weggesteckt und mit einem Sprint machte er meinen hart erkämpften Vorsprung wett. „Bleib stehen, du Hexe!"

Erst an der Tür wagte ich wieder einen Blick zurück. Tom war bis auf wenige Schritte an mich herangekommen. Nur die Stufen trennten uns noch. Ich schlüpfte durch die Tür und warf mich mit aller Kraft von innen dagegen. Im gleichen Augenblick traf Tom gegen die andere Seite. Ein lauter Knall und ein sinneberaubender Schmerz durchfuhr meine Schulter. Ich wurde zurückgeschleudert und schlitterte auf dem gebohnerten Boden davon.

Tom torkelte herein. Seine rechte Schulter hatte etwas abbekommen. Sie hing etwas tiefer und er hielt seinen Arm angewinkelt an den Bauch. „Hab dich." Seine Stimme war nur noch ein leises Grollen.

Ich rollte herum und krabbelte in Richtung des Arbeitszimmers. Dabei schaffte ich es schließlich, auf die Knie zu kommen, dann sogar auf die Füße. Ich hatte die halbe Strecke geschafft, da erwischte mich ein Stoß im Rücken. Wieder strauchelte ich, fing mich mit den Händen ab. Eine grobe Hand packte mich an den Haaren. Doch statt mich nach hinten zu reißen, warf mich Tom weiter nach vorne. Das dunkelbraune Holz der Bibliothekstür hätte mir wohl die Nase gebrochen, wenn sie nicht gerade vor mir aufgegangen wäre. Ich landete mit dem Gesicht weich in Kressins Bauchröllchen.

„Was geht hier vor?" Ausnahmsweise klang er nicht mürrisch; er klang verdutzt. Stroever brauchte nicht so lange, um die Situation zu erfassen. Seine Hand wanderte zum Pistolenhalfter und löste den Lederriemen. Doch noch bevor er seine Dienstwaffe gezogen hatte, hechtete Tom vor. Ich wurde schon wieder gegen den massigen Leib des größeren Beamten gestoßen. Wir fielen übereinander in die Bibliothek. Unglücklicherweise versuchte Kressin, sein Gewicht an einem Regal abzufangen, mit dem Ergebnis, dass es aus der Wandverankerung brach. Es stürzte Gott sei Dank nicht um. Es neigte sich nur nach vorne und ein Dutzend Bücher prasselte auf uns herab. Goethes *Faust* traf Kressin mitten ins Gesicht. Er ging k.o. Stroever erging es kaum besser. Ein gestreckter Fausthieb von Tom erwischte ihn am Kinn. Krachend ging er zu Boden. Aus dem Augenwinkel sah ich, wie die Pistole aus dem Halfter herausrutschte. Kurz darauf hatte Tom sie in der Hand. Als ich in die Schwärze des Laufs blickte, entschied ich, dass ich mich am falschen Ende der Waffe aufhielt. Tom befand das nicht. Er lächelte. „Schade. Mir fehlt die Zeit", sagte er. „Ich werde nicht warten, bis die beiden wieder wach werden. Du willst nicht mir gehören? Dann wirst du niemandem gehören. Jetzt und hier werde ich die Sache beenden."

Ich hörte ihn. Und dann hörte ich mich. Ich sprach mal wieder das aus, was ich dachte. „Du bist wahnsinnig, Arschloch."

Tom drückte ab.

Er versuchte es wenigstens. Dann schaute er erstaunt auf die Waffe.

„Entsichern, Arschloch", rief ich. Zeitgleich warf ich mit aller Kraft ein dickes Buch in seine Richtung. Ich glaube, es war *Tod und Teufel*. Schätzings Worte, verpackt als Hardcover, waren sehr verletzend, als sie Toms Nase trafen. Vielleicht hörte ich sogar das Knacken. Ich bin mir nicht sicher. Aber die blutende, jetzt krumme Nase sprach Bände.

Eine weitere Reaktion wollte ich nicht abwarten. Ich rannte hinaus in das Foyer, schlug einen Haken und flüchtete in den Wintergarten. Ein Schuss gellte ohrenbetäubend und Holz zersplitterte nur wenige Zentimeter über meinem Kopf.

Panisch suchte ich ein Versteck, doch der Raum bot neben der Sitzgruppe und einigen überproportionalen Terrakottatöpfen kaum Einrichtung.

„Bin schon da", triumphierte Tom hinter mir. Mit dem Ärmel wischte er sich das Blut von der Nase. „Kein Krimi. Kein Thriller. Wir erzählen jetzt die Geschichte vom Hasen und dem Igel."

Ich wich zur Seite. Tom tänzelte um mich herum, die Pistole im Anschlag.

„Hände hoch …"

Nicht Tom hatte gesprochen. Es war von irgendwo hinter ihm gekommen. Verblüfft nahm er den Finger vom Abzug und hob vorsichtig beide Hände.

All meinen Mut zusammennehmend trat ich auf ihn zu und nahm ihm die Pistole ab. Er ließ es widerstandslos gestehen.

Dann kam ein Moment in der Schwebe. Ich war mir nicht sicher, was ich mit der Pistole tun sollte. Das Natürlichste wäre wohl gewesen, mit dem Teil auf Tom zu zielen. Im Fernsehen sieht man sowas doch tagtäglich. Die Gute hält den Bösen in Schach. Für mich war das irgendwie anders. Ich fühlte mich keineswegs dazu in der Lage. Ein Mordinstrument auf einen Menschen zu richten, war …

In diesem Augenblick schnalzte Poirot, glücklich, dass es seine neue Lektion beherrschte: „Hände hoch, alta Ve'b'echa." Tom fuhr herum. Mit einem wütenden Kick warf er den Käfig um. Federn stoben auf. „Möda! Möda! Möda!", schimpfte der Vogel.

Aus Angst, dass Tom die für mich nutzlose Pistole zurückerobern könnte, warf ich sie mit aller Kraft durch eine der Fensterscheiben. Dann rannte ich wieder los. Zurück in das Foyer. Tom stürmte hinterher, doch er kam nicht weit, denn hinter dem Türrahmen, fest an die Wand gepresst, stand Lena. Sie hatte sich mit einem Regalbrett bewaffnet, mit dem sie ausholte und meinen Verfolger mit voller Wucht gegen die Brust traf. „Für dich, Arschloch", sagte sie. Als sie sah, dass ich stehen blieb, um ihr zu danken, rief sie: „Lauf, Helen. Verdammt nochmal. Lauf!"

Tom kam wieder hoch. Doch Lena war schon weg. Mit langen Schritten überholte sie mich. „Hoch!"

„Ja, ihr zwei. Rennt hoch. Von da kommt ihr nicht mehr weg." Tom schaute uns nach, wie wir die Treppe hochstürmten. Seine schmerzende Brust, seine blutende Nase und seine vermutlich blauen Eier bremsten ihn aus. Humpelnd kam er uns nach.

„Wo ist Mimi?", fragte ich keuchend.

„Norbert hat sie ins Arbeitszimmer gebracht, damit ihr nichts passiert."

„Und wo ist Norbert? Der ist doch sonst immer da, wenn man ihn braucht."

Wir flitzten den Flur entlang, bis wir das hinterste Ende erreichten. Mimis Zimmer!

„Stroever wurde wieder wach. Norbert hat ihn mit einem Gummiknüppel lahmgelegt. Er war bis eben also in der Bibliothek."

„Warum denn das?"

„Weil der Golf noch nicht platziert ist. Wir müssen versuchen, allein mit Tom fertigzuwerden, damit der Plan noch funktionieren kann."

„Der Plan ist mir scheißegal!"

Mimis Zimmer war fast genauso aufgeteilt wie meines. Die Möbel waren etwas altmodischer. Aber für eine eingehendere Betrachtung fehlte uns die Zeit. Helen zog mich ins Bad. Waschbecken, ein Schrank, ein Boiler und statt einer Wanne eine seniorentaugliche Dusche. Was fehlte, war das Fenster!

„Hier kommen wir nicht raus", flüsterte ich.

„Verstecken können wir uns auch nicht", antwortete Lena.

Von draußen hörten wir Tom. „Ich bin schon da."

„Arschloch", stieß ich hervor.

Lena stieg mit mir in die Dusche und zog den Duschvorhang zu. Dann legte sie den Finger auf die Lippen. „Leise."

Wir hörten, wie sich die Zimmertür öffnete. „Ich bin schon da." Und die Badezimmertür ging auf. „Und ich habe ein Messer ..."

Das Schattenspiel auf dem halbtransparenten Vorhang zeichnete ein deutliches Bild von dem Mann, der mit über dem Kopf erhobenen Messer auf uns zukam. Mimi hätte die Szene bestimmt gut gefallen. Immerhin spielten wir hier gerade eine Runde *Psycho*.

Lena ergriff den linken Rand des Vorhangs. Sie nickte mir zu und ich verstand, was sie meinte. Also nahm ich die andere Seite. Als die Silhouette direkt am Beckenrand stand, sprangen wir mitsamt dem Vorhang nach vorn. Tom fand sich eingehüllt in Plastik und Stoff auf dem Boden wieder, während wir an ihm vorbei zurück ins Schlafzimmer kamen.

Vom Flur her kam Mimi. „Wo ist Tom?"

„Wo ist Norbert?" Der Butler war für mich im Augenblick der einzige, der Tom entgegentreten konnte.

„Ist das nicht egal?" Tom hatte sich schneller befreit, als ich es für möglich gehalten hatte. An meiner Kehle ritzte eine kleine Klinge die Haut. Im Spiegel sah ich, dass es ein Schweizer Taschenmesser war.

„Norbert ist nicht da. Ich bin da."

Mimi verbarg ihre Angst unter einer steinernen Miene. „Tom, was soll das? Wir hatten uns doch gerade so gut verstanden …"

„Hör mit deinen Spielchen auf, Mimi." Tom drückte mich langsam zur Tür, sorgsam darauf bedacht, hinter mir zu bleiben. „Ich hab' gehört, was du vorhast. Ans Messer liefern willst du mich. Frau Richter will mich wieder vor den Richter kriegen. Das lasse ich aber nicht nochmal mit mir machen. Eine Falschaussage reicht."

„Wir wissen beide, dass ich keine richtige Falschaussage gemacht habe. Was ich damals gesagt hatte, stimmte. Du hast Helen misshandelt."

Tom lachte. „So läuft das aber vor Gericht nicht. Du warst nicht dabei. Du hast es nicht gesehen. Niemand hat es gesehen. Und was in meinem Haus passiert, soll auch niemand sehen. Es steht jedem frei wegzuschauen. Helen gehört mir. Was ich mit ihr mache, ist ganz und gar meine Entscheidung … wie du siehst." Die Schneide der Klinge drehte sich kurz von meinem Hals weg. Dafür spürte ich nun die Spitze des Messers fast an gleicher Stelle. „Und jetzt wolltest du es wieder tun. Mich sogar als Mörder hinstellen, wenn ich das alles richtig verstanden habe."

„Wir sehen alle, dass du gerade im Begriff bist, zum Mörder zu werden. Die nächste Leiche wird auf dein Konto gehen", erklärte Mimi. Oh, mein Gott, durchfuhr es mich, sie meint mich.

„Tja", machte Tom. Dabei erlaubte er sich ein leichtes Achselzucken. „Dagegen kann man leider nichts tun."

„Vielleicht …" Mimi zwinkerte mir zu. Ihr Zeigefinger zeigte unauffällig zum Bett. „Vielleicht hat Norbert was dazu zu sagen."

Hinter Tom stand auf einmal Norbert. Und er sagte wenig galant: „Hallo Arschloch." Tom drehte sich zu ihm hin. Nur ein paar Zentimeter. Doch es reichte Norbert, um mit dem Gummiknüppel zuzuschlagen. Der Hieb traf mit aller Wucht Toms Unterarm. Das Taschenmesser verschwand von meinem Hals, fiel klappernd zu Boden, und ich nutzte die Gelegenheit, um zum Bett zu springen.

Es gab ein paar klatschende und ein paar dumpfe Geräusche. Der Knüppel war im wahrsten Sinne des Wortes aus dem Sack. Ich rollte herum und sah, dass Norbert, schmächtig wie er war, den athletischen

Tom fest im Griff hatte. Lena streckte hinter meinem Ex ein Bein aus, sodass er strauchelte. „Hallo Arschloch", sagte sie dabei.

Tom fing sich, bekam aber dafür noch ein paar weitere Hiebe von dem Butler ab. Dann landete Mimis Stock, den Griff voran, in seiner Kniekehle. „Hallo Arschloch!"

Inzwischen hatte ich mich aufgerappelt, sah meine Chance, legte all meine Wut in meine geballte Faust und schlug zu. Ich traf Toms Kinn. „Tschüss Arschloch!!!"

Es wäre schön, wenn ich sagen könnte, dass ich ihn mit diesem Schlag besiegt hätte. Leider war es nicht so. Aber er erkannte, dass er hier auf verlorenem Posten war. Jetzt war nur noch Flucht seine Option. Er taumelte zurück bis zur Balkontür, riss sie auf und trat zum Geländer. Gleich würde er darüberklettern und an den Verstrebungen hinunterklettern.

Es begann mit einem leisen Knirschen. Dann ein lauteres. Tom schaute auf das Holz, das zwischen seinen Finger zitterte und bebte. Verwundert wanderte sein Blick zu mir, die ich auf der Schwelle ihm am nächsten stand.

Und dann fiel der Balkon wie ein Kartenhaus in sich zusammen. Die glatte Terrassenfläche neigte sich dabei vom Haus weg und Tom kippte kopfüber in den Zwinger.

Das folgende Schauspiel war nicht hübsch anzusehen. Aber das war mir gleich. Mit morbider Gelassenheit starrte ich nach unten. Mimi, die sich neben mich gestellt hatte, tat es mir gleich.

„Kannst du mir sagen, was Tom da gerade macht?" Wie gleichgültig meine Stimme doch klang.

„Sieht so aus, als versuche er, Basker ins Ohr zu beißen", sagte Mimi in ihrer heiteren Art.

„Das dürfte Basker nicht gefallen."

„Willi hilft ihm, die Sache zu klären."

Cher chez la Mimi

Alles Weitere verlief halbwegs nach Plan. Norbert hatte nicht viel Zeit vergeudet. Der Golf brannte schon eine halbe Stunde, bis Passanten ihn entdeckten. Allerdings saß Tom doch hinter dem Steuer, womit Mimi nicht wirklich zufrieden war: Die Schmauchspuren wurden nun leider unbrauchbar. Bis Feuerwehr und Polizei eintrafen, dauerte es etwas länger.

Noch länger brauchten Stroever und Kressin. Als sie zu sich kamen, wussten sie gerade noch von Toms Amoklauf und den stürzenden Büchern. Mimi hatte sie diesbezüglich unauffällig befragt. Da die Herren noch recht benommen waren, gaben sie ihr auch ohne Misstrauen Antwort.

Ihre weiteren Ermittlungen richteten sich in den nächsten Tagen voll und ganz gegen Tom. Ich war definitiv als Opfer zu betrachten. Auch gegen Mimi bestand nicht der Hauch eines Verdachts.

Mit Interesse las ich in den kommenden Tagen die Zeitung, was Mimi sehr freute. Die Meldung, dass sich der Bürgermeister in seinem Büro erschossen hatte, war nur eine der Meldungen, die ich mir sorgsam ausschnitt.

Das Einkaufszentrum war vom Tisch. Die Planungsphase war ergebnislos abgebrochen worden, da das zentrale Baugrundstück nicht zur Verfügung stand. *Wohnrecht geht vor Baurecht* war die Überschrift des entsprechenden Artikels.

Für Lena fand ich später einen Artikel, dass ein gewisser Sektenführer verstorben war. Vielleicht würde es sich lohnen, in nächster Zeit nach ihrer Mutter zu suchen. Vielleicht … Immerhin hatte ich ja inzwischen auch wieder Kontakt mit meiner Mama.

Das Wort *vielleicht* wurde zu einem festen Bestandteil meines Lebens. Es eröffnete Perspektiven und bewies mir, dass ich wirklich dazu in der Lage war, mein Leben innerhalb eines jeden Augenblicks zu ändern. Eine dieser Perspektiven fand ich in Lena. Gestern kam sie zu mir, als ich mal wieder auf der Schaukel saß. Sie reichte mir die Hände und

schaute mich fragend an. Ich wusste, was sie meinte. Mit einem unsicheren Lächeln, aber aus tiefstem Herzen, sagte ich: „Vielleicht."

Hermine Richters kriminalistische Randbemerkungen

Clue Ludo

Zu Deutsch heißt dies wohl Hinweisspiel. Ein namhafter Spielehersteller hat aus diesen beiden lateinischen Begriffen eine Wortneuschöpfung hinbekommen. Wie heißt das Brettspiel nochmal? Ach ... es fällt mir gerade nicht ein.

Das gefleckte Band

Sherlock Holmes aus der Feder des unvergesslichen Sir Arthur Conan Doyle hatte es 1883 mit einem vermeintlichen gesprenkelten bzw. gefleckten Band zu tun bekommen. Tatsächlich war es natürlich keine Textilie, wie der Meisterdetektiv rasch ermittelte.

Schade, dass der Autor seinen Protagonisten in späteren Jahren nicht mehr leiden mochte. Er ließ ihn sogar sterben! Allerdings ließ er Holmes auch wieder auferstehen, weil ja die Rechnungen bezahlt sein wollten.

Ich lese Doyles Werke immer wieder gerne, tragen sie doch einen großen Teil des Fundaments des heutigen Genres.

Wenn der Postmann ...

Tja, wer denkt, dass in dem Roman von James M. Cain der Postmann an der Tür steht, hat die Rechnung ohne den Wirt gemacht. *Die Rechnung ohne Wirt* heißt im Original *The Postman always rings twice*, was so viel bedeutet wie „Es gibt immer eine zweite Chance".

Arsen und Spitzenhäubchen

Den Film kennt man. Vielleicht auch das Theaterstück. Dass das erste Manuskript nicht als Komödie, sondern als Drama konzipiert war, weiß dagegen vielleicht nicht jeder. Dass Cary Grant ganz und gar nicht die Wunschbesetzung der Produzenten war (eigentlich sollte James Stewart die Hauptrolle im Film spielen), ist auch nicht sooo bekannt. Aber egal: Das Stück ist ein absoluter Höhepunkt des schwarzen Humors.

Knallzeuge

Tja, nicht jeder Zeuge ist von der Polizei so richtig gerne gesehen. Zum Beispiel die Zeugen, die kurz nach dem großen „Rums" den Verkehrsunfall bemerken und dem Polizisten später ihre Beobachtung en detail schildern, obwohl sie den eigentlichen Hergang gar nicht beobachtet haben.

Wenn man das Unmögliche ausgeschlossen hat ...

... muss das, was übrig bleibt, die Wahrheit sein. Mit dieser Feststellung zitiert man gleichzeitig Sherlock Holmes. Kaum eine Doyle-Verfilmung kommt ohne diesen Spruch aus.

Bill Ramsey

... sang 1962 ein von Heinz Gietz und Hans Bradtke komponiertes Lied über eine Frau, die ohne Krimi nie ins Bett ging. Wer oder was die drei dazu inspiriert hat? Ich weiß es nicht.

Fünf Freunde

... müsst ihr sein. Viele Kinder und Jugendliche haben früher ihre ersten kriminalistischen Erfahrungen durch Enid Blyton gemacht. An Fragezeichen und vier willkürlich gesetzte Konsonanten hat man in der Jungendliteratur erst später gedacht.

Der Gärtner

... ist der Mörder. Weder Akif Pirinci, Simon Beckett und noch nicht mal Edgar Wallace verzichteten darauf, das arme Personal eines Tötungsdelikts zu bezichtigen. Inzwischen sind das Zimmermädchen, der Butler und eben der Gärtner allseits beliebte Stereotypen.

MacGuffin

Eine Wortschöpfung vom Meister Alfred Hitchcock. Ein nicht näher bestimmter Mikrofilm, geheime Dokumente, ein fallender Flügel ... Das sind Gegenstände, die Agenten, Detektive und Ermittler gleichermaßen zur Aktivität zwingen können. Was auf dem Mikrofilm abgelichtet ist, was in den Dokumenten steht oder warum der Flügel fiel, wird im Falle eines MacGuffins unwichtig. Hauptsache, es wird deswegen gemordet und gemeuchelt, ermittelt und gejagt.

Roter Hering
Durch Pökeln und Räuchern sehr haltbar gemacht, zeichnet sich der „Red Herring" durch besondere Haltbarkeit aus. Und durch seinen Geruch: Jeder Jagd- oder Spürhund würde hiervon auf eine falsche Fährte gelockt.

Howcatchem
Inspector Columbo wusste immer von Anfang an, wer die Mörder waren. Eine beeindruckende Gabe! Für ihn stellte sich also nie die Frage: „Wer war's?" – Er fragte sich nur: „Wie kriege ich sie?" Hinter Howcatchem verbirgt sich also eine invertierte Detektivgeschichte.

Quod erit demonstrandum
Nach dem Schließen einer Beweiskette, sagt der Kriminalist gerne: „Quod erat demonstrandum". Aber er kann sich natürlich auch schon vorher geistreich äußern. Was noch zu beweisen wäre.

Cherchez la femme
Frauen sind in Sachen Mord viel kreativer als die Konkurrenten des anderen Geschlechts. Das belegen Statistiken. Nach einem besonders schlauen Verbrechen sagt der Franzose deshalb: „Da steckt eine Frau dahinter."

Danksagung

Dank geht an Martin Ott fürs Physikalische.

Dank geht an die Sülztal Apotheke fürs Medizinische.

Dank geht an Johannes Berkel fürs Polizeiliche.

Dank geht an Dirk Rosar fürs Fahrzeugtechnische.

Dank geht an „Beta" Beate Senft fürs Schriftstellerische.

Dank geht an Roxanne König fürs Grammatische.

Dank geht an das acabus Team fürs Verlegerische.

Dank geht an Michi fürs Versorgungstechnische.

Der Autor

Markus Walther, geboren 1972 in Köln, lebt seit 2006 mit seiner Frau und zwei Töchtern im bergischen Rösrath. Als ausgebildeter Werbetechniker begeisterte er sich bald für die Schriftgestaltung und machte sich 1998 als Kalligraph selbstständig. Neben dem Hobby der Malerei entwickelte sich das Schreiben.

„Meine literarischen Wurzeln liegen in den Texten von Terry Pratchett, Douglas Adams, aber auch Mark Twain, Isaac Asimov, Edgar Allan Poe und Stephen King. Der Schwerpunkt meiner eigenen schriftstellerischen Arbeit liegt in der Gattung der Kurz- und Kürzestgeschichte. Ich finde es faszinierend, wie viel (Un-)Sinn auf eine Buchseite passt. Dabei darf der Minimalismus niemals auf Kosten des Lesevergnügens gehen. Die Gratwanderung zwischen Klischee und Pointe, Independent und Mainstream führt mich quer durch sämtliche Genres der Bücherwelt, in denen ich mich auch als Leser zuhause fühle."

Neben den eigenen Buchprojekten schreibt Markus Walther für das Literatur-Portal www.globaltalk.de die Kolumne „Reden wir über …", engagierte sich u.a. im Autoren-Forum www.federfeuer.de als Moderator und ist Initiator und Mitorganisator der „Langen Lohmarer Lesenacht".

Weitere Bücher von Markus Walther im acabus Verlag

Kleine Scheißhausgeschichten
68 kurzweilige Geschichten zum Schmunzeln

Buch-ISBN: 978-3-941404-64-9
BuchVP: 11,90 EUR

„Gehören Sie zu den Leuten, die kaum Zeit zum Lesen finden? Prima, dieses Buch ist wie gemacht für Sie! Lesen Sie es da, wo sich ein jeder die Zeit nehmen muss, etwas still zu sitzen. Sie wissen schon: Da, wo selbst der König zu Fuß hingeht."

EspressoProsa
Klein. Stark. (Manchmal) schwarz.

Buch-ISBN: 978-3-86282-126-6
BuchVP: 10,90 EUR

Was haben Espresso und Kurzgeschichten gemeinsam?
So wie in dem kleinen Tässchen eine geballte Ladung Koffein steckt, können sich selbst in der kürzesten Geschichte Universen auftun – manchmal braucht es nur eine Seite.

Buchland

Paperback
Buch-ISBN: 978-3-86282-186-0
BuchVP: 12,90 EUR

Dieses Antiquariat ist nicht wie andere Buchläden!
Das muss auch die gescheiterte Buchhändlerin Beatrice feststellen, als sie notgedrungen die Stelle im staubigen Antiquariat des ebenso verstaubt wirkenden Herrn Plana annimmt. Schnell merkt sie allerdings, dass dort so manches nicht mit rechten Dingen zugeht.

Gute und Böse Nachtgeschichten

Buch-ISBN: 978-3-86282-255-3
BuchVP: 10,90 EUR

Schläfst du schon oder liest du noch?
Mit seinen „Kürzestgeschichten" schafft Markus Walther wahres Kopfkino: Gedankenspielereien mit Vampiren, Massenmördern, Trekkies, Kuriositäten und dem Mann von nebenan – jeder hat seine Leiche im Keller.

Unser gesamtes Verlagsprogramm
finden Sie unter:

www.acabus-verlag.de
http://de-de.facebook.com/acabusverlag